Die vergessen wurden

Rieke Husmann

Die vergessen wurden

Ein Jella-Jensen-Krimi

PAHLBERG

Newsletter des Verlags:
www.pahlberg-verlag.de/newsletter

Lizenzausgabe des Pahlberg Verlags,
ein Imprint des Belle Époque Verlags,
Inh. G. Pahlberg, Wiesenstr. 7, 72135 Dettenhausen,
mit freundlicher Genehmigung der Autorin.

Lektorat: Lara Tunnat
Korrektorat: Jasmin Kraft
Innenlayout und Schriftsatz: Hans-Jürgen Maurer
Covergestaltung: Pahlberg Verlag
Bildnachweis: ©Istock.com / iStock 1287553165-PPAMPicture

Herstellung: Custom Printing, Wał Miedzeszyński 217/1,
04-987 Warszawa, Polen

ISBN: 978-3-98845-051-7

1

Jella Jensen öffnete die Haustür und trat hinaus in den Sonnenschein. Sie schaute in den strahlend blauen Himmel und atmete einmal tief die frische Morgenluft ein. In einer halben Stunde erwartete Kriminaloberrat Sörensen sie in seinem Büro. Gern hätte sie auf seine persönliche Begrüßung verzichtet, hatte aber keinen Weg gefunden, sich davor zu drücken.

Sie ließ ihren Blick über den schmalen Innenhof schweifen. Wie in Flensburg üblich lagen gute dreißig Meter zwischen den eng stehenden Hinterhäusern und der Straße. Sie drehte sich um und schloss die alte Holztür ab. Jella hatte ihr gerade mal siebzig Quadratmeter großes Haus, das inmitten der drei- bis vierstöckigen Gebäude etwas deplatziert wirkte, mehr vermisst, als sie sich eingestehen wollte.

Herr Carstens, ihr achtzigjähriger Nachbar, grüßte sie freundlich.

»Moin, Herr Carstens. Wie geht es Ihnen?«

»Was soll ich sagen? Es muss ja. Und Sie sind zurück aus der Ferne?«

»Ja, seit vorgestern.«

»Wie lange waren sie fort?«

»Ein halbes Jahr. In England.«

Der alte Herr nickte. »Jetzt erinnere ich mich. Sie haben dort gearbeitet. Auch bei der Polizei, nicht wahr?«

»Genau.« Jella lächelte. »Ich muss leider los, Herr Carstens. Vielleicht darf ich Sie in den nächsten Wochen mal zu einer Tasse Tee einladen?«

Ihr Nachbar strahlte. »Das wäre wunderbar. Sie können mir dann ein bisschen was von der großen, weiten Welt erzählen. In meinem Alter kommt man ja nicht mehr so viel herum.«

»Das mache ich gern. Dann wünsche ich Ihnen noch einen herrlichen Sommertag.« Jella lächelte ihm zu, verließ das Grundstück und spazierte durch die Fußgängerzone in Richtung Flensburger Polizeidirektion. Wenige hundert Meter weiter bog sie in den nächsten Innenhof ein, lief auf den Sporthafen zu und betrat ein Café.

»Kannst du mir einen schnellen Espresso machen, Francesco?«

»*Doppio, Signora* Jella?«

»*Si*«, antwortete Jella und wartete am Tresen, bis Francesco ihr die Tasse reichte. »*Grazie mille*. Du bist ein Schatz.«

Der junge Mann hinter dem Tresen seufzte theatralisch. »Leider nur hier.«

Jella lachte. »Francesco, ich bin viel zu alt für dich.« Sie trank die Hälfte des Espressos. »Und außerdem wünschst du dir Kinder.« Sie setzte die Espressotasse zum zweiten Mal an. »Schreibst du's auf den Deckel?«

Francesco nickte. »*Fino a domani*, Jella.«

Jella warf ihrem Lieblingsbarista einen Luftkuss zu und lief zurück auf die Straße. Sie und Francesco erfreuten sich seit Jahren an ihrer kleinen Flirterei. Er betete sie an und sie wies ihn ab – mit der Begründung, dass sie zehn Jahre älter sei.

»Sie haben die Ausbildung zur Fallanalytikerin mit Bravour abgeschlossen, Frau Hauptkommissarin«, sagte Kriminaloberrat Ralf Sörensen. »Meine Gratulation! Und Ihr Praktikum in London bei den Kollegen von Scotland Yard war sicherlich auch förderlich.«

»Durchaus«, erwiderte Jella vage und fragte sich, was jetzt kommen würde.

»Ich habe vor ein paar Wochen mit den Kollegen der einzelnen Reviere zusammengesessen, und da kam eine Idee auf, die ich außerordentlich interessant finde. Wir haben sie *Schnelle Einsatztruppe* genannt.« Er lächelte verschmitzt. »Natürlich nur intern.«

Jella ahnte, worauf das Gespräch hinauslaufen würde.

»Wir können nicht bei jeder halbwegs schweren Straftat eine große SoKo bilden; häufig lässt sich ja zu Beginn eines Falles überhaupt nicht sagen, wie er sich entwickelt.« Sörensen holte tief Luft und sah Jella direkt an. »Sie fragen sich sicher, was das mit Ihnen zu tun hat. Eine ganze Menge, würde ich sagen. Sie geben mit Ihren neu erworbenen Fähigkeiten die perfekte Leiterin für das Ganze ab. Sie kennen sich bestens mit der Mentalität der Menschen in der Region aus, sind flexibel und durchsetzungsstark. Ihre Aufgabe wäre es, ein kleines Team zu führen und mit Ihren Leuten schnell vor Ort zu sein, möglichst innerhalb weniger Stunden. Sie bilden sozusagen ein mobiles Sonderdezernat.« Er sah sie erwartungsvoll an. »Was halten Sie davon?«

»›Kleines Team‹? Was würde das bedeuten?«

»Da hätten Sie freie Hand, Frau Jensen.« Er griff nach einigen dünnen Mappen und schob sie über seinen Schreibtisch. »Ich habe natürlich schon etwas vorgearbeitet und die Kollegen vor Ort eine kleine Auswahl treffen lassen.«

»Wie groß soll das Team sein?«

»Ich denke, für den Anfang reichen zwei Kollegen. Später sehen wir weiter.«

»Was mache ich, wenn nichts ansteht?«

Der Kriminaloberrat zögerte. »Wie Sie ja wissen, mussten wir Ihre alte Stelle neu besetzen. Ich denke, dafür wären Sie jetzt auch überqualifiziert.« Er legte eine kurze Pause ein. »Nun, die Kollegen vor Ort werden sicher hier und da eine Fallanalyse anfordern. Welche Ausmaße das annimmt, werden wir sehen. Ansonsten scheint mir viel Potenzial in den *Cold Cases* der letzten Jahre zu liegen. Einigen der Fälle würde ein frischer Blick sicher guttun. Oftmals sind die alten Fälle ja auch mit neuen, aktuellen verbunden.«

Jella zeigte auf den Stapel mit Bewerbungen. »Ich entscheide?«

Sörensen nickte. »Selbstverständlich.«

»Mein altes Bü...«

»Alles wie gehabt«, unterbrach sie der Kriminaloberrat. »Ihr altes Büro steht Ihnen selbstverständlich weiterhin zur Verfügung.« Er lächelte siegesgewiss. »Also, kann ich auf Sie zählen?«

Jella stand auf und öffnete das Fenster. Innerhalb der letzten vier Stunden hatte sie mit acht Bewerbern gesprochen. Vor ihr lagen noch drei weitere Gespräche.

Jemand klopfte. Jella schloss das Fenster, ging zur Tür und öffnete sie. »Bala Demir?«

Die junge Frau mit den schulterlangen schwarzen Haaren nickte. Jella reichte ihr zur Begrüßung die Hand, trat dann zur Seite und bat ihre Kollegin, an dem kleinen Besprechungstisch Platz zu nehmen. Aus den Unterlagen wusste sie, dass Frau Demir siebenundzwanzig Jahre alt und in Husum geboren und aufgewachsen war. Ihre Eltern waren Kurden, die seit rund vierzig Jahren in Deutschland lebten.

Jella bot ihr etwas zu trinken an. Dann sprachen sie eine Weile über unverfängliche Themen, als seien sie alte Bekannte, die sich nach Jahren wiedergetroffen hatten. »Sie wissen, welche Aufgaben die neue Einheit haben wird?«, stellte Jella schließlich ihre erste fachliche Frage.

»Ja, das ist mir bekannt.«

»Warum möchten Sie dabei sein?«

Bala Demir ließ sich Zeit mit ihrer Antwort. »Husum ist nicht der Nabel der Welt. Als Frau – noch dazu mit Migrationshintergrund – stehen mir nicht alle Türen offen. Wenn ich dazulernen will, reicht Husum nicht. Meine Familie wohnt dort, deshalb würde ich ungern bis nach Kiel gehen, aber dieser Job würde beides vereinen: Ich könnte lernen und weiter in Husum wohnen. Und der letzte Grund … sind Sie.« Bala Demir wirkte erschrocken und fügte eilig hinzu: »Ist nicht negativ gemeint, dass ich Sie als Letztes genannt habe.«

»Alles gut. Es hätte mich irritiert, wenn ich Grund Nummer eins gewesen wäre.« Jella schaute lächelnd auf ihre Unterlagen. »Sie hatten in der Ausbildung nur Bestnoten, haben bereits diverse Fortbildungen absolviert und wenn ich mir Ihre Ergebnisse auf dem Schießstand ansehe, vermute ich mal, dass Ihnen Ihre Kollegen bei der Treffsicherheit nicht das Wasser reichen können.«

»Mag sein. Mir fällt beides leicht. Ich wollte niemanden übertrumpfen, aber manchmal lässt sich das nicht vermeiden.«

»Sind Sie flexibel?«, fragte Jella. »Es könnte sein, dass wir am Ort des Geschehens übernachten müssen. Wie lange ist im Voraus nicht immer abzusehen.«

»Bin ich. Ich habe keine Kinder und bin nicht verheiratet.«

»Haben Sie noch Fragen an mich?«

»Im Moment nicht – später sicher.«

Jella stand auf. »Dann danke ich Ihnen für Ihr Interesse. Ich melde mich in den nächsten zwei Tagen bei Ihnen. Könnten Sie die Kollegin, die draußen wartet, hereinschicken?«

Jella verabschiedete sich von ihr und blieb an der Tür stehen. Kim Gerst, die nächste Bewerberin, war achtundzwanzig und seit vier Jahren in Schleswig als Kommissarin tätig. Sie lächelte übers ganze Gesicht, als Jella ihr die Hand reichte. Die junge Frau hatte kurze blonde Haare und leuchtend blaue Augen.

»Entschuldigen Sie, dass Sie warten mussten.«

»Kein Thema, Frau Jensen.«

»Wollen wir uns setzen?«

Kim Gerst nickte und ging voraus zu dem Besprechungstisch. Auch mit ihr sprach Jella eine Weile über unverfängliche Themen, bevor sie zu ihren eigentlichen Fragen kam.

»Ihnen ist erklärt worden, welche Aufgaben die neue Einheit hat?«

»Na klar, sonst wäre ich nicht hier.« Kim Gerst lächelte.

»Was sind die wichtigsten Gründe, aus denen Sie sich beworben haben?«, stellte Jella die Frage, die alle Bewerber von ihr gehört hatten.

»Ganz ehrlich?«

»Ich bitte darum«, sagte Jella.

»Mir gehen die Männerseilschaften langsam, aber sicher auf den Keks. Von einer Frau als Chefin verspreche ich mir ein etwas anderes Arbeitsklima.«

»Das war Punkt eins?« Jella lächelte ihre Kollegin herausfordernd an.

Kim Gerst musterte sie und schien zu überlegen, wie weit sie gehen konnte. »Ich kann manchmal meinen Mund nicht halten, wenn ich mir eigentlich karrieretechnisch einen Knebel anlegen müsste. Und ich möchte mehr, als hin und wieder als Alibifrau bei häuslicher Gewalt eingesetzt zu werden. Das nervt gewaltig.«

Jella nickte. Sie hatte nach dem Ende der Ausbildung ähnliche Erfahrungen gemacht und seinerzeit um eine Versetzung gebeten.

»Und Punkt drei … Keine Ahnung, da müsste ich drüber nachdenken – oder Sie fragen mich in einem halben Jahr noch mal. Vorausgesetzt, ich passe ins Team.«

Jella gefiel die offene Art der jungen Kollegin. »Das waren eigentlich schon drei«, sagte sie schmunzelnd, wurde aber gleich wieder ernst. »Sind Sie flexibel? Es könnte sein, dass wir mehrere Tage an einem Tatort bleiben müssen.«

»Ich hab weder Mann noch Kinder. Bei Ersterem würde meine Frau auch Einspruch erheben.«

»Verständlich«, meinte Jella lächelnd.

»Ein Kind könnte aber irgendwann schon anstehen. Nicht bei mir, sondern bei Greta. Das ist meine Lebensgefährtin. Wäre das ein Ausschlusskriterium?«

»Nein, sicher nicht.«

»Gut, mir ist die Arbeit wichtig, aber nicht so wichtig, dass ich dafür mein Leben hintanstellen würde.«

»Das sehe ich genauso. Sollten wir Überstunden machen, werde ich mich dafür einsetzen, dass sie zeitnah abgefeiert werden können.«

»Klingt gut«, sagte Kim Gerst.

»Haben Sie noch Fragen?«

»Schon, aber ich bin mir nicht sicher, ob die hierhergehören.«

»Nur raus damit.«

»Die Kollegin vor mir. Sie kommt aus Husum, oder?«

»Ja. Warum?«

»Ich kenne sie nur entfernt, habe aber gehört, dass sie es nicht immer leicht hat mit den männlichen Kollegen – als Frau und weil sie Kurdin ist. Sollte ich eine Chance haben, in die Einheit zu kommen, würde ich sie ungern aus dem Spiel kicken. Sie verstehen, was ich meine?«

»Ja, durchaus. Machen Sie sich deshalb keine Sorgen.«

»Bedeutet für mich: Ich hab den Job und sie auch … oder ich habe ihn nicht, sie aber schon … oder wir beide nicht?«

Jella schmunzelte. »Lassen Sie sich überraschen.« Sie stand auf und reichte Kim Gerst die Hand. »Ich melde mich spätestens übermorgen bei Ihnen.«

2

Im Vorbeifahren warf Jella einen Blick auf Schloss Glücksburg, das mit seinen vier massiven Türmen im Wasser zu stehen schien. Sie war auf dem Weg zur Halbinsel Holnis in der Flensburger Förde. Unzählige Male schon war sie diese Straße entlanggefahren. Kurz nach ihrem fünften Geburtstag waren ihre Eltern bei einem Autounfall ums Leben gekommen. Ihre Großeltern Deetje und Fiete hatten sie daraufhin aufgenommen und sich liebevoll um sie gekümmert. Ihr Opa war vor fünf Jahren gestorben; seitdem wohnte ihre Oma allein in dem großen Haus. Jella besuchte sie mindestens zweimal die Woche und blieb auch mal ein ganzes Wochenende auf Holnis.

Hinter Glücksburg fuhr sie an einem Waldstück vorbei, um anschließend an der Ostseite der Halbinsel auf deren Spitze zuzufahren. Ein Großteil von Holnis war Naturschutzgebiet und durfte nur auf festgelegten Wegen durchquert werden. Deetjes Haus stand an der Nordspitze und war nur dreißig Meter von der Ostsee entfernt. Schon als Kind hatte sich Jella in die wenige Quadratkilometer große Halbinsel verliebt, die weit in die Flensburger Förde hineinragte und an der schmalsten Stelle kaum mehr als fünfhundert Meter breit war. Sie konnte sich gut vorstellen, hier einmal ihren Lebensabend zu verbringen.

Als sie auf das Haus zufuhr, stand Deetje bereits wartend vor der Tür. Jella parkte, kletterte aus dem Wagen, lief auf ihre Großmutter zu und umarmte sie. »Du sollst doch nicht hier draußen stehen. Es kann auch mal sein, dass ich mich verspäte.«

»Willst du deiner alten Oma Vorschriften machen?« Deetje hakte sich lachend bei Jella unter. »Wir gehen in den Garten, da habe ich für uns gedeckt. Dieses herrliche Wetter müssen wir ausnutzen.«

Sie umrundeten das Haus und traten durch eine alte Pforte in einen farbenfroh blühenden Garten. Die Stauden und Sträucher waren so geschickt angeordnet, dass der Eindruck einer Parklandschaft entstand. Vor ein paar Jahren hatte Jella darauf bestanden, dass ein Gärtner Deetje alle vier Wochen zur Hand ging und im Herbst und Frühjahr die schweren Arbeiten übernahm. Es hatte sie viele Stunden Überzeugungsarbeit gekostet, bis Deetje endlich einwilligte.

»Setz dich, Kind. Ich hole den Kuchen aus der Küche.«

Jella schüttelte den Kopf. »Das machen wir dieses Mal umgekehrt. Du setzt dich hin und lässt dich etwas verwöhnen. Ich bin gleich wieder da.«

Bevor Deetje Widerworte geben konnte, war Jella durch die offene Hintertür ins Haus geeilt, hatte Wasser für den Tee aufgesetzt und den Kuchen nach draußen gebracht. Nachdem sie die Teekanne auf ein Stövchen gestellt hatte, setzte sie sich neben Deetje und strich ihr über den Arm. »Wie war deine Woche, Oma?«

»Seit du wieder da bist, geht es mir viel besser«, antwortete Deetje ausweichend.

»Und Dr. Hansen war jeden Tag hier?«

»Fast jeden Tag. Es wurde mir etwas zu viel, immer auf ihn zu warten.«

Jella stöhnte leise, schwieg aber und goss ihrer Großmutter und sich die goldene Flüssigkeit in die Tassen. Die

Kluntjes, die leise knisterten, erinnerten Jella an ihre Jugend, in der sie nachmittags regelmäßig mit ihrer Großmutter Tee getrunken hatte.

Seit einiger Zeit hatte Deetje Probleme mit dem Herzen. Während Jellas Aufenthalt in London hatte sich der Zustand ihrer Großmutter verschlechtert. Jella war spontan zurückgeflogen und sechs Tage auf Holnis geblieben. Zwei Wochen vor ihrer Rückkehr aus England ging es Deetje wieder schlechter. Der Arzt hatte sie ins Krankenhaus nach Flensburg überwiesen, von wo Deetje sich nach zwei Tagen auf eigene Verantwortung entließ. Jella hatte in der Zeit im ständigen Kontakt mit Deetjes Arzt gestanden und mehrmals täglich mit ihrer Großmutter telefoniert.

»Mir geht es wieder besser«, sagte Deetje in die entstandene Stille hinein. »Du musst dir nicht immer so viele Sorgen machen. Unkraut vergeht nicht.«

»Du wirst in drei Wochen sechsundachtzig, Oma.« Jella beugte sich vor und küsste sie auf die Wange. »Du musst etwas mehr auf dich achtgeben. Ich will auch noch im nächsten Sommer hier mit dir sitzen und im übernächsten und ...« Sie spürte, wie ihre Augen feucht wurden.

»Das wirst du auch, mein Mädchen.« Deetje strich ihr zärtlich über die Haare. »Ich werde mindestens hundert. Das habe ich dir doch schon versprochen, als du noch ein Kind warst.«

Jella lächelte. »Wehe, wenn du mich angeschwindelt hast. Das würde ich dir sehr übel nehmen.«

»Ich sage doch immer die Wahrheit. Und jetzt gib mir ein Stück Kuchen. Wenn ich ihn schon selbst gebacken habe, möchte ich ihn wenigstens auch probieren.«

Sie spazierten über den schmalen Strand in Richtung der

Nordspitze von Holnis. Auf der gegenüberliegenden Seite konnten sie das dänische Ufer sehen. Als Kind war Jella mit ihrem Großvater regelmäßig segeln gegangen. Sein Boot war so groß gewesen, dass man darauf hatte schlafen können. Ihre längste Tour hatte sie bis nach Bornholm gebracht, eine große dänische Insel mitten in der Ostsee, zwischen Schweden und Polen gelegen.

»Und du hast eine neue Arbeit und neue Kollegen?«, fragte Deetje.

»Ich bin weiterhin in Flensburg im Revier, aber hin und wieder muss ich für ein paar Tage irgendwo in Schleswig-Holstein ermitteln. Und ich habe nur noch Kolleginnen. Die durfte ich mir selbst aussuchen.«

»Nur Frauen?«, fragte Deetje erstaunt.

Jella lächelte. »Mal was anderes. Und die beiden sind wirklich sympathisch. Wir haben uns schon für einen Tag in Flensburg getroffen, um uns ein wenig kennenzulernen. Kim und Bala heißen sie. Bala ist ein kurdischer Vorname.«

»Eine Kurdin. Aus der Türkei?«

»Ja, ihre Eltern sind vor vielen Jahre von dort geflüchtet. Ihr Vater hat einige Jahre in der Türkei im Gefängnis gesessen. Angeblich, weil er die PKK unterstützt hat.«

In Deetjes Mimik zeigte sich deutlich, was sie davon hielt. »Was ist das für eine Welt, wo Menschen aus politischen Gründen aus ihrer Heimat flüchten müssen? Und es werden jedes Jahr mehr.«

Jella nickte. Im gleichen Augenblick klingelte ihr Handy. Sie sah aufs Display und warf Deetje einen entschuldigenden Blick zu. »Da muss ich ran. Es ist mein Chef.« Jella nahm das Gespräch an. »Guten Tag, Herr Sörensen.«

»Moin, Frau Jensen. Tut mir leid, Sie am Sonntag zu stören.«

»Es wird sicher wichtig sein.«

»In der Tat, so ist es. Auf Föhr ist eine skelettierte Leiche gefunden worden. Sie sollten sich möglichst bald auf den Weg machen. Die Kriminaltechnik ist informiert und erwartet Sie dort. Der verantwortliche Kollege vor Ort weiß auch Bescheid.«

»In Ordnung. Ich bin auf Holnis, kann aber in einer halben Stunde losfahren. Lassen Sie mir bitte die Kontaktdaten zukommen.«

»Das habe ich schon veranlasst. Ich möchte spätestens morgen Vormittag einen ersten Lagebericht auf dem Tisch haben.«

»Sie hören von mir, sobald ich etwas habe«, sagte Jella und verabschiedete sich.

Deetje seufzte schwer. »Du musst los?«

»Ja, unser erster Fall.«

Sie machten kehrt und gingen ebenso langsam zum Haus zurück, wie sie gekommen waren.

»Wenn ich wieder in Flensburg bin, nehme ich mir zwei Tage Urlaub und bleibe bei dir«, sagte Jella, als Deetje sie zum Auto begleitete.

»Schon gut, ich verstehe das doch. Versprich mir, dass du auf dich aufpasst.«

Jella umarmte ihre Großmutter. »Natürlich, das mache ich doch immer.«

Auf der Fahrt nach Flensburg rief Jella ihre beiden neuen Kolleginnen an und verabredete sich mit ihnen in Dagebüll, dem Hafen, von dem aus die Fähren nach Föhr und Amrum ablegten. Ihren Dienstwagen stellte sie bei der Polizeidirektion ab, lief die wenigen Meter bis zu ihrer Wohnung, packte ihre Sachen und stand kurz darauf wieder vor

dem historischen Gebäude, in dem die Polizei untergebracht war.

In dem fünfstöckigen Haus war Ende des 19. Jahrhun-
derts ein Hotel untergebracht gewesen; später hatte es un-
terschiedlichen Zwecken gedient. Ab 1935 war es zum Polizeipräsidium umfunktioniert worden. Neben der Gestapo,
die von hier aus ihren menschenverachtenden Terror orga-
nisiert hatte, hatte es in den Folgejahren weitere unrühm-
liche Ereignisse gegeben.

Jella holte ihr Holster aus dem Büro und ging anschließend zum Waffenschrank, in dem ihre Walter P99 Q lag.
Kurz darauf saß sie wieder in ihrem Wagen und fuhr Richtung Nordsee.

Auf dem Weg nach Dagebüll rief Jella Günther Simon an,
den Leiter der Polizeistation auf Föhr. »Wo genau ist der
Fundort?«, fragte sie, nachdem sie sich vorgestellt hatte.

»Sie kennen Föhr?«

»Ja, ich war einige Male dort.«

»Die Leiche liegt in Utersum in der Nähe der Rehaklinik
in einem angrenzenden Park. Ein Hund hat einen Unterarmknochen ausgegraben. Der Besitzer des Hundes ist Arzt
und hat gleich erkannt, worum es sich handelt.«

»Sie haben weitergraben lassen?«

»Nur so weit, bis wir sichergehen konnten, dass der Rest
des Skeletts dort zu finden ist. Die Kriminaltechniker sind
inzwischen eingetroffen und dabei, alles freizulegen.«

»Unsere Fähre kommt kurz nach fünfzehn Uhr in Wyk
an. Dann fahren wir direkt zum Fundort. Ich telefoniere
gleich noch mit den Kollegen von der Kriminaltechnik.«

»In Ordnung. Ich warte auf dem Parkplatz am Fährhafen auf Sie.«

»Wir brauchen drei Zimmer für die nächsten zwei bis drei Nächte. Können Sie das organisieren?«

»Ich denke schon. Bisher hat ja kein Bundesland Schulferien.«

Ihr nächster Anruf galt Klaas Mathiesen, dem Leiter der Kriminaltechnik in Flensburg. Jella ging davon aus, dass er sich eine skelettierte Leiche nicht entgehen lassen würde und persönlich am Fundort war.

»Mathiesen!«, bellte er, als er Jellas Anruf entgegennahm.

»Jella Jensen. Moin, Klaas. Du bist nicht zufällig auf Föhr?«

»Jella! Wo sollte ich sonst sein? Ich habe schon gehört, dass du wieder im Lande bist. Man erzählt sich ja so einiges. Du sollst neuerdings das Sonderdezernat *SE* leiten.«

Jella lachte. »Wofür stehen denn die zwei Buchstaben?«

»Schnelle Einsatztruppe, was sonst. Das Tigerbaby läuft überall herum und erzählt jedem von seiner grandiosen Idee.« Klaas Mathiesen hatte seit jeher ein angespanntes Verhältnis zu Kriminaloberrat Sörensen und erfand immer neue Spitznamen für ihn.

»Scheinbar nicht schnell genug, wenn du schon vor mir da bist.«

»Das liegt an meinem kleinen Informationsvorsprung. Das Tigerbaby hat erst uns losgeschickt, bevor es nach dir verlangt hat. Ganz so eilig scheint es ja auch nicht zu sein. Die Tat, wenn es denn eine gegeben hat, wird viele Jahre zurückliegen. Trotzdem gut, wenn du von Beginn an dabei bist.«

»Sehe ich auch so. Ich bin in dreißig Minuten auf der Fähre und sollte spätestens in zwei Stunden bei dir sein.«

»Keine Angst, bis dahin ist noch nicht viel passiert. Wir müssen das Skelett – oder das, was davon übrig ist – erst mal vorsichtig freilegen. Und ja, ich warte dann, bis du bei uns bist.« Er hielt kurz inne. »Sag mal, stimmen die Gerüchte, dass du eine reine Mädelsbande aufgestellt hast?«

Jella räusperte sich. »Das habe ich jetzt nicht gehört, Klaas. Ich hoffe doch, dass du dich nachher benimmst.«

»Also stimmt es. Halleluja! Was hat das Milchgesicht dazu gesagt?«

Jella unterdrückte ein Grinsen. Diese Bezeichnung für Sörensen war ihr neu. »Erzähl ich dir später, falls wir dann noch Zeit haben.«

Bala Demir winkte ihr zu, als Jella auf den Fährparkplatz fuhr.

»Hallo, Bala«, begrüßte Jella sie. »Ich hoffe, du bist nicht mitten aus einer Befragung oder Ähnlichem herausgerissen worden.«

»Büroarbeit. Die muss warten – oder jemand anders macht sie.«

Auch wenn Balas Worte beiläufig klangen, konnte sich Jella vorstellen, dass ihre Kollegin liebend gern alles hatte stehen und liegen lassen, als ihr Anruf kam.

Plötzlich hupte es laut hinter ihnen, und die beiden wandten sich erschrocken um. Kim kam in einem weinroten 1er-BMW mit hoher Geschwindigkeit auf sie zugefahren, hielt direkt vor ihnen, sprang aus dem Auto und grinste. »Da bin ich. Wann geht die Fähre?«

Ob der überbordenden Energie ihrer Kollegin musste Jella schmunzeln. »Ich dachte, wir fahren mit zwei Fahrzeugen rüber. Wer hat Lust?«

Kim hob die Hand, während Bala bereits zu ihrem Nissan Micra ging, um ihre Sachen zu holen.

Jella reichte Kim die Karten für die Überfahrt. »Wir können direkt losfahren. Die Fähre legt gerade an.«

Ihre junge Kollegin nickte und stieg in ihren Wagen.

Bala stellte das Tablett mit den drei Bechern auf dem Tisch im Zwischendeck ab und setzte sich zu ihnen. »Wie lange liegt die Leiche wohl schon dort im Park?«

Jella hatte ihnen kurz berichtet, was sie bisher in Erfahrung gebracht hatte. »Die exakte Liegezeit ist häufig das größte Problem bei einer skelettierten Leiche. Wir können nur hoffen, dass noch ein Teil der Kleidung vorhanden ist; daraus lässt sich in aller Regel einiges ableiten.«

»Und wenn sie unbekleidet war?«, fragte Bala.

»Das wäre nicht so gut. Aber wir werden es bald erfahren.«

»Wie lange bleiben wir?«, warf Kim ein. »Ich frag nur, weil ich Klamotten für höchstens drei Tage dabeihabe.«

Bala räusperte sich leise. »Kann dir deine Frau nicht notfalls was schicken?« Sie hatte *Frau* besonders betont, als würde sie damit auf etwas hinweisen wollen.

Jella sah auf. Gab es schon Konflikte im Team, bevor sie mit der Arbeit begonnen hatten? Kim war bei ihrem ersten gemeinsamen Treffen ebenso offen mit dem Thema sexuelle Orientierung umgegangen wie zuvor im Bewerbungsgespräch, und Bala hatte es schweigend zur Kenntnis genommen.

Jetzt lächelte Kim. »Klar kann sie das. Und wer macht es bei dir?«

Jella hielt die Luft an. Sollte sie einschreiten oder abwarten?

»Meine Mutter«, sagte Bala unbeeindruckt. »Ich wohne ja noch zu Hause.«

Kim griff nach ihrem Becher und trank einen Schluck Kaffee. »Dann wäre ja alles geklärt.« Sie wandte sich an Jella. »Wo waren wir stehen geblieben?«

»Wie lange wir bleiben, stellt sich wahrscheinlich morgen raus. Vielleicht ist auch alles falscher Alarm, weil die Leiche da vor hundert Jahren vergraben wurde.«

»Sollten wir nicht schon besprechen, wie wir vorgehen?«, warf Bala ein. »Wenn die Knochen zu jemandem gehören, der oder die in den letzten Jahrzehnten wie auch immer umgekommen ist, muss es sehr wahrscheinlich eine Vermisstenmeldung gegeben haben, oder?«

»Ja, das wäre gut möglich«, sagte Jella. »Ich hoffe, wir bekommen gleich zumindest das Geschlecht der Person und bestenfalls Hinweise darauf, in welchem Zeitrahmen wir uns bewegen. Dann wird es einfacher mit der Suche nach eventuell vermissten Personen.«

»Ich kann die Vermisstenmeldungen durchgehen«, schlug Bala vor. »Es gibt allerdings pro Jahr fast zwei Millionen Übernachtungen auf Föhr. Bei etwa zwanzigtausend Gästebetten kann man in der Hochsaison davon ausgehen, dass sie mehr oder weniger alle belegt sind. Wenn die Leiche allerdings schon zum Beispiel zehn Jahre dort lag, sind die Gästezahlen geringer.«

»Wir treffen uns zunächst mit den Kriminaltechnikern«, bremste Jella den Tatendrang ihrer jungen Kollegin. »Ich habe mit Klaas Mathiesen, dem Leiter der KT, abgesprochen, dass sie die Fundstelle erst mal freilegen und danach auf uns warten.«

»Dann sollten wir die Fahrt genießen«, sagte Kim und zeigte aus dem Fenster. »Was ist das für eine lang gestreckte Insel?«

»Langeneß. Das ist allerdings eine Hallig«, erklärte Bala.

Kim zuckte mit den Schultern. »Frau lernt nie aus.«

3

Günther Simon wartete wie abgesprochen am Fährhafen in Wyk, begrüßte Jella und nickte Kim und Bala zu, die in Kims Wagen sitzen geblieben waren.

»Am besten fahren wir gleich nach Utersum«, befand Jella.

»Es sind etwa zwölf Kilometer«, sagte der Inselpolizist. »Folgen Sie mir einfach. Wir sollten schnell da sein.«

Vom Fährhafen aus fuhren sie durch Wyk und anschließend in Richtung Nieblum, ein Ort voller alter Friesenhäuser mit Reetdächern. Jella erinnerte sich, dass sie als Dreizehnjährige mit ihren Großeltern hier zwei Wochen in einer Ferienwohnung verbracht hatte. Ihr Großvater hatte mit ihr lange Wanderungen am Strand unternommen; sie hatten Muscheln gesammelt und nach Bernstein gesucht.

Von Nieblum aus ging es parallel der Strandlinie weiter zum westlichen Ende der Insel. Bevor sie Utersum erreichten, folgten sie linker Hand der Beschilderung zur Rehaklinik. Kurz vor der Klinik ging es geradeaus weiter, ehe sie nach einer steilen Kurve am Wegesrand hielten. Rechts von ihnen lag der Park. Wie Jella auf der Fähre im Internet gelesen hatte, war die Rehaklinik auf Lungen- und Atemwegserkrankungen spezialisiert.

Jella wartete auf Kim und Bala, dann ließ sie das Team von Günther Simon in ein Wäldchen führen. Kurz darauf sah sie die rot-weißen Bänder, die den Fundort großräumig absperrten. Bala, Kim und sie zogen die mitgebrachte

Schutzkleidung an, bevor sie sich der Fundstelle weiter näherten.

Einer der drei Männer, die an einer flachen Grube arbeiteten, löste sich von der Gruppe und kam auf die Kommissarinnen zu. Nachdem er seinen Mundschutz abgenommen hatte, erkannte Jella den Leiter der Kriminaltechnik. Sie begrüßte ihn und stellte Kim und Bala vor.

»Wie weit seid ihr?«

Mathiesen wiegte den Kopf hin und her. »Das Skelett der Frau ist fast freigelegt.«

»Frau?«

»Ja. Das wirst du gleich sehen.«

»Was schätzt du, wie lange sie da schon liegt?«

»Eine Frage, die du eigentlich dem Gerichtsmediziner stellen musst. Aber gut, ich versuch's mal. Du weißt, wie schwierig das in diesen Fällen ist. Häufig ist es fast unmöglich, eine genaue Zeitangabe zu machen. Hier kommt erschwerend hinzu, dass die Frau fast nackt war.«

»Fast?«

»Nach meiner Einschätzung hatte sie einen Slip, BH und T-Shirt an, als sie vergraben wurde. Wir haben nur noch Teile davon gefunden, aber vermutlich werden die Reste euch dennoch bei der Identifizierung weiterhelfen. Alle Teile sind nämlich in Rumänien hergestellt und verkauft worden.«

»Woher wissen Sie das?«, fragte Kim.

Klaas Mathiesen grinste. »Intuition, was sonst?« Er wurde wieder ernst. »Schön wär's. Nein, die drei Etiketten sind noch halbwegs lesbar. Außerdem habe ich einen Bekannten angerufen, der in der Branche arbeitet. Er hat mir versichert, dass diese Marken nur in Rumänien verkauft werden beziehungsweise wurden.«

»Okay«, sagte Jella. »Dann schauen wir uns das mal an.«

Sie gingen die restlichen Meter bis zu der Stelle, an der die Kriminaltechniker mit kleinen Schaufeln und breiten Pinseln vorsichtig die Erde um das Skelett entfernten. Beide standen auf, damit die Kommissarinnen freie Sicht hatten.

Auf den ersten Blick erfasste Jella, warum Klaas Mathiesen von einer Frau ausging. Im Beckenbereich des Skeletts lag eine Anzahl kleiner, dünner Knochen. Sie schluckte schwer.

Der Leiter der Kriminaltechnik stieg in das flache Grab und zeigte mit der Hand auf die winzigen Knochen.

»Was ist das?«, fragte Bala leise. Sie schien die Antwort zu ahnen, da ihr Gesicht deutlich an Farbe eingebüßt hatte.

»Sie war schwanger?«, stieß Kim hervor.

Klaas Mathiesen nickte. »Ja, leider.«

Jella betrachtete die Lage des Skeletts. »Wird die Frau ungefähr so begraben worden sein?«

»Bis auf den Unterarmknochen, den der Hund ausgegraben hat, lag alles an der Stelle, wie ihr es im Moment seht. Es kann sein, dass es durch den Zerfall des Gewebes und das dann vermutlich nachgerutschte Erdreich leichte Verschiebungen gegeben hat, mehr aber auch nicht.«

»Sieht so aus, als wären die Hände gefaltet gewesen«, warf Jella ein.

»Ja, das ist sehr wahrscheinlich. Wir haben eine ganze Reihe von Fotos gemacht, die den Stand der Ausgrabung dokumentieren. Dort sieht man die Lage der Hände noch besser.«

Jella zeigte erst auf den Schädel und ließ ihren Finger dann hinunter zu den Beinknochen wandern. »Die Frau liegt auf dem Rücken, die Beine gerade nebeneinander.«

Klaas Mathiesen nickte. »Sieht nicht so aus, als wenn sie achtlos in das ausgehobene Loch geworfen worden wäre.«

»Wie lange dauert es in dieser Erde, bis die Leiche skelettiert ist?«

»Wie gesagt, ich kann euch nur Anhaltspunkte liefern. Aufgrund der Skelettierung müssen wir von mindestens acht Jahren ausgehen. Die Liegezeitskala ist nach oben hin offen.« Klaas Mathiesen stieg aus dem Grab, ging auf einen kleinen Klapptisch zu und griff nach zwei verschlossenen Plastiktüten. »Das sind die Etiketten. Die Reste der Kleidungsstücke werden euch vermutlich nicht weiterbringen, aber ich lasse die Stoffreste natürlich analysieren. Vielleicht gibt uns das zumindest bezüglich des Alters der Sachen einen Anhaltspunkt und ihr könnt dem Todeszeitpunkt der Frau und ihres Babys so näher kommen. Die Etiketten könnt ihr schon mitnehmen. Ihr wollt sicher noch überprüfen, ob mein Bekannter recht hatte.«

Jella nahm die Tüten in Empfang und gab sie an Kim weiter. »Kannst du die ins Auto bringen und in der Klinik nachfragen, wer den Park hier nutzt? Wir treffen uns dann bei den Fahrzeugen.«

Kim nickte, griff nach den Plastiktüten und wandte sich ab.

»Wir schauen uns noch etwas die Gegend an, Klaas. Kannst du mir die Fotos schicken, die ihr gemacht habt? Und hast du den Transport nach Kiel in die Gerichtsmedizin schon geklärt? Wann meinst du, wirst du deinen Bericht fertig haben?«

Klaas Mathiesen blies die Backen auf und stieß hörbar die Luft aus. »Welche Frage zuerst?«

Jella lächelte schweigend.

»Schon gut. Die Fotos sind so gut wie auf deinem Account. Der Transport ist geregelt. Das Institut weiß Bescheid; mit etwas Glück kümmert sich morgen jemand drum. Der Bericht kann zwei bis drei Tage dauern; wir müssen noch einige Bodenproben nehmen. Und ja, ich rufe dich an.« Er seufzte theatralisch. »Und jetzt lass mich meine Arbeit machen, sonst sitzen wir hier noch um Mitternacht.«

Jella gab Bala einen Wink und sie verließen den abgesperrten Bereich. Außerhalb davon zogen sie ihre Schutzkleidung aus und gingen um die Fundstelle der Leiche herum, wobei sie den Radius langsam erweiterten.

»Ich habe eine kleine Drohne dabei«, sagte Bala. »Soll ich ein paar Fotos und ein Video von oben machen?«

»Gleich. Zuerst drehen wir zu Fuß eine Runde.«

Das Grab lag auf einer kleinen Lichtung von ungefähr drei mal drei Metern. Rundherum standen Rotbuchen, Fichten, eine Esche und eine Eiche. Weiter entfernt überwogen Buchen und Eichen.

»Kannst du die Drohne jetzt starten?«

Bala nickte. Sie holte einen schmalen Beutel aus ihrer Umhängetasche, zog eine kleine Drohne heraus und breitete die vier Rotoren aus. Schließlich sah sie sich um, fand eine flache Stelle, auf der sie das Fluggerät absetzte, trat zurück und startete die Drohne über ihr Handy. Mit einem leisen Surren flog sie senkrecht in die Höhe und war nach wenigen Sekunden nicht mehr zu sehen.

Jella trat hinter Bala und beobachtete gespannt, wie ihre Kollegin das Fluggerät geschickt über das Handydisplay steuerte. Zunächst flog sie einige Runden über den Fundort, bevor sie den Radius vergrößerte und die Drohne einmal um das ganze Wäldchen schweben ließ. Kurz vor Ende der Akkuzeit, die mit einem rot blinkenden Button angezeigt wurde, kam das Fluggerät langsam zu ihnen zurück und landete auf der Stelle, von der es abgeflogen war.

»Wo hast du das gelernt?«, fragte Jella.

»Wenn man drei jüngere Brüder hat, gehört das zur familiären Grundausbildung.« Bala grinste, klappte die Drohne zusammen und verstaute sie wieder.

Jella zeigte auf den Weg. »Ich möchte mich noch kurz in der Umgebung umschauen.«

Sie folgten dem Pfad zwischen hohen Bäumen hindurch, bis er nach fünfzig Metern an einem schmalen Strand endete. Einige wenige Strandkörbe standen verlassen herum. »Ein ruhiger Ort – fast wie auf einem Friedhof«, sagte Jella, mehr zu sich selbst.

Bala zog die Augenbrauen hoch, schwieg aber.

»Gehen wir zurück«, erklärte Jella nach einer Weile und wandte sich von der Nordsee ab.

Zurück bei den Autos trafen sie auf Kim und Günther Simon. Jella schlug vor, zur Polizeistation zu fahren, um dort ihr weiteres Vorgehen zu besprechen.

Das Polizeigebäude von Föhr befand sich direkt am Hafen von Wyk in der Nähe des Fähranlegers. Günther Simon schloss die Eingangstür auf und trat zur Seite. »Ich habe Ihnen ein Büro mit drei Schreibtischen freigeräumt. Meine Kollegen und ich sind etwas enger zusammengerückt. Darf ich Ihnen Kaffee anbieten?«

Kurz darauf saßen sie an einem kleinen Tisch in ihrem provisorischen Büro, je eine Tasse Kaffee vor sich.

»Wie lange werden Sie bleiben?«, fragte Günther Simon.

»Das lässt sich im Moment nicht absehen«, erwiderte Jella ehrlich. »Unsere Kollegen von der Kriminaltechnik haben Reste vom BH, T-Shirt und Slip gefunden, die in Rumänien hergestellt wurden. Die Frau wur…«

»Eine Frau?«, unterbrach sie der Inselpolizist.

»Sie war schwanger.«

Günther Simon sah sie erschrocken an. »Das ist ja schrecklich.«

»Im Moment lässt sich nicht genau bestimmen, wie lange die Leiche dort schon liegt. Wir gehen von mindestens acht Jahren aus. Seit wann sind Sie auf der Insel tätig?«

»Seit drei Jahren. In den zwei Jahren davor war ich hier aber auch schon jeweils drei Monate im Einsatz; in der Sommersaison kommt ja immer Unterstützung vom Festland.«

»Also fünf Jahre. Gab es Ihres Wissens Vermisstenmeldungen von Frauen im gebärfähigen Alter?«

Der Inselpolizist fuhr sich mit der Hand über die Stirn. »Ad hoc wüsste ich das nicht. Allerdings war es ja vermutlich vor meiner Zeit.« Er fuhr sich mit der Hand durch die Haare. »Es gibt da eine junge Frau, die vermisst gemeldet wurde und meines Wissens nicht wieder aufgetaucht ist. Soweit ich weiß, war sie aber nicht schwanger, und vor allem ist das erst kurz vor meiner Zeit passiert. Das kann also nicht die Tote sein.«

»Wer war Ihr Vorgänger?«

»Eigentlich Jan Friedrichsen. Er ist in Pension gegangen.«

»Eigentlich?«

»Die Stelle war fast zwei Jahre unbesetzt und wurde von wechselnden Kollegen ausgefüllt.«

»Und Ihr Ex-Kollege?«

»Er lebt hier auf Föhr. Brauchen Sie seine Daten?«

Jella nickte.

»Ich konnte Ihnen übrigens drei Zimmer in einem Hotel buchen. Es liegt nur zwei Gehminuten entfernt.« Er reichte ihr eine Stadtkarte von Wyk, auf der er das Hotel mit einem roten Kreuz markiert hatte.

»Danke.« Jella lehnte sich zurück und wandte sich an ihre Kolleginnen. »Was haben wir?«

»Eine schwangere Frau, die vermutlich nach ihrem Tod begraben wurde«, sagte Bala. »Wir wissen nicht, woran sie gestorben ist. Die Chance, dass sich das anhand des Skeletts nachweisen lässt, ist gering.«

»Der Park wird überwiegend von Patienten und Mitarbeitern der Rehaklinik genutzt, ist aber über die Straße und den Strand frei zugänglich«, griff Kim den Faden auf. »Auch in der Nebensaison gehen viele Menschen am Strand oder auf dem etwas höher gelegenen Weg spazieren. Einige von ihnen machen einen Abstecher in den Park und das darin gelegene Wäldchen.«

»Die Frau war lediglich mit Slip, T-Shirt und BH bekleidet«, sagte Jella. »Sie hatte weder Schuhe noch Hose oder Rock an. Warum?«

»Der Täter wollte verhindern, dass sie identifiziert werden kann?«, schlug Bala vor.

»Ja, das könnte sein«, sagte Jella. »Aber er oder sie war nicht konsequent. Warum nicht? Bestand eine gewisse Scham, die Frau nackt in das Grab zu legen? Das würde für eine Bindung zwischen Täter und Opfer sprechen. Zusätzlich scheint sie nicht achtlos in das Grab geworfen worden zu sein, sondern lag auf dem Rücken, die Beine nebeneinander, die Hände gefaltet. Mehr noch.« Sie wandte sich an Bala. »Können wir das Video anschauen?«

Bala griff nach ihrem Laptop und zog einen Minibeamer aus ihrer Umhängetasche. Sie verband beides miteinander und spielte den von der Drohne aufgenommenen Film auf einer freien weißen Wandfläche ab. Nachdem die Drohne eine Weile über der Fundstelle geschwebt war, gab Jella ihrer Kollegin ein Zeichen, die Aufnahme zu stoppen.

»Hier sieht man es ziemlich deutlich. Die Minilichtung liegt umgeben von einer Reihe hoher Bäume. Es wirkt auf den ersten Blick wie vor langer Zeit angelegt – für genau so einen Zweck. Was natürlich nicht sein kann, da es zum Teil sehr langsam wachsende Bäume sind. Aber der Platz könnte durchaus bewusst gewählt worden sein, also wäre es kein zufälliger Ablageplatz.«

Bala und Kim nickten, während Günther Simon aufmerksam zuhörte.

»Das Grab liegt nur wenige Meter von dem Weg entfernt. Das heißt, die Person, die die schwangere Frau dort vergraben hat, ist ein großes Risiko eingegangen. Graben an dieser Stelle muss nicht nur mühsam gewesen sein, sondern auch einige Zeit in Anspruch genommen haben. Warum also dort? War es ein bewusst gewählter Platz, weil der Täter der Frau und dem ungeborenen Kind die letzte Ehre zuteilwerden lassen wollte?«

Jella nickte Bala zu, die daraufhin den Film weiterlaufen ließ. »Hier sieht man deutlich, dass es mehrere geeignete Stellen im Park gegeben hätte, die weiter von einem Weg entfernt, aber nicht so von Bäumen eingerahmt sind wie der Fundort. Der Täter ist also – vermutlich bewusst – ein großes Risiko eingegangen. Das alles spricht dafür, dass Täter und Opfer ein persönliches Verhältnis – wie auch immer es ausgesehen hat – zueinander hatten«, endete Jella.

»Eine Beziehung?«, fragte Kim. »Lebenspartner oder Ehemann?«

»Das wäre auch meine erste Wahl. Aber das Verhältnis

kann auch einseitig gewesen sein. Der Täter kann zum Beispiel das Opfer länger beobachtet, es in Gedanken in seine Welt eingeflochten haben, was dann in seiner Vorstellung durchaus so etwas wie eine Beziehung gewesen sein könnte.«

»Täter, also männlich?«, frage Kim.

»Statistisch gesehen wird es sich um einen Mann handeln. Im Moment würde ich da auch hin tendieren. Allein das Grab auszuheben bedarf viel Kraft, was eher auf einen Mann hinweist. Die Frau musste transportiert und ins Grab gelegt werden. Natürlich könnte eine Frau auch Unterstützung gehabt haben. Im Moment fischen wir im Trüben, das ist leider bei solchen Fällen so. Selbst ob es sich tatsächlich um ein Tötungsdelikt handelt, wissen wir noch nicht beziehungsweise wird unter Umständen auch die Rechtsmedizin nicht nachweisen können.«

»Klingt nach extrem schwierigen Ermittlungen«, warf Bala ein.

Jella nickte. »Wir müssen uns auf die Identifizierung der Frau konzentrieren. Ich hoffe, dass wir uns von da aus langsam weiter vorarbeiten können.« Sie hielt kurz inne. »Deshalb schlage ich vor, dass Bala die Vermisstenfälle der letzten Jahrzehnte recherchiert, während Kim und ich Herrn Friedrichsen besuchen. In Ordnung?«

4

Jella startete den Motor und fuhr aus dem Hafenbereich heraus.

»Rufen wir den Ex-Kollegen nicht vorher an?«, fragte Kim.

»Ich würde ihn lieber überraschen.«

»Okay. Du vermutest, dass er uns helfen kann?«

»Wenn er hier zwanzig Jahre die Polizeistation geleitet hat, ist die Chance groß, dass er sich an etwas erinnert. Es muss nicht unbedingt eine offizielle Vermisstenmeldung gegeben haben.«

»Eine Rumänin … Schwarzarbeit?«

Jella nickte. »Nur anhand von drei Etiketten auf die Nationalität des Opfers zu schließen, ist natürlich wenig stichhaltig, aber im Moment haben wir sonst nichts, also gehen wir mal davon aus, dass die Etiketten etwas zu bedeuten haben. Jetzt lassen wir uns erst mal überraschen, was Herr Friedrichsen uns zu sagen hat.«

»Deine Analyse vorhin war übrigens ziemlich cool.«

»Cool würde ich sie nicht unbedingt nennen. Auf jeden Fall war sie gewagt, weil wir definitiv zu wenige Anhaltspunkte haben − aber das wird sich hoffentlich bald ändern, und dann werden wir das Täterprofil *step by step* anpassen.«

»Das sieht nach verdammt schwieriger Ermittlungsarbeit aus, oder?«, warf Kim ein.

Jella wiegte den Kopf hin und her. »Auch das lässt sich im Moment nur vermuten. Im Prinzip hast du recht. Wenn wir nicht schnell Klarheit über die Identität der Leiche bekommen, werden die Ermittlungen zäh. Wir müssten der Frau das Gesicht zurückgeben, also eine Gesichtsrekonstruktion machen lassen. Es gibt nur wenige Experten, die das können – und es kann Wochen dauern. Von den Kosten einmal ganz abgesehen.«

»Und per Computer?«, fragte Kim.

»Der kann die Handarbeit leider noch nicht ersetzen. Andererseits wäre das eine schnelle und sicher preiswertere Alternative.«

Sie hatten Wyk inzwischen hinter sich gelassen und fuhren durch Wrixum, einen kleinen Ort, der direkt an die Inselhauptstadt anschloss.

»Merkwürdige Ortsnamen«, murmelte Kim.

»Dabei sind die schon eingedeutscht. Auf Föhr wurde und wird Fering gesprochen, das ist ein nordfriesischer Dialekt. Schwer zu verstehen. Aber wie das so ist, stirbt auch hier die ursprüngliche Sprache aus. Mein Großvater hatte ein Faible für nordfriesische Dialekte.«

»Alkersum«, las Kim den nächsten Namen vom Ortsschild ab.

Der kleine Ort Oldsum lag in der Mitte der Insel. Als sie sich näherten, drosselte Jella die Geschwindigkeit und warf einen kurzen Blick auf Kim.

»Keine Sorge«, sagte ihre Kollegin. »Ich glaube nicht, dass Bala homophob ist.«

Jella lächelte erstaunt. »Kannst du Gedanken lesen?«

»Leider nein, aber ich habe deine Reaktion beobachtet, als Bala die Bemerkung über meine Frau gemacht hat. Mach dir da keine Sorgen, ich klär das mit ihr.«

»Okay, aber wenn es zum Problem wird und unsere Teamarbeit behindert, kann ich das nicht mehr ignorieren.«

»Ach, Bala ist eine ganz Liebe. Das klappt schon. Vertrau mir einfach.« Kim musterte sie. »Du hast noch Fragen?«

Jella wunderte sich. Kim schien doch nicht so abgebrüht zu sein, wie sie auf den ersten Blick gewirkt hatte. »Mir wäre bei Balas Bemerkung die Hutschnur geplatzt. Du hast fast gar nicht darauf reagiert.«

»Ich habe mir mit der Zeit ein dickes Fell zugelegt. Was meinst du, was ich bei uns in Schleswig schon für Sprüche gehört habe? Okay, hin und wieder schalte ich auf Angriff, vor allem bei so richtig dummen Typen, die uns Lesben als Bedrohung ansehen oder einfach nur zu dämlich sind, um mal über den Tellerrand zu schauen.«

»Klingt trotzdem anstrengend«, sagte Jella.

»Stimmt schon, aber meine Frau und ich wollen nicht in die Opferrolle reinrutschen. Klar, homophobe Tendenzen haben in den letzten Jahren nicht gerade abgenommen, aber wir wollen einfach ganz normal leben und nicht durch unsere sexuelle Orientierung, wie das immer so schön heißt, definiert werden.«

»Ja, verstehe ich. Ich wollte dich mit meiner Frage nicht bedrängen.«

»Hast du nicht. Echt nicht. Wir lernen uns gerade kennen, alle drei. Das ist halt manchmal etwas holprig.«

Jella bog von der Rundföhrstraße in den Miremswai ab, der laut Navi direkt auf Oldsum zuführte. Knapp vierhundert Meter weiter hielt sie sich links und fuhr in den Ort hinein. Nach kurzer Suche hatten sie das Haus von Jan Friedrichsen gefunden und parkten auf dem kleinen Hof des Gebäudes.

»Haben hier nicht alle Straßen Namen?«, fragte Kim verwundert.

»Nein, nur ein paar. Ansonsten gibt es bloß Hausnummern.«

Sie stiegen aus und gingen auf das alte, reetgedeckte Friesenhaus zu. In dem gepflegten Vorgarten blühten Stauden in allen möglichen Farben. Jella sog den Duft der Blüten tief ein und schloss kurz die Augen. Unwillkürlich musste sie an Deetje denken, die sie erst vor wenigen Stunden verlassen hatte.

Als Kim nach einer Klingel suchte, öffnete sich die Haustür und ein Mann Mitte siebzig stand mit fragendem Blick vor ihnen.

»Jella Jensen, Kriminalpolizei Flensburg. Das ist meine Kollegin Kim Gerst. Herr Friedrichsen?«

Der Mann nickte. »Sie sind wegen der Leiche in Utersum hier? Beim Kaufmann habe ich davon gehört.« Er trat zur Seite. »Dann mal rein in die gute Stube.«

Jan Friedrichsen führte sie durch einen weiß gekalkten Flur in die Küche des Hauses. In dem über zwanzig Quadratmeter großen Raum stand ein alter, massiver Holztisch, um den vier ebenso alte Binsenstühle aus Eiche platziert waren.

»Darf ich Ihnen einen Tee anbieten? Ich habe ihn gerade aufgesetzt.«

»Gern«, sagte Jella und auch Kim stimmte zu.

Jan Friedrichsen zeigte zum Tisch. »Dann nehmen Sie mal Platz.«

Jella zog einen Stuhl vor und setzte sich. Kim folgte ihr. Der pensionierte Inselpolizist holte Tassen aus dem Schrank, schenkte den Tee ein und setzte sich dann an den Tisch.

»Sie wollen sicher wissen, ob es während meiner Zeit Vermisstenmeldungen gab.« Ohne auf Jellas oder Kims Re-

36

aktion zu warten, fuhr Friedrichsen fort: »Das hat es natürlich. Gerade unter den Gästen auf der Insel gab es hin und
wieder eine Meldung. Allerdings war das in fast allen Fällen
falscher Alarm: Eltern, die ihre Kinder nicht erreichen
konnten, junge Frauen oder Männer, die ihre mitgereisten
Freunde vermissten. Nach spätestens zwei, drei Tagen war
die gesuchte Person wieder da. Manchmal sogar schneller.
Aber das finden Sie natürlich auch alles in den Akten.«

»Eine Kollegin arbeitet sich gerade ein. Die Tote muss
mindestens acht Jahre in Utersum gelegen haben. Gab es
entsprechende Meldungen?«

Jan Friedrichsen ließ sich Zeit für eine Antwort, trank
einen Schluck Tee und lehnte sich auf dem Stuhl zurück.
»Mindestens acht Jahre. Also ist die Leiche schon skelettiert?«

Jella nickte.

»Und es gibt keine Hinweise auf die Identität? Kleidung, Papiere oder Ähnliches?«

»Sie wissen, dass ich Ihnen eigentlich keine Details nennen darf. Kann ich auf Ihre Diskretion zählen?«

Jan Friedrichsen sah sie mit zusammengezogenen
Augenbrauen an. »Ich bitte Sie! Ich war über vierzig Jahre
Polizist. Das ist doch selbstverständlich.«

»Bis auf die Unterwäsche war die Frau unbekleidet. Sie
war übrigens schwanger.«

Jan Friedrichsen sog geräuschvoll die Luft durch die
Nase ein. »Das auch noch! Nicht zu fassen.« Er atmete tief
durch und legte den Kopf in den Nacken. »Das kann ja ein
verdammt großer Zeitraum sein. Gibt es sonst noch Hinweise?«

Jella entschied sich, auch den Rumänienbezug offenzu-
legen. Wenn der ehemalige Inselpolizist ihnen helfen sollte,

brauchte er alle Informationen, die ihnen vorlagen. »Es könnte eine Verbindung zu Rumänien geben.«

Friedrichsen nickte nachdenklich. »Mal vorab: In meiner Zeit gab es vier – ich nenne es jetzt mal, *wirkliche* Vermisstenfälle. Ein junger Mann hat sich in den Dünen das Leben genommen. Wir haben ihn tagelang gesucht und schließlich auch gefunden. Eine ältere, an Demenz leidende Frau ist mitten im Winter aus dem Haus gelaufen und am nächsten Tag erfroren aufgefunden worden. Dann gab es eine junge Frau, die vermisst wurde. Das müsste …«, Friedrichsen schloss kurz die Augen, »… zwölf Jahre zurückliegen. Eine Patientin der Rehaklinik. Sie war Mitte zwanzig und würde demnach in ihr Profil passen. Allerdings war sie Deutsche, und ich erinnere mich nicht an einen Migrationshintergrund.«

Jella beugte sich leicht vor. »Wurde sie gefunden?«

»Jein. Zuerst haben wir die Umgebung der Klinik abgesucht, das Übliche halt. Die Kollegen in Flensburg wurden benachrichtigt und haben die Suchmeldung weitergegeben – der übliche Weg bei zurechnungsfähigen Erwachsenen. Acht Tage später wurde uns mitgeteilt, dass die Frau sich gemeldet habe. Offensichtlich hatte sie sich selbst entlassen und niemandem etwas davon gesagt.«

»Und der vierte Fall?«

»Das war auch eine junge Frau. Vor …« Jan Friedrichsen kratzte sich am Kopf. »Das war kurz bevor ich in Pension gegangen bin, also vor nicht einmal sechs Jahren, und damit zu kurz für ihre Leiche. Schwanger war sie sicher auch nicht.«

»Ist die Frau gefunden worden?«

Jan Friedrichsen schüttelte den Kopf. »Nein. Sie hatte im Übrigen auch nichts mit Rumänien zu tun. Eine Insulanerin, Tochter eines Biobauern. Zum Zeitpunkt ihres Verschwindens war sie neunzehn Jahre alt. Aber das finden Sie alles in den Akten.«

»Wie ist ihr Name?«

»Wiebke Ingwersen. Ich kannte sie. Wie das hier so ist auf der Insel. Sie hatte auf dem Gymnasium in Husum Abitur gemacht und arbeitete für ein Jahr bei ihrem Vater auf Föhr.«

»In Husum? Aber hier gibt es doch auch ein Gymnasium.«

»Ja, hier war sie auch eine Zeit lang auf der Schule, aber als sich ihre Eltern getrennt haben – da muss Wiebke in der siebten oder achten Klasse gewesen sein –, ist sie mit ihrer Mutter nach Husum gezogen. In der ersten Zeit war der Kontakt zum Vater wohl schwierig … Wie das so ist. Die Eltern bekämpfen sich bis aufs Messer und die Kinder sollen sich plötzlich für einen Elternteil entscheiden. Ihre Mutter hat Wiebke wohl auch als Druckmittel benutzt und verhindert, dass sie ihren Vater besucht. Das hat sich dann zum Glück irgendwann geklärt.«

»Wollte Wiebke längerfristig auf dem Hof ihres Vaters arbeiten?«, fragte Jella.

»So genau war ich mit den Verhältnissen nicht vertraut. Ich weiß nur, dass sie dort quasi ein Praktikum gemacht hat. Sie überlegte schon, ob sie Landwirtschaft studieren sollte, aber wenn ich mich richtig entsinne, war das noch nicht geklärt.« Friedrichsen lächelte matt. »Dann ist sie irgendwann Anfang Juni verschwunden.« Er hielt inne und schien zu überlegen, was er weiter sagen sollte oder wollte. »Nun gut, das meiste wird in den Akten stehen. Vater und Tochter hatten vor Wiebkes Verschwinden eine Auseinandersetzung – eine sehr heftige, wie sich herausstellte. Wiebke war wohl am Zweifeln, ob die Arbeit auf Dauer etwas für sie ist, und dachte über einen Abbruch des Praktikums nach.«

»Gab es Zeugen für den Streit?«, fragte Kim.

»Nicht direkt. Sie hat einer ehemaligen Schulfreundin, die zu Besuch bei den Eltern war, von ihren Zweifeln erzählt und war wohl am Überlegen, wie sie es ihrem Vater beibringen sollte.«

»Was dann am Tag ihres Verschwindens schiefgelaufen ist?«, fragte Jella, die aufmerksam zugehört und sich Notizen gemacht hatte.

»Ja, das hat Wiebkes Vater zugegeben, allerdings erst nach vielen Tagen der Suche. Nachdem klar war, dass Wiebke nicht in Husum bei ihrer Mutter oder bei einer ihrer Freundinnen ist, haben wir mindestens fünf groß angelegte Suchaktionen auf der Insel gestartet. Natürlich ist der Vater in den Fokus der Ermittlungen geraten. Ihre Kollegen aus Flensburg waren hier. Vielleicht sollten Sie mit denen darüber sprechen.«

Jella nickte. »Sie halten es nicht für möglich, dass der Vater etwas mit dem Verschwinden seiner Tochter zu tun hatte?«

»Es gab keine Beweise, die Hindrik Ingwersen damit in Verbindung gebracht hätten. Wenn Sie mich persönlich fragen, halte ich es für ausgeschlossen. Er hat seine Tochter über alles geliebt und hätte ihr nie etwas angetan.«

»Der Vater lebt noch auf der Insel?«, warf Kim ein.

»Ja. Er hat schwere Zeiten durchgemacht: zuerst seine Tochter, dann ist er mit dem Betrieb nicht mehr zurechtgekommen. Wie seine Ex-Frau reagiert hat, können Sie sich sicher vorstellen. Nach einem Jahr war Hindrik nicht mehr er selbst. Inzwischen hat er sich wieder berappelt.« Jan Friedrichsen schaute zwischen Jella und Kim hin und her.

»Es wäre vielleicht gut, wenn Sie ihn nicht noch einmal mit der Geschichte belasteten.«

»Wir werden darauf achten«, erwiderte Jella ausweichend. »Gab es weitere Fälle? Vielleicht inoffizielle, von denen sie sozusagen nur aus zweiter Hand erfahren haben?«

»Wissen Sie, wie viele Menschen jedes Jahr auf Föhr herumlaufen? Nicht alle sind halbwegs offiziell hier, haben irgendetwas gemietet oder wohnen im Hotel. Es gibt Wohnmobile, den Zeltplatz und manchmal hat eine Person eine Wohnung oder ein Haus gemietet und andere kommen ohne Anmeldung mit oder sind zwischendurch zu Besuch. Außerdem sind hier jedes Jahr unzählige Saisonkräfte beschäftigt, von denen vermutlich nicht wenige schwarzarbeiten.«

»Sie haben also keinen Tipp für uns, wo wir ansetzen könnten?«

»Spontan nicht.« Jan Friedrichsen wandte seinen Blick ab und schaute aus dem Küchenfenster. »Rumänien, sagten Sie? Sie vermuten, dass die Frau Rumänin ist?«

»Das ist im Moment unser einziger Anhaltspunkt.«

»Hier arbeiten in der Saison viele Osteuropäer. Manche haben sich hier sogar niedergelassen und sind das ganze Jahr über da. Inzwischen ist das ja kein Problem mehr.« Er wandte sich wieder um. »Oder vermuten Sie, dass die Frau Prostituierte war?«

»Gibt oder gab es Sexarbeiterinnen auf Föhr?«, fragte Kim, bevor Jella antworten konnte.

»Nicht offiziell, wenn Sie das meinen, aber in der Saison gibt es sicher die eine oder andere Dame auf der Insel, die dem Gewerbe nachgeht.«

Jella zog eine Visitenkarte aus der Tasche und reichte sie Jan Friedrichsen. »Vielen Dank, dass Sie sich die Zeit genommen haben. Falls Ihnen noch etwas einfällt, können Sie mich jederzeit unter der Handynummer erreichen.« Sie stand auf und Kim folgte ihr.

Friedrichsen begleitete sie zur Haustür. Als Jella sich an der Gartenpforte umdrehte, stand der pensionierte Inselpolizist immer noch an der gleichen Stelle. Sie nickte ihm zu und ging dann weiter zum Wagen.

»Hätten wir ihn nicht noch mehr löchern sollen?«, fragte Kim, als Jella durch Oldsum fuhr. Rechts und links der Straße standen mehrere große, reetgedeckte Friesenhäuser, die dem Ort eine besondere Note gaben. »Der wusste doch mehr, als er gesagt hat«, hakte sie nach, als Jella nicht antwortete.

»Jan Friedrichsen war Polizist. Wenn er bis jetzt geschwiegen hat, werden wir ihn wohl kaum unter Druck setzen können. Entweder meldet er sich noch mal oder wir kommen auf ihn zurück – aber nur, wenn wir konkrete Fragen haben.«

»Der kommt nicht von allein«, murmelte Kim und sah aus dem Seitenfenster. »Ich hätte niemals gedacht, dass Föhr so viel Landwirtschaft betreibt. Ich dachte, die Inseln leben nur vom Tourismus.«

»Die Landwirtschaft spielt tatsächlich eine Rolle, wenn auch nicht die größte. Trotzdem sind neue Häuser hier kaum bezahlbar.«

»Verrückt. Und wo oder wie leben dann die Menschen, die hier in der Saison arbeiten?«

»Mehr schlecht als recht. Kleine, teure Wohnungen. Aber das Problem haben alle Inseln. Auf Föhr ist ja zumindest die Fläche vorhanden, um neue Häuser zu bauen. Auf den Ostfriesischen Inseln zum Beispiel ist das Platzproblem viel größer.«

»Ja, etliche Häuser in Oldsum sehen nach Ferienhäusern aus. Selbst hier, wo wir weit vom Strand entfernt sind.«

Jella kannte das Problem von Holnis. Die Halbinsel war in den letzten Jahren bei Touristen immer beliebter geworden. Ihre Großmutter hatte bereits mehrere Angebote für ihr Haus bekommen. Die Summen, die dabei genannt worden waren, hatten selbst Jella überrascht.

»Was hältst du von dem Fall des neunzehnjährigen Mädchens?«, fragte Kim. »Hat das was mit unserer schwangeren Frau zu tun?«

»Das wird sich zeigen. Mal sehen, wie weit Bala ist.« Jella sah auf die Uhr. »Wir müssen noch einchecken, und etwas essen sollten wir auch.«

5

Bala saß vor ihrem Laptop und sah nur kurz hoch, als Kim und Jella ins Büro kamen. »Habt ihr etwas erfahren?«

»Der Ex-Kollege war ganz gesprächig«, sagte Kim und setzte sich an ihren Schreibtisch. »Und du?«

»Es gibt keine Vermisstenmeldung, die passen würde. Entweder sind die Frauen wieder aufgetaucht oder das Alter kommt nicht hin. Ab fünfundvierzig Jahren habe ich mal einen Cut gemacht.« Bala zeigte auf einen Ausdruck. »Wollt ihr das gleich hören?«

»Ich schlage vor, dass wir erst mal im Hotel einchecken und uns etwas zu essen suchen. Danach machen wir weiter«, sagte Jella.

Günther Simon hatte sie bei ihrer Rückkehr aus Oldsum im Flur abgepasst und ihr einen Schlüssel für die Polizeistation gegeben, bevor er sich in den Feierabend verabschiedete.

»Gute Idee«, sagte Bala, klappte ihren Laptop zu und stand auf.

Das Hotel befand sich nur wenige hundert Meter von der Polizeistation entfernt. Das ältere Gebäude machte von außen einen gepflegten Eindruck und überraschte innen mit modern eingerichteten Zimmern ohne überladenen Luxus.

Jella packte ihre Sachen in den Schrank, machte sich frisch und verließ das Hotel dann wieder. Bala und Kim

warteten bereits auf der Straße auf sie. Gemeinsam schlenderten die drei über die Wyker Promenade, vorbei an Ge-
schäften, Cafés und Restaurants. Als Kim auf ein Fischres-
taurant zeigte, nickten Jella und Bala fast gleichzeitig. Nach
einem kurzen Blick auf die Speisekarte suchten sie sich
einen Tisch im hinteren Bereich des Lokals, bestellten und
bekamen kurz darauf die Getränke.

Kim hob ihr Wasserglas. »Worauf stoßen wir an? Unseren ersten gemeinsamen Fall?«

Jella hob ebenfalls ihr Glas. »Auf gute Zusammenarbeit,
würde ich sagen.«

Sie stießen an und tranken einen Schluck.

Bala schaute sich im Restaurant um. »Soll ich …?«

Jella schüttelte den Kopf. »Nein, nicht hier. Wenn ihr
noch Energie habt, setzen wir uns später im Büro zusammen.«

»Klar«, sagte Kim sofort. »Ich bin dabei.«

Bala nickte. Daraufhin machte sich Schweigen breit.
Bala schaute auf ihr Handy, Kim sah sich immer wieder
nach ihrem Essen um und Jella dachte an Deetje, der sie
versprochen hatte, sich von Föhr aus zu melden.

»Soll ich ein bisschen von mir erzählen?«, fragte Kim
schließlich in die Stille hinein. »So richtig haben wir uns ja
noch nicht kennengelernt.« Ihre blauen Augen blickten
offen in die Runde. Als Jella nickte und Bala mit den Schultern zuckte, fuhr sie fort. »Ich bin in Lüneburg aufgewachsen. Mein Vater hat sich früh verdrückt; keine Ahnung,
warum. Meine kleine Schwester und ich haben schon lange
keinen Kontakt mehr zu ihm … aber dafür haben wir die
beste Mama der Welt.« Sie räusperte sich. »Nun gut, bevor
es zu rührselig wird: Ich war auf dem Gymnasium und
habe mein Abitur mit Ach und Krach geschafft. Ehrlich ge-

sagt weiß ich nicht mehr, warum ich dann zur Polizei gegangen bin, aber es war zum Glück die richtige Entscheidung. Dass ich auf Frauen stehe, wisst ihr ja. Greta und ich
sind seit fast sechs Jahren zusammen. Sie ist Grundschul-
lehrerin und wünscht sich sehnlichst ein Kind. Fragt mich
bitte nicht, was ich davon halte. Ich weiß es nicht.« Sie fuhr
sich mit der Hand durch die Haare. »Habe ich was vergessen?«

Jella musste über Kims offene Art schmunzeln. Bala, die
sie die ganze Zeit über aus dem Augenwinkel beobachtete,
hatte während der Rede mehrfach geschluckt, lächelte jetzt
aber zurückhaltend. Jella setzte gerade an, etwas zu sagen,
als ein Kellner mit drei Tellern auf ihren Tisch zukam. Er
verteilte die Speisen und wünschte »Guten Appetit, die
Damen!«, bevor er sich abwandte und rasch davonlief. Jella
griff nach Messer und Gabel. »Sieht doch alles sehr gut
aus.«

Sie aßen schweigend. Jellas Scholle schmeckte besser, als
sie es an einem Touristenort vermutet hätte. Nachdem sie ihr
Besteck auf den leeren Teller gelegt hatte, griff sie nach
ihrem Handy und schrieb Deetje schnell eine Kurznachricht.

»Dein Mann?«, fragte Bala.

»Meine Großmutter. Ich hatte sie eigentlich anrufen
wollen.«

»Oh, sie ist sicher bereits eine alte Dame.«

»Das schon, aber rüstig. Ich bin bei ihr und meinem
Großvater aufgewachsen, nachdem meine Eltern gestorben
sind.« Bala senkte den Kopf. Kim sog hörbar die Luft ein.
»Meine Großeltern haben sich rührend um mich gekümmert«, fuhr Jella fort. »Ich hatte Glück im Unglück.«

»Das muss trotzdem schrecklich gewesen sein«, sagte
Bala leise.

Jella nickte. »Es war natürlich ein ziemlicher Einschnitt in meinem Leben. Wir haben in Flensburg gewohnt, meine Großeltern auf Holnis. Das ist eine Halbinsel in der Flensburger Förde. Ihr habt sicher schon mal davon gehört.«

»Heftig«, murmelte Kim und stutzte. »Natürlich nicht die Insel, sondern das mit deinen Eltern.« Sie wandte sich an Bala. »Und du?«

Bala zögerte und schien sich unter Druck gesetzt zu fühlen. Schließlich sagte sie: »Mein Vater war vier Jahre in türkischer Haft. Als er freikam, ist er nach Deutschland geflohen. Hier sind meine drei Brüder und ich geboren.« Balas Stimme klang, als habe sie sich die Sätze zuvor zurechtgelegt und würde sie jetzt ablesen.

»Fahrt ihr noch in die Türkei? Zu Verwandten oder so?«, fragte Kim.

»Nein, das wäre zu gefährlich, meint mein Vater. Nachdem er geflohen ist, wurde er ein weiteres Mal angeklagt und in Abwesenheit zu zehn Jahren Haft verurteilt.«

»Unglaublich. Die Welt ist einfach verrückt – oder, besser gesagt, die Menschen auf ihr.« Kim beugte sich vor und legte ihre Hand auf Balas Arm. »Dann warst du noch nie in deiner Heimat.«

»Ich bin Deutsche«, erwiderte Bala steif, »aber ich weiß, was du meinst. Für meine Eltern ist es sehr schwer, für uns Kinder nicht so.«

Kim schaute zwischen Jella und Bala hin und her. »Na, dann haben wir ja alle unser Päckchen zu tragen.«

»Was haben wir bisher?«, fragte Jella, als sie wieder in ihrem provisorischen Büro saßen, um sich über die Ermittlungsergebnisse des Nachmittags auszutauschen. Günther Simon hatte ihnen auf ihre Bitte hin vor dem Feierabend noch ein

Flipchart hereingeschoben, auf das Jella jetzt in die Mitte *Opfer* schrieb. »Wie kommen wir an ihre Identität?«

»DNA?«, warf Bala ein.

»Wie lange würde das dauern?«, fragte Kim.

Jella schrieb *DNA* auf das Flipchart. »Länger als üblich. Sie müsste aus den Knochen extrahiert werden. Mit ganz viel Glück ist die Frau in der Datenbank. Hoffen können wir darauf aber nicht.«

Kim beugte sich vor. »Könnten wir so auch den Kindsvater ermitteln?«

»Ja, über die Knochen des ungeborenen Kindes. Zunächst sollten wir uns darauf konzentrieren, um wen es sich bei der Frau handelt.«

»Mir geht die junge Frau nicht aus dem Kopf, die ein Praktikum bei ihrem Vater gemacht hat«, sagte Bala. »Auch wenn sie nicht unsere Tote ist, erscheint mir die zeitliche Nähe zu Wiebke Ingwersens Verschwinden auffällig für so eine kleine Insel.«

»Vorausgesetzt, die Frau hat seit etwa zehn Jahren dort gelegen und nicht erheblich länger«, sagte Jella. »Bisher können wir das noch nicht eingrenzen. Aber du hast recht: Wir sollten uns auch mit diesem Vermisstenfall beschäftigen.« Sie schrieb *Wiebke Ingwersen* auf das Blatt und umkreiste den Namen. »Die Ermittlungsakten sollten digitalisiert vorliegen. Wer arbeitet sie durch?«

Bala hob ihre Hand. »Das kann ich machen.«

»Okay. Anschließend werden wir mit dem Vater sprechen. In den Akten werden vermutlich noch andere Zeugen aufgeführt, die wir unter Umständen auch befragen müssen.«

»Du vermutest also einen Zusammenhang?«, fragte Kim.

Jella hob beide Hände zum Zeichen, dass es zu früh war, um darüber zu spekulieren. »Das wird sich zeigen. Wir haben im Moment nicht viele Anhaltspunkte. Da sollten wir nach jedem Strohhalm greifen.«

Kim nickte. »Soll ich mich noch einmal mit der Frau aus der Rehaklinik beschäftigen? Sie ist zwar wieder aufgetaucht, aber die Klinik liegt nun mal in unmittelbarer Nähe zum Fundort der Leiche.«

Jella schrieb *Frau aus Rehaklinik* auf das Blatt. »Ja, auch hier sollten wir schnell an die Akten kommen. Du kannst sie telefonisch befragen. Die Frau hat sich zwar später gemeldet, aber es ist schon ungewöhnlich, von jetzt auf gleich zu verschwinden. Wir sollten der Sache zumindest kurz nachgehen und uns mit der Frau unterhalten.«

Bala hob die Hand. »Als ich die Vermisstenmeldungen durchgegangen bin, habe ich mich gefragt, ob wir den Suchradius vergrößern sollten. Ja, Föhr ist eine Insel, aber sie ist gut an das Festland angebunden. Wir könnten es also auch mit einem Täter zu tun haben, der nur zeitweilig auf der Insel ist oder war und auch andernorts Frauen überfallen oder sogar getötet haben könnte.«

Jella schrieb *Serientäter* auf das große Blatt. »Die Wahrscheinlichkeit scheint mir eher gering, aber wir sollten nichts außer Acht lassen.«

»Hätte ein Serientäter eine so enge Beziehung zu dem Opfer, wie du es vermutest?«, fragte Bala.

»Wenn du eine längere Beziehung meinst, würde ich das eher ausschließen, aber schau dir hartnäckige Stalker an: Es gibt Beispiele, da haben diese Menschen ihr Opfer über Monate, ja, manchmal sogar über Jahre verfolgt. Sie denken, sie hätten ein Recht dazu und fühlen eine intensive Nähe zu ihren Opfern. Das spielt sich alles im Kopf ab.«

Kim sah auf das Flipchart. »Wir haben bisher also nichts.«

»So würde ich das nicht sagen. Dies ist ein *Cold Case*, und den müsst ihr mit anderen Maßstäben messen, als …« Jella malte Anführungszeichen in die Luft. »… ›normale‹ Tötungsdelikte. Wir werden tief graben müssen, um etwas zu finden. Sehr tief.«

6

Kim saß auf dem Bett im Hotelzimmer und starrte die Wand an. Sie dachte an Greta, die sicher auf ihren Anruf wartete. *Warum habe ich keine Lust anzurufen? Habe ich Angst vor der Frage, wie lange der Einsatz auf Föhr dauern wird? Wird das Gespräch wieder auf das leidige Kinderthema hinauslaufen?* Kim griff zum Handy und suchte nach der Kurzwahltaste.

Greta nahm das Gespräch nach dem ersten Klingelton an. »Hallo, Liebes.«

»Wie geht es dir?«, fragte Kim.

»Alles gut. Ich habe den Unterricht für die nächsten Tage vorbereitet. Habt ihr bis jetzt gearbeitet?«

»Ja, ich bin gerade aufs Hotelzimmer gegangen. Die Anreise hat ja schon mehrere Stunden verschlungen. Dann waren wir am Fundort der Leiche. Das Übliche halt.«

»War der Anblick schlimm?«

»Nein, die Frau lag schon lange unter der Erde. Da waren fast nur noch Knochen zu sehen.«

»Oh, es ist eine Frau?«

Kim hatte sich vorgenommen, Greta nichts von dem Kind zu erzählen, weil sie in diesen Dingen ausgesprochen empfindlich war. Außerdem wollte Kim jedes Thema vermeiden, das wieder zu Gretas Kinderwunsch führen würde.

»Ja, das konnte man sehen.«

»Wie lange musst du bleiben?«

»Weiß ich noch nicht. Ein paar Tage. Es wird nicht einfach. Recherche, Befragungen und so weiter und so fort.«

»Verstehe.« Greta schwieg.

Kim wusste, was sie dachte. Sie hatten sich lange über ihre Bewerbung in Flensburg unterhalten, aber Greta hatte nicht verstanden, warum es Kim *in die Ferne zog.* Genau das waren die Worte gewesen, die sie benutzt hatte. Aus ihrem Mund hatte das geklungen, als würde Kim ans andere Ende der Welt ziehen. »Zumindest das Wetter ist hier gut«, lenkte sie das Gespräch in eine andere Richtung. »Auch wenn wir uns nicht an den Strand legen können, hebt das die Stimmung. Die Chefin ist top, die Kollegin etwas …na ja … seltsam, aber das legt sich sicher bald.«

»Ist sie eine gläubige Muslima?«

»Das weiß ich nicht. Die Eltern sind schon Jahrzehnte in Deutschland und Bala ist hier geboren. Daher hat sie natürlich einen deutschen Pass. Muss sie ja.« Kim erschrak über ihre eigenen Gedanken. Bala war Deutsche und schien das auch so zu empfinden. Wieso sprach sie also von einem deutschen Pass, als wäre die Kollegin weniger deutsch und damit irgendwie schlechter als sie? »Also, Bala ist durch und durch Deutsche, meine ich damit.«

»Warum auch nicht?«, sagte Greta. »Ist doch heute nicht mehr so wichtig, welchen familiären Hintergrund man hat. Bei mir in der Klasse hat fast ein Drittel der Kinder einen Migrationshintergrund.«

»Ich habe deshalb auch keine Probleme mit Bala. Sie hat nur so eine merkwürdige Bemerkung gemacht. Sicher meint sie es nicht so.«

»Merkwürdig?«

»Nicht so wichtig. Sonst ist sie ganz okay und scheint eine wirklich fähige Polizistin zu sein. Ich glaube, wir werden ein gutes Team.«

Wieder schwieg Greta. Hatte sie auf etwas anderes gehofft? Dabei wusste sie, wie wenig berufliche Perspektiven Kim in Schleswig hatte. Doch ein Ortswechsel kam für sie nicht infrage, eine Wochenendbeziehung ebenso wenig. Die neue Einheit, die an verschiedenen Orten in Schleswig-Holstein ermitteln würde, war Kims einzige Chance gewesen, etwas Abwechslung in ihren Berufsalltag zu bringen. »Ich denke, ich bin in zwei bis drei Tagen wieder zu Hause«, sagte sie in die Stille hinein. »Allerspätestens am Wochenende. Bis dahin haben wir bestimmt die ganze Insel umgekrempelt.«

»Ja, so groß ist Föhr nun auch wieder nicht.«

Sie sprachen noch über Gretas Tag in der Schule und das Grundstück im Neubaugebiet, für das sie sich bewerben wollten, bevor Kim sich müde verabschiedete. Der Tag hatte es in sich gehabt. Zumindest war das Gespräch mit Greta besser verlaufen, als Kim erwartet hatte. Kein einziges Mal war sie auf das Thema Kinder zu sprechen gekommen.

Kim hatte wider Erwarten gut geschlafen und stand jetzt voller Tatendrang unter der Dusche. Das warme Nass auf ihrer Haut fühlte sich gut an. Sie wusch sich die Haare und trocknete sich dann vor dem großen Spiegel im Bad ab. In frischen Klamotten trat sie Minuten später auf den Flur. Vor dem Aufzug wartete Bala, die ihr freundlich entgegenlächelte.

»Gut geschlafen?«

Kim nickte. »Und du?«

»Zu Hause ist es mir lieber, aber das Zimmer und das Bett sind sehr gut. Hast du Jella schon gesehen?«

»Wahrscheinlich ist sie joggen. Hat sie nicht erwähnt, dass sie jeden Morgen läuft?«

Die Aufzugtür öffnete sich und sie traten ein. Bala drückte auf den Knopf fürs Erdgeschoss. »Gestern …«, sagte sie zögernd. »Also, meine Bemerkung über deine Frau … die war daneben. Entschuldige bitte.«

»Schon vergessen.«

Die Tür öffnete sich und Bala wartete, dass Kim vorausging. »Es ist mir so rausgerutscht«, fuhr sie fort, als sie zusammen an einem Tisch im Frühstücksraum saßen. »Ich habe nichts dagegen, wenn sich zwei Frauen … wenn sie zusammen sind.«

»Wie gesagt, alles gut. Ich höre von Kollegen noch ganz andere Sprüche. Die meisten sind da nicht so feinfühlig.«

Sie bestellten sich Getränke bei einer Servicekraft und gingen dann zusammen zum Büffet.

»Hast du einen Freund?«, fragte Kim, als sie nebeneinander an der Theke standen, auf der von einem Koch Rührei frisch aus der Pfanne angeboten wurde.

»Nein, nicht mehr.«

Der Koch reichte Kim einen gefüllten Teller, und sie wartete, bis auch Bala Rührei bekommen hatte. Nachdem sie wieder an ihrem Tisch Platz genommen hatten, fragte sie vorsichtig nach: »Was ist schiefgelaufen?«

»Er war der Falsche.«

»Lass mich raten: Ihm gefiel dein Job nicht.«

Bala nahm den Kaffeebecher in beide Hände, als wollte sie sich daran festhalten. »Ja, das war auch ein Punkt.«

»Du redest nicht gern darüber?«

»Wer spricht schon gern über Niederlagen. Du?«

»Nicht wirklich«, sagte Kim. »Aber manchmal tut es gut, darüber zu reden. Häufig sind Niederlagen der Anfang von etwas Neuem, Besserem.«

»Wir sind seit zwei Jahren nicht mehr zusammen. Miran

hat eine Frau gefunden, die zu ihm passt, und ich habe meine Arbeit und meine große Familie.«

»Ja, vielleicht ist das der Unterschied«, sagte Kim nachdenklich und sah Jella auf ihren Tisch zugehen.

»Guten Morgen! Reicht die Zeit noch für einen schnellen Kaffee?«, fragte sie und setzte sich zu ihnen.

7

»Moin, Klaas. Gut nach Hause gekommen?« Jellas erste Amtshandlung an diesem Morgen war ein Anruf bei ihrem Kollegen.

»Wir haben gerade noch die letzte Fähre geschafft. Es reicht ja, wenn ihr euch auf der Insel rumtreibt.«

»Hast du noch was für mich?«

»Logisch. Ein paar schöne Fingerabdrücke vom Täter und seine DNA noch obendrauf.«

Jella verzog ihr Gesicht. An Klaas Mathiesens Humor musste sie sich nach ihrem London-Aufenthalt erst wieder gewöhnen. »Damit komm ich schon mal weiter. Hast du sonst noch was?«

Der Kriminaltechniker lachte. »Gut gebrüllt, Löwin.« Er wurde ernst. »Das Wesentliche habt ihr ja schon vor Ort mitbekommen. Die Frau ist dort regelrecht beerdigt worden. Da hat letztlich nur noch das Kreuz mit ihrem Namen gefehlt.«

»Wie lange wird es gedauert haben, bis das Grab ausgehoben war?«

»Ich gehe davon aus, dass die Bodenbeschaffenheit zu der Zeit in etwa die gleiche war wie heute und schätze die Zeit auf mindestens drei Stunden, eigentlich eher vier bis fünf. Harte Erde, viele Wurzeln. Es war auch sicher nicht absehbar, ob das Ausheben des Grabes überhaupt möglich sein würde. Wenn du mich fragst, hätte es sicher einfachere Böden gegeben und vermutlich auch entlegenere Stellen auf der Insel.«

»Das ist auch mein Eindruck. Selbst in dem Wäldchen hätte es Alternativen gegeben.«

»Mein Reden.«

»Hast du noch was für mich?«, wiederholte Jella.

»Ich habe mich gestern noch mit einem befreundeten Forensiker aus Hamburg unterhalten und ihm die Bodenbeschaffenheit, die Tiefe des Grabes und die Temperaturverhältnisse auf der Insel geschildert. Eine mehr oder weniger vollständige Skelettierung würde gemäß seiner Einschätzung etwa nach acht Jahren eintreten. Das war bei der Frau und ihrem Kind noch nicht ganz der Fall. Ich lag also ziemlich richtig mit meiner Einschätzung.«

»Nach hinten hin lässt sich der Zeitraum aber nicht eingrenzen?«

»Zumindest nicht auf Jahre. Dass die Frau da nicht schon Jahrhunderte liegt, können wir aufgrund der gefundenen Etiketten als gesichert annehmen.«

»Was ist deine Schätzung?«

»Nicht mein Fachgebiet. Frag die Gerichts…«

»Ich frage aber dich. Hast du mir nicht mal erzählt, dass du dich genau für dieses Thema interessierst? Oder habe ich da etwas falsch verstanden?«

Klaas Mathiesen stöhnte theatralisch. »Selbst schuld. Hätte ich nur meinen Mund gehalten.« Er räusperte sich. »Also gut. An den Knochen kannst du nicht erkennen, ob sie zehn, zwanzig oder vierzig Jahre da liegen. Ab fünfzig Jahren gibt es eine Methode; die anzuwenden, scheint mir hier aber nicht notwendig zu sein. Was haben wir stattdessen? Die Skelettierung war noch nicht ganz abgeschlossen. Schon aus diesem Grund können wir die Zeit eingrenzen. Außerdem haben wir die Erde, den Slip, das T-Shirt und den BH. Fangen wir bei der Erde an. Ohne dich langweilen zu wollen mit dem ganzen Fachkauderwelsch, bringe ich es mal auf den Punkt: Wir haben eine Probe der Erde genommen. Dafür haben wir ein Rohr mit einem Durchmesser von etwa zehn Zentimetern in den Boden gerammt und somit einen Querschnitt der Bodenschichten bekommen. Kurz und gut, ich habe sie heute Morgen einer ersten Analyse unterzogen und bin zu dem Ergebnis gekommen, dass wir von acht bis maximal siebzehn Jahren ausgehen können. In diesem Zeitraum wird die Frau dort vergraben worden sein. In zwei bis drei Tagen kann ich dir sagen, ob ich das noch eingrenzen kann und, vor allem, ob ich richtig lag mit meiner Einschätzung.«

»Das wäre also ein Zeitraum von neun Jahren.«

»Richtig gerechnet, Frau Hauptkommissarin«, sagte Klaas Mathiesen. »Jetzt haben wir noch die Etiketten, die dankenswerterweise den Hersteller ausweisen. Ich werde heute prüfen, ob ich darüber etwas herausbekomme. Mit etwas Glück können wir den Todeszeitpunkt dadurch noch weiter eingrenzen.« Der Kriminaltechniker machte eine kurze Pause. »Dann haben wir die Stoffreste. Auch an denen lässt sich abschätzen, wie lange die Frau dort lag. Ich muss noch weitere Untersuchungen machen, damit ich das halbwegs gerichtsfest dokumentieren kann, aber vorab und nur für dich: Unter der Hand würde ich eher acht als zwölf Jahre vermuten. Aber, wie gesagt, wenn du dich etwas geduldest, bekommst du insgesamt ein genaueres Bild.«

»Acht bis zehn Jahre?«

Mathiesen schüttelte den Kopf. »Du nervst, Jella. Ich habe mich schon weit aus dem Fenster gelehnt mit meiner Theorie. Aber unter uns, und jetzt wirklich nur unter uns beiden: Ja, ich würde mich an eurer Stelle auf diesen Zeitraum konzentrieren und trotzdem damit rechnen, dass es letztlich auch fünfzehn und mehr Jahre sein könnten.«

»Du informierst mich gleich, wenn du weitergekommen bist?«

»Will ich es mir mit dir verscherzen?«

Jella lachte. »Ich denke nicht.«

Ihr nächster Anruf galt Kriminaloberrat Sörensen.

»Guten Morgen, Chef.«

»Guten Morgen! Wie sieht es auf Föhr aus?«

Jella gab Sörensen eine kurze Zusammenfassung. »Unser erstes Ziel wird es sein, die Identität der Frau festzustellen.«

»Wir können also mit hoher Wahrscheinlichkeit davon ausgehen, dass die Frau da höchstens zwanzig Jahre liegt?«

Jella hatte Sörensen nicht im Detail über die Einschätzung des Kriminaltechnikers informiert und den Zeitraum größer angesetzt. »Ja, nach den bisherigen Erkenntnissen ist das realistisch.«

»Das klingt nach schwierigen Ermittlungen.«

Jella ahnte, was jetzt kommen würde.

»Wir haben heute Montag. Ich schlage vor, Sie und Ihr Team geben sich eine Woche. Bis dahin sollten wir relative Klarheit darüber haben, ob eine Identifizierung möglich ist und es Hinweise auf ein Tötungsdelikt gibt. Dann sehen wir weiter.«

Jella vermied es, Sörensen direkt zu antworten, und wechselte das Thema. »Wer ist in der Staatsanwaltschaft für den Fall zuständig?«

»Dr. Niklas Oehler. Er ist erst vor zwei Monaten nach Flensburg gewechselt. Ich habe ihn bereits informiert. Setzen Sie sich direkt mit ihm in Verbindung.« Sörensen gab ihr eine Handynummer. Jellas Kehle war mit einem Mal staubtrocken. »Haben Sie das?«

Jella räusperte sich. »Ja.«

»Dann wäre ja so weit alles klar. Spätestens morgen höre ich wieder von Ihnen. Einen guten Tag, Frau Jensen.«

»Danke«, brachte Jella mit heiserer Stimme heraus und beendete das Gespräch. Sie legte das Handy ab und sah auf. Bala und Kim schienen konzentriert an ihren Laptops zu arbeiten. Jella stand auf und verließ das Büro. Auf dem Flur lehnte sie sich an die Wand und legte den Kopf in den Nacken. Niklas hatte sich von Kiel nach Flensburg versetzen lassen. Warum? Sie hatten klar vereinbart, dass Jella sich melden würde, wenn es etwas zu besprechen gäbe. War die Versetzung an ihren Wohnort Zufall oder hatte sie etwas mit ihrer Beziehung zu tun? Ob seine Frau und der neunjährige Moritz mit nach Flensburg gezogen waren? Oder pendelte Niklas jeden Tag?

Jella eilte aus der Polizeistation, wandte sich nach links und lief am Kai entlang. Erst als sie den Sportboothafen erreicht hatte, blieb sie stehen, atmete tief durch und griff nach ihrem Handy.

»Oehler!«

»Hallo, Niklas«, sagte Jella kühl. »Du bist für meinen Fall zuständig?«

»Jella …« Es schien ihm die Sprache verschlagen zu haben.

Hatte Niklas nicht gewusst, dass sie wieder in Flensburg war? »Es tut mir leid, dass wir unter diesen Umständen voneinander hören«, fuhr sie fort. »Soll ich dir einen kurzen Bericht geben?«

Niklas räusperte sich. »Entschuldige. Sörensen hat mir nicht gesagt, dass du … Also, ich wusste nicht, dass *du* anrufst. Wie geht es dir? Wie lange bist du schon wieder in Deutschland?«

»Warum bist du nach Flensburg gegangen?«

»Es war besser so.«

»Warum?«

»Jella, das zu erklären, ist kompliziert.«

»Du wohnst in Flensburg?«

»Ja, seit zwei Wochen habe ich eine eigene Wohnung.«

»Und deine Familie?«

»Ist in Kiel.«

Jella wagte nicht zu fragen, ob er sich von seiner Frau getrennt hatte. Sie war sich nicht einmal sicher, ob sie je wieder etwas mit Niklas zu tun haben wollte. Warum musste er sich ausgerechnet nach Flensburg versetzen lassen?

»Du bist auf Föhr?«, fragte er in die entstandene Stille hinein.

»Ja. Möchtest du jetzt den Bericht hören?« Als Niklas nicht antwortete, führte Jella in wenigen Worten aus, was in den letzten zwanzig Stunden passiert war. »Hast du noch Fragen?«

»Jella, können wir uns sehen?«

»Willst du etwa nach Föhr kommen?«, fragte sie mit leicht spöttischem Unterton.

»Würdest du das denn wollen?«

»Nein, natürlich nicht. Die Frage war nicht ernst gemeint.« Jella ärgerte sich, dass sie nicht in der Lage war, ruhig und sachlich mit Niklas zu reden. Sie hatte ihre Beziehung beendet, weil sie das ewige Versteckspiel nicht mehr mitmachen wollte. Als Frau in der zweiten Reihe, als Schattenfrau, war sie sich zu schade gewesen. Trotzdem hatte sie Niklas vermisst, seine ruhige, angenehme Art, die Gespräche mit ihm, die Nähe zu einem Menschen, die sie zuvor noch nie so intensiv erlebt hatte. »Bist du noch da?«, fragte sie.

»Ja, entschuldige. Natürlich reicht mir dein mündlicher Bericht erst mal. Brauchst du irgendeine Unterstützung?«

»Im Moment nicht. Wenn, dann melde ich mich bei dir.«

»Okay. Meine Handynummer hast du ja. Das ist mein Diensthandy. Die private Nummer ist die gleiche geblieben. Du hast sie noch?«

»Ja. Mach's gut, Niklas.«

»Du auch.«

Jella ließ das Handy zurück in ihre Tasche gleiten. Sie wünschte sich, länger gewartet zu haben, bevor sie Niklas anrief. Hatte sie seine Stimme hören wollen? Warum hatte er nicht die Chance genutzt und ihr gesagt, ob er sich von seiner Frau getrennt hatte? Würde es etwas an ihrem Entschluss ändern, wenn dem so wäre? Jella schüttelte frustriert den Kopf. Sie wusste es nicht. Und das fühlte sich noch schmerzhafter an als die Trennung selbst.

Ihr Blick fiel auf die Segel- und Motorboote, die zu Dutzenden an vier langen Stegen lagen. Die Boote schwankten leicht in der Dünung. *Jetzt den Rucksack packen und in Richtung Dänemark segeln.* Seufzend wandte Jella sich ab, schob die Erinnerungen an die Segeltörns mit ihrem Großvater beiseite und machte sich auf den Weg zur Polizeistation.

»Stören wir dich?«, fragte Bala an Kim gewandt, nachdem Jella zurückgekehrt war und sich zu ihr an den Schreibtisch gesetzt hatte.

Kim sah auf. »Was hast du gefragt?«

»Jella und ich wollen über das vermisste neunzehnjährige Mädchen sprechen. Wir können dazu auch rausgehen.«

Kim schüttelte den Kopf. »Kein Thema.« Sie griff in die Tasche, hielt kleine Ohrstöpsel hoch und steckte sie sich in die Ohren.

»Wie weit bist du?«, fragte Jella.

»Einmal schnell durchgelesen. Grundsätzlich weißt du ja, um was es geht. Nach dem Streit mit ihrem Vater ist Wiebke mit dem Fahrrad losgefahren. Das Rad wurde später in Wyk gefunden, ordentlich angeschlossen und abgestellt.«

»Wann?«

»Zwei Monate, nachdem Wiebke vermisst gemeldet worden war.«

»Ist niemand darauf gekommen, danach zu suchen?«

»Nein. Das scheint mir aber nicht der einzige Fehler gewesen zu sein.« Bala warf einen Blick auf ihre Notizen. »Zunächst ist drei Tage lang gar nichts passiert. Als der Vater schließlich eine eigene Suchmannschaft zusammengestellt hatte, ist auch die örtliche Polizei aktiv geworden und hat die Suchaktion koordiniert. Flensburg wurde erst nach einer Woche informiert. Von dort kamen dann zwei Tage später zwei Kollegen. Vielleicht kennst du sie ja.« Bala las die Namen von ihren Notizen ab.

»Die sind beide inzwischen pensioniert beziehungsweise aus dem Dienst ausgeschieden«, sagte Jella. »Beide waren keine großen Leuchten, um es einmal nett auszudrücken. Der Kollege, der ausgeschieden ist, ging nicht aus freien Stücken.«

Bala zog die Augenbrauen hoch. »Was ist passiert?«

»Seine Personalakte platzte aus allen Nähten, Beschwerden über Beschwerden. Bei dem letzten Übergriff gab es nicht nur Zeugen, sondern auch ein Handyvideo. Das hat das Fass zum Überlaufen gebracht.«

»Oh, davon habe ich gehört.« Bala warf erneut einen

Blick auf ihre Notizen. »Die beiden Kollegen haben dann ziemlich schnell Wiebkes Vater verdächtigt und mehrmals vernommen. Ich habe die Protokolle gelesen. Dabei konnte nichts herauskommen. Die beiden haben sich auf Hindrik Ingwersen festgelegt und ihn unter Druck gesetzt.« Bala reichte Jella einen Stapel Ausdrucke. »Das sind die Protokolle. Ich habe sie ausgedruckt, weil du wahrscheinlich auch einen Blick drauf werfen willst.«

Jella griff nach den Blättern und legte sie vor sich auf den Tisch. »Wie gingen die Ermittlungen weiter?«

»Die Kollegen haben in Wiebkes Umfeld recherchiert. Sie haben die Mutter befragt, Freunde und Bekannte. Die Protokolle sind so kurz, dass man denken könnte, sie wären getürkt. Sie klingen fast alle gleich: Niemand wusste etwas, niemand hat etwas gesehen. Nach zwei Wochen wurden die Ermittlungen zunächst ausgesetzt und später ganz auf Eis gelegt.« Bala reichte Jella weitere Ausdrucke. »Hier sind die Zeugen, die befragt wurden. Ich habe den Namen, das Verhältnis zu Wiebke und ein paar Worte zu der jeweiligen Aussage notiert.«

»Ist nichts dabei, was dir aufgefallen wäre?«

»Schwierig bei diesen Protokollen. Es gab einen jungen Mann, mit dem Wiebke eng befreundet war. Falls wir weiter nachbohren, sollten wir ihn als Erstes befragen. Er steht oben auf der Liste: Tamme Petersen, zwei Jahre älter als Wiebke, also jetzt sechsundzwanzig. Ich habe seine aktuelle Adresse. Er wohnt immer noch auf Föhr.«

»Danke für die gute Vorarbeit. Ich überfliege das. Anschließend fahren wir zu Hindrik Ingwersen und, falls noch Zeit ist, zu Wiebkes Freund.«

8

Jella hielt auf dem Hof neben einem Stall und stellte den Motor ab. Das Bauernhaus lag in der Nähe von Nieblum, etwa sechs Kilometer von Wyk entfernt. Außer dem Haupthaus gab es mehrere Nebengebäude, darunter ein Häuschen, über dessen Tür *Hofladen* stand.

Günther Simon hatte sie bei Hindrik Ingwersen angemeldet und, wie er es formulierte, ein gutes Wort für sie eingelegt. Als sie auf das Haupthaus zugingen, wurde die Tür geöffnet. Ein großer, stämmiger Mann mit naturblonden Haaren trat heraus und musterte Jella und Bala.

»Herr Ingwersen?«, fragte Jella und reichte ihm die Hand, als er nickte. »Ich bin Jella Jensen und das ist meine Kollegin Bala Demir. Haben Sie ein paar Minuten Zeit für uns?«

Wieder nickte er, trat zur Seite und hob seine Hand zum Zeichen, dass sie eintreten sollten. Hindrik Ingwersen lief im Flur an ihnen vorbei, öffnete eine der Türen und ließ den beiden Kommissarinnen den Vortritt in die gemütliche Wohnküche. »Setzen Sie sich doch«, sagte er. »Möchten Sie eine Tasse Kaffee?«

»Gern«, erwiderte Jella, die die Erfahrung gemacht hatte, dass die Atmosphäre bei einer Befragung lockerer wurde, wenn man ein solches Angebot annahm und etwas zu trinken vor sich stehen hatte.

Ingwersen goss drei Tassen Kaffee ein, stellte sie auf den Tisch und setzte sich. »Sie kommen wegen der Frauenleiche, die bei Utersum gefunden wurde?«, fragte er und sah zwischen Jella und Bala hin und her.

»Ja, das ist richtig. Unser Kollege hat Ihnen ja bereits mitgeteilt, dass es sich mit großer Wahrscheinlichkeit nicht um Ihre Tochter handelt.« Eine halbe Stunde zuvor hatte Günther Simon auf Jellas Frage hin, ob er bereits mit Wiebkes Vater gesprochen habe, zugegeben, dass er ihn am Tag zuvor angerufen hatte.

»Und warum kommen Sie dann zu mir?«

»Das ist die übliche Vorgehensweise«, sagte Jella. »Wir schauen nach ähnlich gelagerten Fällen und vergleichen sie miteinander.«

»Sie meinen, Wiebke könnte ermordet worden sein?«

»Ihre Tochter gilt weiterhin als vermisst. Wir beziehen solche Fälle in unsere Ermittlungen ein. Ob es Gemeinsamkeiten gibt, kann man in einer solch frühen Phase noch nicht beurteilen.« Jella hielt kurz inne. »Darf ich Ihnen ein paar Fragen zu Wiebkes Verschwinden stellen?«

»Ihre Kollegen haben mich damals verdächtigt«, sagte Hindrik Ingwersen, ohne auf Jellas Frage einzugehen. »Können Sie sich auch nur annähernd vorstellen, wie furchtbar das alles für mich war? Meine Tochter verschwand einfach, und ich wurde …« Er stöhnte. »Kommt das jetzt alles noch einmal?«

Jella schüttelte den Kopf. »Ganz sicher nicht, Herr Ingwersen. Ich habe die Ermittlungsakten gelesen und weiß, dass die Kollegen seinerzeit Fehler gemacht haben. Dafür kann ich mich im Namen der Polizei nur entschuldigen.« Bei der Durchsicht der Aufzeichnungen war Jella die Schamröte ins Gesicht gestiegen. Die Kriminalbeamten aus Flensburg hatten Verdächtigungen ausgesprochen, ohne Indizien oder gar Beweise zu haben. Kein

Haftrichter hätte auf dieser Grundlage darüber nachgedacht, Hindrik Ingwersen in Untersuchungshaft nehmen zu lassen.

Ingwersen warf ihr einen misstrauischen Blick zu, nickte aber schließlich. »Und was haben Sie für Fragen?«

»Nach all den Jahren, die Ihre Tochter nun schon vermisst wird, haben Sie vielleicht einen anderen Blick auf die damaligen Ereignisse.«

Ingwersen nickte erneut.

»Sie haben seinerzeit angegeben, dass Ihre Tochter den Hof nach einem Streit mit dem Fahrrad verlassen hat. In den Akten steht nicht, ob Sie das selbst gesehen haben.«

»Ja, habe ich. Ich bin ihr sogar hinterhergelaufen. Gerufen habe ich und mich entschuldigt, aber sie ist weitergefahren.«

»Worum ging es in dem Streit?«

»Wie das so ist zwischen den Generationen. Ich habe nicht verstanden, warum Wiebke Zweifel hatte, ob die Arbeit für sie das Richtige ist. Das hat mich wütend gemacht, und ich habe Dinge gesagt, die ich besser nicht hätte sagen sollen.«

»War das Ihr erster großer Streit?«, fragte Bala.

»Großer Streit?« Ingwersen wirkte verärgert, senkte dann aber schuldbewusst den Kopf. »Doch, so war es wohl. Ich hätte das alles niemals sagen dürfen. Da kam plötzlich alles hoch: die Trennung von Wiebkes Mutter; die lange Zeit, in der ich meine Tochter nicht sehen durfte – und das, was ihre Mutter mit mir gemacht hat. Glauben Sie mir, ich bereue diesen Streit jeden Tag und würde alles dafür tun, um ihn rückgängig machen zu können.«

»Hat Ihre Tochter etwas mitgenommen?«, fragte Bala weiter.

»Ja, sie hat ihren Rucksack gepackt und ist Richtung Wyk gefahren. Deshalb habe ich gedacht, dass sie aufs Festland ist, zu ihrer Mutter.«

Wie Jella dank Balas Vorarbeit wusste, wurde das Fahrrad der jungen Frau erst Monate später auf dem Gelände des Inselgymnasiums gefunden, etwa einen Kilometer vom Fährhafen entfernt. Es hatte im frei zugänglichen Fahrradschuppen gestanden und war deshalb erst spät aufgefallen.

»Hatte sie Geld dabei?«, fragte sie.

»Ja, ich denke schon. Wiebke hatte ja ein Konto.« Ingwersen schnappte nach Luft und fuhr mit belegter Stimme fort. »Ihre Mutter hat es vor zwei Jahren aufgelöst. Ich war dagegen, aber …« Ihm versagte die Stimme.

»Reagierte Wiebke sonst auch so emotional und lief weg?«, fragte Jella weiter.

»Eigentlich nicht. Warum fragen Sie?«

»Hat sie sich in den Wochen vor dem Streit anders als üblich verhalten?«

Hindrik Ingwersen rieb sich mit der Hand über die Stirn und schien zu überlegen. »Wie genau meinen Sie das?«

»War Wiebke niedergeschlagen? Ist sie morgens pünktlich zur Arbeit erschienen? Hat sie gegessen wie immer? War sie schneller gereizt als normal?«

»Das ist lange her, aber wenn Sie so fragen … Ja, das könnte sein. Ich dachte damals, sie wolle abnehmen, und hatte mir schon Sorgen gemacht. Die Arbeit auf dem Hof ist trotz aller Maschinen schwer; da muss man schon ein paar Kalorien zu sich nehmen.«

»Und sonst?«

»Wiebke hatte manchmal Phasen, in denen sie Gott und die Welt verflucht hat. Nicht dass Sie jetzt denken, dass sie depressiv war. Nein, so schlimm war es nicht.«

»Und eine solche Phase hatte sie in den Wochen vor Ihrem Streit?«

»Ja, und auch dabei habe ich mir nicht viel gedacht. Wie gesagt, das kam schon manchmal vor. Ich habe es auf die schwierige Zeit geschoben, die Wiebke durchgemacht hat. An Kindern geht so eine Trennung der Eltern doch nie spurlos vorbei. Im Gegenteil, sie sind die wirklichen Leidtragenden.«

»Hatte Wiebke Freunde?«

»Ja, natürlich. Wiebke ist ja früher auf der Insel zur Schule gegangen. Sie hat schnell wieder Kontakt gefunden.« Hendrik Ingwersen schaute auf. »Oder meinen Sie einen festen Freund?«

»Auch das. Hatte Wiebke einen festen Freund?«

Ingwersen seufzte leise. »Als Vater erfährt man so etwas als Letzter. Eine Zeit lang dachte ich, Tamme Peters wäre ein Kandidat.« Er stutzte. »Darf man das so sagen?«

»Natürlich«, sagte Jella. »Das darf man durchaus. Also Tamme?«

»Ich weiß es nicht genau. Sie waren als Kinder eng befreundet, und vielleicht hat Tamme sich Hoffnungen gemacht, aber …« Hindrik Ingwersen ließ den Satz unvollendet.

»Wiebke hat also nie davon gesprochen, dass sie einen Mann kennengelernt hat?«, fragte Bala.

»Wie gesagt, Töchter sprechen darüber wohl eher mit der Mutter. Mir hat Wiebke nichts erzählt.« Ingwersen hatte beim Sprechen wieder seinen Kopf gesenkt. Jetzt schaute er auf und sah Jella direkt an. »Wiebke ist tot, oder?«

Jella stockte für einen Moment der Atem. Diese Art von Frage fürchtete sie, seit sie Polizistin war. Es gab keine Antwort darauf, die dem Schmerz des Vaters, der Mutter oder eines anderen Angehörigen gerecht werden konnte. »Es sind viele Jahre vergangen«, sagte sie vorsichtig. »Es wäre ungewöhnlich, wenn Wiebke sich nicht irgendwann bei Ihnen oder Ihrer Ex-Frau gemeldet hätte. Daher müssen wir leider davon ausgehen, dass sie nicht mehr lebt.«

»Aber es gab schon Fälle, wo Menschen über viele Jahre festgehalten wurden, oder? Es könnte sein, dass …« Hindrik Ingwersen Augen waren feucht geworden und er atmete schwer.

Jella sah ihn voller Mitgefühl an und schwieg. Sie durfte ihm keine falschen Hoffnungen machen.

Bala ließ sich in den Beifahrersitz fallen und atmete tief durch. »Das war ja ein Albtraum.«

Jella hatte das Gespräch nach einigen weiteren Fragen beendet. Hindrik Ingwersen hatte nur noch genickt oder den Kopf geschüttelt; er schien nicht in der Lage zu sein weiterzusprechen. »Ja. Jan Friedrichsen hatte uns gewarnt, dass der Vater noch unter der Situation leidet.«

»Er scheint kaum Abstand zu allem bekommen zu haben. So wie er reagiert hat, hätten auch erst ein paar Wochen vergangen sein können.« Bala griff nach dem Sicherheitsgurt und legte ihn an. »Können wir ihn deshalb als Täter ausschließen oder gerade nicht?«

»Gute Frage«, sagte Jella und startete den Motor.

Sie parkte mitten in Nieblum. Nach einem kurzen Blick auf Google Maps zeigte sie nach links. »Etwa hundert Meter, würde ich schätzen.«

Tamme Petersen arbeitete in einer Firma, die Ferienhäuser verwaltete. Zu der Zeit, als Wiebke Ingwersen bei ihrem Vater ein Praktikum gemacht hatte, war Petersen in der Ausbildung gewesen. Inzwischen war er zum Geschäftsführer aufgestiegen.

Bala zeigte auf ein kleines Haus. »Da ist es.« Gemeinsam gingen sie auf das Gebäude zu und traten ein. Eine junge Frau hinter einem Tresen lächelte sie an und fragte, womit sie ihnen helfen könne. Jella stellte sich und Bala vor und fragte nach Herrn Petersen.

»Er ist im Moment leider beschäftigt. Kann ich etwas für Sie tun?«

Jella legte ihren Polizeiausweis auf den Tresen. »Würden Sie Herrn Petersen bitte sagen, dass wir mit ihm sprechen möchten?«

Die junge Frau lief rot an, stand auf und eilte in eines der Büros im hinteren Teil des Gebäudes. Kurz darauf bat sie Jella und Bala, ihr zu folgen.

Tamme Petersen, ein kräftiger Mann mit kantigem Gesicht, kam auf sie zu, reichte zunächst Jella und anschließend Bala die Hand. »Entschuldigen Sie, ich hatte gerade ein sehr wichtiges Telefongespräch.« Er zeigte auf eine Sitzgruppe. »Setzen Sie sich doch bitte. Möchten Sie etwas trinken?« Auf dem Tisch standen kleine Flaschen mit Mineralwasser und Gläser. »Bitte, greifen Sie zu.«

»Danke«, sagte Jella und wartete, bis Petersen sich zu ihnen gesetzt hatte.

»Sie kommen sicher wegen der Sache in Utersum. Wie ich gehört habe, soll dort ja …« Er verstummte.

»Ja, es sind die Überreste einer Frau gefunden worden.«

Tamme Petersen sah sie mit erschrockenen Augen an. »Doch nicht Wiebke?«

»Nein, davon gehen wir nicht aus. Dürfen wir Ihnen ein paar Fragen stellen? Es wäre denkbar, dass das Verschwinden von Wiebke Ingwersen etwas mit dem Fund in Utersum zu tun hat.«

»Der gleiche Täter? Jetzt verstehe ich, worum es geht. Fragen Sie!«

»Wiebkes Vater hat uns bestätigt, dass Sie eng mit Wiebke befreundet waren. Wie eng war Ihre Freundschaft?«

Petersen ließ sich Zeit mit seiner Antwort. Er schenkte sich ein Glas Wasser ein und trank es in einem Zug leer. »Sie wollen wissen, ob wir eine Beziehung hatten?«

»Ja.«

»Ja und nein.« Er schenkte sich Wasser nach, trank aber nicht davon. »Wir haben nur so getan, als ob wir zusammen wären.«

Obwohl Jella ahnte, worum es ging, fragte sie nach: »Warum das?«

»Als Wiebke zurück auf die Insel kam und wir uns häufiger trafen, hat sie schnell gemerkt, dass ich nicht auf Frauen stehe. Es war ihr Vorschlag, dass wir gegenüber meinen Eltern so tun, als wären wir ein Paar.«

»Ihre Eltern wissen inzwischen von Ihrer sexuellen Orientierung?«, fragte Jella.

»Nicht wirklich. Auch wenn es mir inzwischen nicht mehr so wichtig ist, es zu verheimlichen, gab es noch keinen Anlass, es ihnen zu sagen. Meine Eltern sind sehr religiös und lehnen gleichgeschlechtliche Liebe kategorisch ab. Es ist in ihren Augen eine Sünde. Ansonsten habe ich keine Probleme mit meinen Eltern. Warum sollte ich mein gutes Verhältnis zu ihnen mutwillig zerstören?«

»Weil Sie mit einem Mann zusammenleben wollen?«, warf Bala ein.

»Ja, das wäre natürlich ein Grund, aber mein Freund

lebt auf dem Festland und will das auch nicht ändern. Ich möchte hierbleiben. Das ist meine Heimat. Ich liebe die Insel.«

Jella beugte sich leicht vor. »Auch wenn Sie keine Beziehung hatten, gehe ich einmal davon aus, dass Sie gute Freunde waren.«

»Ja, natürlich. Und ich helfe Ihnen gern, falls ich kann.«

»Ist Wiebke nach dem Streit mit ihrem Vater zu Ihnen gekommen?«

Tamme Petersen atmete schwer. »Das wäre sie vielleicht, wenn ich auf Föhr gewesen wäre – war ich aber nicht. Ich war in Flensburg bei einem Freund. Nicht der, mit dem ich jetzt zusammen bin. Es war damals eher eine lose Verbindung. Wir haben uns getroffen, mehr aber auch nicht.«

»Wiebke hat Sie mehrfach auf dem Handy angerufen«, sagte Bala.

»Ja, das stimmt. Ich hatte es ausgestellt und habe es erst gesehen, als ich auf die Insel zurückkam. Das war am Nachmittag des nächsten Tages.«

»Nach dem Protokoll der Befragung haben Sie gesagt, Ihr Akku sei leer gewesen.«

Petersen zögerte einen Moment, nickte dann aber. »Ich habe damals nicht die ganze Wahrheit gesagt, auch nicht darüber, wo ich mich aufgehalten habe. Deshalb haben mich diese beiden merkwürdigen Polizisten …« Er hielt inne. »Sorry, dass ich das so offen sage. Also, diese beiden haben mich verdächtigt. Ich konnte aber zum Glück Fahrscheine und Quittungen vorlegen. Das hat mich dann wohl vor weiteren Nachforschungen bewahrt.«

»Zu wem könnte Wiebke gegangen sein, als sie den Hof ihres Vaters verließ?«, fragte Jella, die das Gespräch auf die für sie wichtigen Fragen zurückbringen wollte.

»Sie hatte viele Freunde, aber von denen hat sie keiner gesehen. Ich habe damals alle gefragt. Niemand wusste etwas von Wiebke.« Tamme Petersen rieb sich gedankenverloren über sein Kinn. »Ich kann mir nicht vorstellen, wo sie hingegangen sein könnte.«

»Hatte Wiebke sich in den Wochen vor ihrem Verschwinden verändert? Haben Sie da etwas bemerkt?«

Petersen überlegte lange und nickte schließlich. »Ich glaube schon. Sie hat sich etwas zurückgezogen, schien darüber zu grübeln, ob sie das Praktikum bei ihrem Vater weitermachen sollte.«

»Sie wollte also nicht mehr Agrarwissenschaft oder etwas Vergleichbares studieren?«

»Nein, das war es wohl nicht. Es ging mehr um ihren Vater. Sie hat sich nicht mehr so gut mit ihm verstanden. Warum, wollte sie mir nicht verraten, aber es muss irgendetwas passiert sein.«

9

Jella und Bala betraten die Polizeistation und gingen direkt in das provisorische Büro.

Kim stand am geöffneten Fenster und wandte sich den beiden zu. »Habt ihr etwas erreicht?« Bala setzte sich auf ihren Platz und gab Kim einen kurzen Bericht. »Wunderbar, das klingt nach einem zweiten Fall«, sagte ihre Kollegin. »Ich könnte noch einen drauflegen.«

»Was ist passiert?«, fragte Jella.

»Die Frau, die aus der Rehaklinik verschwunden ist und dann wieder auftauchte, ist nicht zu finden.«

Jella warf Kim einen fragenden Blick zu. »Und das bedeutet?«

»Wie vom Erdboden verschluckt. Sie ist nicht da, wo sie sein sollte. Wenn mich nicht alles täuscht, war das Lebenszeichen gefakt.«

Jella setzte sich an ihren Schreibtisch. »Was genau hast du rausbekommen?«

»Also, es geht um Svenja Behrendt, damals fünfundzwanzig, wohnhaft in Berlin. Sie ist dort immer noch gemeldet; allerdings habe ich herausbekommen, dass es sich um eine Wohngemeinschaft handelt. Sechs bis acht Personen wohnen permanent in dem Haus, schon seit fast dreißig Jahren, die meisten nur eine begrenzte Zeit während des Studiums oder wenn sie in Berlin zu arbeiten anfangen. Ich habe mit einer Frau gesprochen, die schon fünfzehn Jahre dort wohnt, sozusagen ein Urgestein der WG. Sie kannte

Svenja. Frau Behrendt hat seinerzeit etwa vier Monate dort gewohnt. Sie ist in ein möbliertes Zimmer gezogen, als sie von einem längeren Auslandsaufenthalt zurückkam. Die Zeugin meint, sich zu erinnern, dass sie Tauchlehrerin in Thailand war und sozusagen zwangsweise zurückgekommen ist.«

»Weil?«, fragte Bala.

»Svenja Behrendt hatte gesundheitliche Probleme und wollte das wohl in Deutschland auskurieren. Deshalb auch der Reha-Aufenthalt auf Föhr. Um es kurz zu machen: Sie ist nicht nach Berlin zurückgekehrt und niemand dort scheint sie vermisst zu haben. Vermutlich sind die WG-Bewohner davon ausgegangen, dass sie nach Thailand zurückgegangen ist. Sie haben das Zimmer dann an jemand anderen vermietet, und aus die Maus.«

»Aber es gab doch angeblich ein Lebenszeichen«, warf Bala ein.

»Ja, dem ist auch so. Die Vermisstenmeldung lief über Flensburg. Das ist der normale Gang bei erwachsenen Personen, wie ihr wisst. Viel passiert ist da erst mal nicht, da es keine Anzeichen für eine Gewalttat gab. Ich habe nur einen Akteneintrag gefunden, in dem vermerkt ist, dass Svenja Behrendt sich per Mail gemeldet habe. In dem Schreiben hat sie bestätigt, dass sie die Reha auf eigenen Wunsch abgebrochen hat und zurück in Berlin ist. Die E-Mail war an die Rehaklinik gerichtet. Die haben sie dann an die Polizeistation hier auf Föhr weitergeleitet. So weit, so gut. Akte geschlossen. Svenja ist aber nie in Berlin angekommen.«

»Nicht gut«, murmelte Jella. »Das wäre dann der zweite Vermisstenfall. Zeitlich würde er in die Reihe passen.«

Kim nickte. »Wenn wir davon ausgehen, dass unsere unbekannte Tote zwischen acht und zehn Jahren in dem

76

Wäldchen gelegen hat, ist Svenja zwei bis vier Jahre vorher verschwunden und Wiebke zwei bis vier Jahre nachher.«

»Wie sicher bist du, dass Svenja Behrendt nicht doch in Thailand oder einem anderen Teil der Welt ist?«, fragte Jella.

»Gute Frage. Gib mir noch ein paar Stunden, dann kann ich vielleicht was dazu sagen.«

»Können Sie mir mehr über den Fall der vermissten Frau aus der Rehaklinik erzählen?«, fragte Jella. Sie war ein zweites Mal zu Jan Friedrichsen gefahren, um ihn zu befragen. »Svenja Behrendt aus Berlin.« Jella hatte dem ehemaligen Inselpolizisten lediglich gesagt, dass sie Frau Behrendt nicht unter der Adresse hatten erreichen können, unter der sie gemeldet war.

»Lange her«, sagte Friedrichsen. »Was genau wollen Sie wissen?«

»In den Ermittlungsakten ist lediglich vermerkt, dass Frau Behrendt eine E-Mail an die Rehaklinik geschickt hat.«

»Ja, das ist richtig. Die haben wir dann nach Flensburg weitergeleitet. Um Vermisstenfälle außerhalb von Föhr kann sich so eine kleine Polizeistation nicht kümmern. Das sollten Sie eigentlich wissen.«

»Die E-Mail kam eine Woche nach der ersten Suchaktion?«

Jan Friedrichsen legte den Kopf in den Nacken. »Puh, ich kann mich nicht mehr erinnern, aber ja, das könnte hinkommen.«

»Es gibt keine Aufzeichnungen über Ihre Recherchen. Haben Sie bis auf die Suchaktion nichts weiter unternommen?«

Friedrichsen sah sie mit zusammengezogenen Augenbrauen an. »Ihr Ton gefällt mir nicht, Frau Kollegin. Wollen Sie mir unterstellen, dass ich schlampig gearbeitet habe?«

»Keinesfalls, Herr Friedrichsen. Sollte das so rübergekommen sein, bitte ich, es zu entschuldigen. Sie sind vielmehr der Einzige, der uns in dieser Sache weiterhelfen kann. Ich gehe davon aus, dass Sie Zeugen befragt haben?« Jella wunderte sich über Friedrichsens heftige Reaktion. Um ihn nicht noch weiter gegen sich aufzubringen, bemühte sie sich um ausgesuchte Höflichkeit.

»Natürlich habe ich das«, sagte er. »Da kam aber nichts bei heraus. Warum die Protokolle fehlen, weiß der Teufel. Selbstverständlich sind welche geschrieben worden.«

»Mit wem haben Sie gesprochen?«

»Na ja, mit der Klinikleitung natürlich, und dann mit einzelnen Patienten, die Kontakt zu der Dame hatten.«

Jella wartete, ob Jan Friedrichsen weiter ausführen würde, was bei den Befragungen herausgekommen war, aber er schwieg. »Erinnern Sie sich noch an die Befragungen?«, hakte sie schließlich nach.

»Wie gesagt, das ist lange her. Die Klinik konnte mir überhaupt nicht weiterhelfen, daher habe ich mit zwei oder drei Patientinnen gesprochen, mit denen Frau …« Er schien nach dem Namen zu suchen.

»Behrendt«, half Jella ihm aus.

»Mit denen Frau Behrendt etwas zu tun hatte. Wenn ich mich recht erinnere, waren die Damen eher zurückhaltend mit ihrer Meinung über die vermisste Person.« Er räusperte sich leise. »Ich verstehe nicht ganz, wieso dieser harmlose Vorgang Sie so interessiert. Die Frau muss sich doch finden lassen! Wir sind in Deutschland, da kann man nicht einfach untertauchen.«

»Wir sind nicht sicher, ob Frau Behrendt die E-Mail selbst geschrieben hat.«

Jan Friedrichsen sog geräuschvoll die Luft ein. »Sie meinen, sie ist nicht mehr am Leben?«

»Sie kennen das doch: Wir müssen alle Möglichkeiten durchspielen. Deshalb suchen wir nach ähnlichen Vorfällen.«

»Schon gut. Ich muss zugeben, dass ich die E-Mail etwas merkwürdig fand, aber letztlich hatte ich nicht zu entscheiden, ob und wie in dem Vermisstenfall weiterverfahren wird.« Er tippte rhythmisch mit dem Zeigefinger auf die Tischplatte. »Wie gesagt, die Patientinnen waren etwas zurückhaltend. Eine von ihnen hat gemeint, dass Frau Behrendt jemanden kennengelernt habe, sozusagen einen Kurschatten, der aber nicht Patient in der Klinik war. Die Frau kam mir vor wie jemand, der gern über andere redet. Ich habe das als Gerücht abgetan.« Er fuhr sich mit der Hand über die Stirn.

»Können Sie sich an weitere Details erinnern?«, fragte Jella. »Über die Person, die Frau Behrendt angeblich kennengelernt hat?«

»Das Gerücht besagte, dass sie mit einem Mann durchgebrannt sei. Das ergab aber überhaupt keinen Sinn. Die Rehaklinik ist doch kein Gefängnis, aus dem man fliehen muss!«

»Nein, sicher nicht.« Jella beugte sich leicht vor. »Hat diese Patientin Frau Behrendt und den Mann zusammen beobachtet?«

Jan Friedrichsen hob beide Hände zum Zeichen, dass er sich nicht erinnern könne. »Ich würde es Ihnen sagen, aber ich habe das damals wirklich nicht ernst genommen.«

»Können Sie sich noch an den Namen der Frau erinnern?«

Friedrichsen schüttelte den Kopf. »Nein. Aber es könnte sein …« Er stand auf. »Warten Sie einen Augenblick.« Er verließ die Küche.

Jella hörte, wie eine Schranktür geöffnet und etwas hin und her geschoben wurde. Gerade als sie aufstehen wollte, um nach dem Mann zu schauen, kam er in die Küche zurück. In der Hand hatte er ein Notizbuch mit schwarzem Ledereinband. Er hielt es hoch und schien sich über seinen Fund zu freuen.

»Ich habe mir den Luxus geleistet, die Notizbücher meiner aktiven Zeit auf Föhr zu sammeln.« Er setzte sich wieder an den Tisch und blätterte in dem dicken Büchlein. »Wenn mich nicht alles täuscht, habe ich hier die Namen der drei Damen aufgeschrieben.« Er blätterte hektisch weiter und stoppte plötzlich. »Sag ich doch: In einem geordneten Haushalt findet sich alles. Jutta Liebner, Elisabeth Bucher und Marion Graupner.«

Jella notierte sich die Namen. »Welche der Damen hat Svenja Behrendt mit dem Mann gesehen?«

»Das war Frau Liebner, wenn ich mich richtig entsinne.«

»Haben Sie auch die Wohnorte der Damen?«

Friedrichsen blätterte weiter, sah auf. »Ich bin wahrscheinlich davon ausgegangen, dass ich die Adressen über die Klinik bekomme.« Er blätterte noch weiter vor. »Warten Sie, vielleicht bekomme ich das noch zusammen. Die kamen nicht aus dem Norden. Eine der Damen war aus der Nähe von München. Ich habe mich damals gefragt, warum sie für eine Kur so weit fährt. Eine war aus Köln, daran erinnere ich mich, weil mein Bruder dort wohnt. Und die letzte …« Er rieb sich das Kinn. »Irgendwo im Ruhrpott. Tut mir leid, das war's auch schon.«

»Keine Zuordnung der einzelnen Frauen zu den Orten?«

Er schüttelte den Kopf. »Ich weiß nur noch, dass die Schwarzhaarige aus Bayern kam. Aber das wird Ihnen wohl nicht weiterhelfen.«

Zurück in der Polizeistation traf Jella auf Bala, die vor ihrem Laptop saß. »Kim holt uns gerade Kaffee. Wir machen noch ein paar Stunden. Warst du erfolgreich?«

»Kann ich noch nicht sagen.«

Sobald Kim mit zwei Tassen in der Hand das Büro betreten hatte, berichtete Jella von ihrem Gespräch mit dem ehemaligen Inselpolizisten. Anschließend machte sie sich auf die digitale Suche nach den drei Patientinnen. Ihr war klar, dass die Rehaklinik ohne richterlichen Beschluss keine Adressen herausgeben durfte. Bei der derzeitigen Faktenlage würde ihr aber kein Richter einen entsprechenden Beschluss zubilligen. Also blieb nur die Ochsentour.

Nach zweieinhalb Stunden hatte sie zwei der Frauen gefunden und mit ihnen gesprochen. Sie erinnerten sich zwar an die dritte Frau, Jutta Liebner, konnten aber nichts zu deren Wohnort sagen. Laut Friedrichsen musste sie im Ruhrgebiet wohnen, da München und Köln an Frau Graupner und Frau Bucher vergeben waren.

Jella reckte sich. Es war kurz vor zwanzig Uhr und Zeit für sie. »Ich mache einen kleinen Spaziergang und gehe danach wahrscheinlich ins Hotel. Wie lange macht ihr noch?«

»Etwas«, sagten Bala und Kim fast gleichzeitig und mussten lachen.

Jella betrachtete erleichtert ihre Kolleginnen, die sich in der Nähe der jeweils anderen inzwischen wohlzufühlen schienen. Sie stand auf, griff nach ihrer Jacke und nickte den beiden zum Abschied zu.

»Geht es dir gut?«, fragte Deetje.

Jella saß auf einer Holzbank an der Wyker Promenade und drückte das Handy ans Ohr, um ihre Großmutter über das Rauschen von Wind und Wellen hinweg verstehen zu können. »Ich sitze draußen und genieße die letzten Sonnenstrahlen. Das Wasser läuft gerade auf und am Strand spielen Kinder mit Bällen. Was gibt es Schöneres, Oma?«

»Schwindelst du mich gerade an?«

»Nein, hör mal!« Jella hielt das Handy ein paar Sekunden in Richtung Strand. »Du erinnerst dich doch sicher an die Promenade in Wyk. Hier haben wir damals immer Eis gegessen.«

»Ja, das war eine schöne Zeit.« Deetje klang bedrückt.

»Opa hätte nicht gewollt, dass du traurig bist, wenn wir uns an ihn erinnern. Er hat immer gesagt, du musst dein Leben weiterleben, wenn er nicht mehr da ist.«

»Ich weiß, Jella. Das ist aber nicht so einfach, wie Fiete sich das vorgestellt hat. Ich vermisse ihn sehr.«

»Ich doch auch.« Jella spürte einen Kloß im Hals. Sie schloss die Augen und sah ihren Großvater vor sich. Er saß im Segelboot. Seine Haare wirbelten im Wind, er lachte und rief Jella etwas zu. »Aber er ist immer noch ein Teil von uns, oder?«

»Ja, natürlich. Das hast du lieb gesagt, mein Kind.« Deetje seufzte. »Und jetzt lassen wir das mit den trüben Gedanken. Wirst du lange auf der Insel bleiben?«

»So wie es im Moment aussieht, werden es sicher noch ein paar Tage sein. Aber du weißt ja, in meinem Job kann morgen schon alles anders aussehen.«

»Hast du heute schon etwas gegessen?«

»Nicht viel«, gab Jella zu. »Vielleicht suche ich mir gleich noch was. Hier herrscht reges Treiben.«

»Dann such dir was Schönes, wo du etwas Gutes zu essen bekommst. Und ruf mich wieder an, Jella.«

»Ja, das mache ich, Oma.« Jella verabschiedete sich von Deetje und legte auf. Nach kurzem Überlegen erhob sie sich und lief die Promenade weiter hinunter. Hin und wieder blieb sie stehen und ließ ihren Blick über den Strand und die Nordsee schweifen, während ihre Gedanken unwillkürlich zu Niklas wanderten.

Jella hatte ihn kennengelernt, als sie in einer landesweiten SoKo mitarbeitete. Zwei Kinder waren kurz nacheinander tot aufgefunden worden, beide Opfer sexuellen Missbrauchs. Niklas war einer der Staatsanwälte gewesen, die die Arbeit der SoKo begleitet hatten. Wie lange war das jetzt her? Gefühlt ein Jahrzehnt, tatsächlich aber nur zweieinhalb Jahre, von denen sie sich über ein halbes Jahr gar nicht gesehen hatten. Nach der ersten gemeinsamen Nacht war für Jella klar gewesen, dass es sich um einen One-Night-Stand handelte, der sich nicht wiederholen würde. Dabei hatte sie allerdings die Rechnung ohne den Wirt gemacht. Gefühle ließen sich nicht ausschalten, nur weil die Umstände nicht optimal waren.

Jella musste unwillkürlich den Kopf schütteln. *Nicht optimal* war ihre Art, die Beziehung schönzureden. Bei ihren heimlichen Treffen kam sie sich wie eine Betrügerin vor, die betrogen wurde: betrogen um ihr Leben, betrogen um ihre Liebe zu einem Mann, der sich nicht zu ihr bekannte, sich nicht zu ihr bekennen wollte oder konnte. Erst später wurde ihr klar, wie vielen Frauen es genauso ging. Schätzungen sprachen von Millionen, die Beziehungen zu verheirateten Männern pflegten. Manchmal über viele Jahre, gar Jahrzehnte.

In der Ferne sah Jella eine Strandbar, von der die Musik

bis zu ihr zu hören war. Sie lief weiter und suchte sich einen freien Tisch.

Das kühle, herbe Bier tat gut nach dem langen Arbeitstag, und der Hamburger schmeckte besser, als sie erwartet hatte.

»Ist hier noch frei?«

Jella sah auf. Vor ihr stand ein Mann in ihrem Alter. Dreitagebart, Brille, freundliches Gesicht. Jella zögerte.

»Ist das ein Ja oder ein Nein?«, fragte er lächelnd.

Jella zog einen Stuhl vor. »Bitte!«

Der Mann stellte sein Bierglas auf den Tisch und setzte sich. »Im Urlaub?«

Sie schluckte den letzten Bissen des Hamburgers herunter. »Nein.«

»Ich schon. Mir ist die Decke auf den Kopf gefallen. Oh, sorry, ich habe mich ja noch gar nicht vorgestellt. David.«

Jella trank einen Schluck Bier. »Jella.«

»Das ist ein schöner Name.« David lehnte sich auf dem Stuhl zurück und atmete die salzige Nordseeluft tief ein. »Ich komme aus Flensburg. Und du?«

Jella schmunzelte. »Was wird das jetzt?«

»Keine Ahnung. Wahrscheinlich will ich mich nur etwas unterhalten.« Er zog die Augenbrauen hoch. »Sorry, ich will dich nicht anbaggern. Das war nicht meine Absicht.«

»Gut, David aus Flensburg«, sagte Jella. »Ich bin auch nicht auf der Suche nach einem Mann.«

»Verheiratet?«

»Mann und sechs Kinder. Sie warten zu Hause auf mich.«

David sah sie gespielt verblüfft an. »Sechs? Respekt.«

Jella lachte. »Du scheinst zumindest Humor zu haben.

Ist die Decke denn heil geblieben? Dein Kopf scheint es ja gut überstanden zu haben.«

David grinste und klopfte sich mit der Faust an die Stirn. »*Dickkopf*, hat meine Mutter immer gesagt.«

»Du wirst lachen. Ich habe tatsächlich eine Zeit lang in einem Haus gewohnt, wo sich die Decke in einem der Zimmer gelöst hat. Zum Glück nicht schlagartig. Es fing mit einem Riss an. Tage später wölbte sie sich leicht und der Riss im Putz wurde größer. Sie musste ganz abgeschlagen werden. Ein Baufehler.«

»Verrückt. Bei mir hat es sich mehr im Kopf abgespielt. Die Decke ist heil geblieben.« Er strich sich mit der Hand über die Haare. »Beim Kopf bin ich mir nicht so sicher.«

»Das passiert schon mal. Morgen sieht die Welt wieder anders aus.« Jella zuckte leicht zusammen. Deetje hatte ihr erzählt, dass ihre Mutter das gern zu ihrem Vater gesagt hatte, wenn ihm etwas misslungen war.

David hob sein Bierglas. »Möchtest du auch noch eins?«

Jella nickte. »Aber nur ein kleines. Ich muss morgen …«

»… arbeiten«, ergänzte David den Satz und stand auf. »Erzählst du mir gleich, was dich auf die Insel verschlagen hat?«

10

Jella rekelte sich im Bett, wandte sich schlaftrunken um und atmete erleichtert auf. Die andere Betthälfte war leer. Bei dem zweiten Bier war es nicht geblieben. David hatte sie zu einem dritten und vierten überredet. Erst weit nach Mitternacht war sie ins Hotel aufgebrochen, begleitet von David, der, wie er ihr versichert hatte, den gleichen Weg nehmen musste.

Unter der abwechselnd kalten und warmen Dusche spülte Jella ihre Müdigkeit den Abfluss hinunter. In Rekordzeit trocknete sie die Haare und traf gleichzeitig mit Bala und Kim im Frühstücksraum ein. »Guten Morgen! Habt ihr gestern noch lange gemacht?«

Kim winkte ab. »Frag nicht. Zumindest gibt es eine Pizzeria in Fußnähe zur Polizeistation. Die waren dort so nett, uns zu beliefern.«

Eine junge Frau trat an ihren Tisch und nahm die Getränkebestellung auf.

»Und du?«, fragte Kim.

»Ich war in der Strandbar am Südstrand. Nett dort.«

»Allein?«

»An solchen Orten bleibt man nie lange allein«, wich Jella der Frage aus.

Kim verkniff sich weitere Nachfragen und nickte nur. »Dann sollten wir da mal gemeinsam auflaufen.« Sie erhob sich. »Ich hole mir was vom Büffet.«

»Wer fängt an?«, fragte Jella, als sie im Büro zusammensaßen.

Kim hob die Hand. »Ich starte mal mit Svenja Behrendt. Ich habe sie immer noch nicht gefunden, auch nicht im Ausland – wobei das natürlich nicht so leicht ist. Ich weiß inzwischen, dass sowohl ihr Reisepass als auch ihr Personalausweis abgelaufen sind. Die Bank in Berlin, bei der Svenja ein Konto hat, wollte sich ohne Beschluss nicht äußern, aber nach dem Gespräch mit einem Abteilungsleiter gehe ich davon aus, dass seit ihrem Aufenthalt in der Rehaklinik weder etwas eingezahlt noch abgehoben wurde. Bekommen wir einen Beschluss?«

»Im Moment noch nicht«, sagte Jella. »Wir warten ab, wie sich die Ermittlungen weiterentwickeln.«

»Gut. Bei deutschen Konsulaten im Ausland gab es keine Anfragen auf Verlängerung der Ausweise. Ebenso ist nicht bekannt, dass Svenja eine andere Staatsangehörigkeit angenommen hätte. Kurz und schlecht: Ich glaube nicht, dass sie noch lebt.«

Jella nickte.

Bala zeigte auf das Flipchart, auf dem das Wort *Serientäter* mit drei Fragezeichen stand. »Die Wahrscheinlichkeit, dass wir es mit einem Serientäter zu tun haben könnten, ist also zumindest leicht gestiegen.«

»Ist Svenja noch auf Föhr?«, fragte Kim. »Irgendwo verscharrt? Und wenn ja, wäre es nicht naheliegend, dass sie in diesem Wäldchen bei der Rehaklinik liegt?«

»Leichenspürhunde können keine menschlichen Knochen aufspüren, oder?«, fragte Bala.

Jella wiegte den Kopf hin und her. »Dafür müssten organische Zerfallsprodukte in der Erde sein. Die sind häufig noch nach zwei, manchmal sogar drei Jahrzehnten zu finden. Das hängt von der Bodenbeschaffenheit und der Liegetiefe ab. Wir könnten es also versuchen. Sollte das keinen Erfolg bringen, müsste der Boden mit Sonden abgesucht werden. Zu graben, ohne einen Hinweis darauf zu haben, wo etwas sein könnte, ist zu aufwendig. Ich werde das nachher mit Klaas Mathiesen besprechen.«

»Und mit dem Staatsanwalt«, warf Kim ein. »Die Aktion könnte teuer werden.«

Jella nickte und wandte sich an Bala. »Ist bei deiner Recherche noch etwas herausgekommen?«

»Das könnte man so sagen. Vielleicht habe ich eine Spur zu der Frau im Wäldchen. Ich habe vor ein paar Minuten dieses Foto zugeschickt bekommen.« Sie zog ein Bild einer Frau Anfang zwanzig aus einer Mappe und reichte es Jella.

Auch Kim sah es sich genau an. »Woher hast du das Foto?«

»Vor neun Jahren hat eine Rumänin verzweifelt nach ihrer in Husum wohnenden Tochter gesucht. Sie hat unter anderem dieses Foto und eine DNA-Probe dagelassen.«

»Der Hammer!«, rief Kim. »Das muss sie sein, oder? Wie ist ihr Name?«

»Evelina Munteanu. Sie hat als Servicekraft in einem Hotel gearbeitet. Ungefähr drei Monate, bevor ihre Mutter sie in Deutschland als vermisst meldete, hat sie gekündigt.«

»Hatte die Mutter in den drei Monaten keinen Kontakt zu ihrer Tochter?«, fragte Jella.

»Zunächst schon, aber neun Wochen, bevor die Mutter nach Deutschland kam, nicht mehr. Nach ihren Angaben hatten sie sich am Telefon gestritten, weshalb die Mutter dachte, dass Evelina sich weigerte, mit ihr zu reden. Es hatte wohl schon häufiger Phasen gegeben, in denen sie nicht miteinander sprachen.«

»Handynachverfolgung?«, fragte Kim.

»Ist nicht gemacht worden. Letztendlich ist nur die Vermisstenmeldung aufgenommen und weitergeleitet worden. Dass die Mutter Evelinas DNA hinterlassen hat, beruhte wohl auf Eigeninitiative. Ich erwarte jeden Moment die Daten, die wir dann mit der DNA-Analyse der Knochen abgleichen können.«

»Wirklich gute Arbeit, Bala«, sagte Jella. »Das wird uns mit etwas Glück einen Riesenschritt weiterbringen. Ich werde gleich telefonieren.« Sie stand auf. »Ich gehe raus, dann störe ich euch nicht.« Ihr erster Anruf galt Kriminaloberrat Sörensen, dem sie kurz Bericht erstattete, ehe sie darum bat, Leichenspürhunde einsetzen zu dürfen. Sörensen stimmte zu, erwartete aber, dass Jella den Schritt auch mit dem Staatsanwalt absprach.

»Jella«, sagte Niklas Oehler, als er das Gespräch annahm.

»Hallo, Niklas.« Jella erklärte ihm ihr Anliegen in wenigen Worten. »Der Fall könnte größer sein, als wir ursprünglich angenommen haben.«

»Verstehe ich das richtig, dass wir unter Umständen drei Vermisste haben, die innerhalb der letzten zehn Jahre verschwanden und möglicherweise alle tot sind?«

»So weit sind wir noch nicht. Aber wir sollten abklären, ob in dem Wäldchen weitere Leichen vergraben wurden.«

Niklas stöhnte leise. »Solltest du recht haben, wird das Wellen schlagen. Hohe Wellen.«

»Das ist mir klar. Auch deshalb informiere ich dich gerade.«

»Kannst du die Ermittlungen bitte so diskret wie möglich durchführen? Wenn wir Klarheit haben, dass es weitere

Leichen gibt, muss ich die Presse informieren, bevor es andere tun.«

Jella lag die Anmerkung auf der Zunge, dass sie in Sachen Diskretion durchaus Übung habe, aber sie schwieg lieber und verabschiedete sich stattdessen von Niklas. Ihr dritter Anruf galt Klaas Mathiesen, den sie ebenfalls über die neuen Entwicklungen aufklärte.

»Die DNA der Toten habe ich noch nicht. Du weißt ja, wie weit solche Analysen zurückgestellt werden, wenn der Fall viele Jahre zurückliegt. Aber ich werde jetzt Druck machen.«

»Gut, du kannst dich dabei auf Sörensen und den Staatsanwalt berufen.« Jella machte einem uniformierten Polizisten Platz, der im Flur auf sie zukam, und wartete, bis er außer Hörweite war. »Meinst du, dass ein Leichenspürhund nach so vielen Jahren noch etwas findet?«

»Durchaus möglich. Okay, die Bodenverhältnisse in dem Wäldchen haben die Skelettierung beschleunigt; trotzdem ist die Chance groß, etwas zu finden. Ansonsten müssten wir das Gelände mit Sonden absuchen. Das würde vermutlich viele Tage dauern.«

»Dann setzen wir erst mal auf die Hunde. Nimmst du das in die Hand?«

»Das wird frühestens morgen laufen. Ich melde mich, Jella.«

Die Suche nach Jutta Liebner gestaltete sich schwieriger, als Jella vermutet hatte. In ganz Deutschland lebten neunzehn Frauen dieses Namens. Neun hatte Jella aufgrund ihres Alters ausgeschlossen, von den restlichen zehn lebten sechs in Nordrhein-Westfalen. Nach zwei Stunden hatte Jella vier von ihnen erreicht. Keine davon war jemals zur Reha auf Föhr gewesen.

Nach einer Kaffeepause, die sie und ihre Kolleginnen auf einer Bank am Hafen verbracht hatten, saßen sie wieder im Büro, um die nächsten Schritte durchzugehen. »Wo stehen wir?«, fragte Jella.

Bala hob die Hand. »Die Arbeitshypothese wäre, dass Evelina Munteanu die Frau ist, die in Utersum gefunden wurde.«

Jella schrieb den Namen in die Mitte einer neuen Seite des Flipcharts. »Wie kam Evelina nach Föhr? Was machte sie hier und woran starb sie?«

»Warten wir ab, bis wir die Bestätigung durch den DNA-Abgleich haben«, fragte Kim, »oder nehmen wir an, dass sie die skelettierte Leiche ist?«

»Die Bestätigung kann noch Tage dauern«, sagte Jella. »Wir sollten jetzt aktiv werden. Ich habe mit der Gerichtsmedizin in Kiel gesprochen. Vor einer halben Stunde wurden mir die Daten für den Zahnabgleich geschickt.«

»Wenn sie denn in Husum oder Umgebung bei einem Zahnarzt war«, warf Bala ein.

»Sie hat eine Krone, die das vermuten lässt. Ich würde vorschlagen, dass Kim und du mit der nächsten Fähre nach Dagebüll fahrt. Wir brauchen Informationen über den Arbeitgeber, Kollegen, Bekannte oder Freunde. Und wenn sich ein Zahnarzt meldet, könnt ihr dort direkt vorbeischauen.«

»Nach über neun Jahren wird sich vermutlich kaum noch jemand an sie erinnern«, warf Kim ein. »Es wird also nicht leicht werden.«

»Ich gucke, wann die nächste Fähre geht«, sagte Bala und klappte ihren Laptop auf. Nach wenigen Klicks hatte sie den Fahrplan gefunden. »In einer Stunde. Wir wären dann gegen dreizehn Uhr in Dagebüll.«

Jella nickte. »Die Fähre solltet ihr nehmen. Es muss einen Grund geben, weshalb Evelina Munteanu auf Föhr war. Wollte sie auf die Insel wechseln? Hat sie jemanden von hier kennengelernt oder ist sie erst als Tote auf die Insel gekommen? Und wo hat sie sich nach ihrer Kündigung aufgehalten?«

»Seit wann dürfen Menschen aus Rumänien eigentlich in Deutschland arbeiten?«, fragte Bala und tippte wieder etwas in ihren Laptop. »Seit 2014 ohne Arbeitserlaubnis – und das, obwohl das Land seit 2009 in der EU ist. Evelina muss also eine Arbeitserlaubnis gehabt haben«, beantwortete sie ihre Frage selbst.

»Bekommt man die so einfach?«, fragte Kim.

»Einfach vermutlich nicht«, sagte Jella, »aber da das Land schon in der EU war, wird es keine große Hürde gewesen sein.«

Kim räusperte sich. »Was mache ich mit den Recherchen zu Svenja Behrendt? Auf Eis legen?«

»Warten wir ab, ob die Hunde etwas finden«, beschloss Jella. »Wir sollten uns erst mal auf Evelina Munteanu konzentrieren.«

Jella saß an ihrem Schreibtisch und suchte nach der Telefonnummer einer weiteren Jutta Liebner. Kim und Bala hatten sich vor zwanzig Minuten verabschiedet, um ihre Taschen zu packen und rechtzeitig auf die Fähre zu kommen. Sie würden von Dagebüll aus mit Balas Auto nach Husum fahren.

Jella tippte eine Krefelder Telefonnummer ein. Nach dem fünften Klingeln sprang die Mailbox an. Sie sprach ihren Text auf und bat um Rückruf. Keine zwei Minuten später klingelte ihr Handy. Sie warf einen Blick aufs Display und nahm das Gespräch an. »Jella Jensen, Kriminalpolizei Flensburg.«

»Guten Tag«, sagte eine zurückhaltende weibliche Stimme. »Sie haben mir gerade auf den AB gesprochen. Sie sind von der Polizei?«

»Wir ermitteln auf Föhr und suchen nach einer Person, mit der Sie unter Umständen vor etwa zwölf Jahren gemeinsam in der Rehaklinik hier auf der Insel waren. Meine erste Frage wäre, ob Sie schon ein …«

»Ja, ich war in der Klinik«, unterbrach Jutta Liebner sie. »Geht es um Svenja? Ich dachte, das wäre alles geklärt.«

»Ja, es geht um Svenja Behrendt, die, so sieht es zumindest im Moment aus, seit ihrem Klinikaufenthalt vermisst wird. Haben Sie ein paar Minuten Zeit für meine Fragen?«

»Ja, wenn es nicht zu lange dauert.«

»Haben Sie nach Ihrem Aufenthalt auf Föhr noch einmal Kontakt zu Frau Behrendt gehabt?«

»Nein. Ich habe noch ein paar Mal versucht, sie über ihr Handy zu erreichen, aber das hat nicht geklappt.«

»Sie hatten sich mit Frau Behrendt angefreundet?«

»Ja, so könnte man das nennen. Wir waren im gleichen Alter, saßen fast immer beim Essen zusammen und haben auch sonst viel gequatscht. Viel mehr als Spaziergänge waren ja nicht drin.«

»Haben Sie eine Vermutung, warum Frau Behrendt die Reha abgebrochen hat?«, fragte Jella weiter.

»Schon. Svenja war nicht so überzeugt, dass ihr die Reha helfen würde. Sie hatte Schwierigkeiten mit der Lunge, genau wie ich, aber Svenja war vorher Tauchlehrerin. Ich glaube, die Ärzte haben ihr keine Hoffnungen gemacht, dass sie jemals wieder ihren Beruf ausüben könnte.«

»Wie hat Frau Behrendt auf die Prognose reagiert?«

»Wie schon? Sie war vollkommen deprimiert. Nach der ersten Woche in der Reha war sie quasi jeden Abend unterwegs. Auch tagsüber hat sie häufiger die Behandlungen geschwänzt. Lange wäre das nicht mehr gut gegangen.«

»Der damals zuständige Kollege, Jan Friedrichsen, hat seinerzeit mit Ihnen gesprochen. Er meinte sich zu erinnern, dass Sie davon gesprochen hätten, dass Frau Behrendt jemanden kennengelernt habe. Ist das richtig?«

»Das habe ich damals zumindest vermutet. Svenja hat Andeutungen gemacht, und einmal habe ich sie mit einem Mann am Strand gesehen. Da sich die beiden geküsst haben, brauchte ich nur eins und eins zusammenzuzählen.«

»Sie haben den Mann gesehen?«, hakte Jella nach.

»Natürlich, sonst wüsste ich ja nicht, dass sie sich geküsst haben. Oder meinen Sie, ob ich ihn wiedererkennen würde?« Jutta Liebner wartete nicht, bis Jella ihr geantwortet hatte. »Das ist ewig her. Und ich wollte auch nicht entdeckt werden. Das hätte ja so ausgesehen, als wenn ich Svenja hinterherspionieren wollte.«

»Können Sie ihn beschreiben?«

»Relativ groß und gut gebaut. Dunkelblond. Haare nicht ganz kurz – damals war das ja noch nicht so üblich wie heute. Mehr weiß ich nicht. Er war einfach zu weit entfernt.«

»Die Information könnte für uns sehr wichtig sein, Frau Liebner. Hat Frau Behrendt einmal den Namen des Mannes erwähnt?«

»Nicht, dass ich wüsste. Ich würde Ihnen ja gern helfen. Svenja war ein echt lieber Mensch.« Sie hielt inne. »Also, sie ist es hoffentlich immer noch. Glauben Sie, dass sie … ich meine … nicht mehr lebt?«

»Das ist im Moment schwer zu sagen.« Sie machte eine

kurze Pause und fuhr dann fort: »Sollte Ihnen noch etwas einfallen, können Sie mich jederzeit erreichen. Ein Kollege von mir wird bei Ihnen vorbeischauen, damit Sie das Protokoll unterschreiben können.«

»Natürlich. Könnten Sie mir Bescheid sagen, wenn Sie Svenja gefunden haben?«

»Ja, das mache ich gern.«

11

»Und? Gefällt dir die Arbeit?«, fragte Kim, als sie mit Bala an der Reling stand, während die Fähre gerade aus dem Wyker Hafen fuhr.

»Dir nicht?«

»Doch, absolut!«, antwortete Kim. »Ich würde mich sofort wieder dafür bewerben. Und du?«

»Schon, aber ich weiß nicht, wie die Kollegen in Husum reagieren werden. Ich habe es dort ohnehin nicht leicht.«

»Meinst du, mir geht es anders?« Kim hob wie zur Abwehr die Hände. »Ja, ich weiß, ich bin *nur* lesbisch.«

Bala erstarrte innerlich. Auf eine Diskussion darüber, wer von ihnen beiden die größeren Probleme hatte, hatte sie nicht die geringste Lust. Aus Erfahrung wusste sie, dass viele Menschen nicht nachvollziehen konnten, was jemand mit ihrem Aussehen und familiären Hintergrund erlebt hatte und immer noch erlebte. Kim hatte sicher keine leichte Kindheit gehabt, und die Anfeindungen wegen ihrer sexuellen Orientierung wogen schwer, aber Bala mochte derartige Vergleiche nicht. Sie führten bloß zu noch mehr Schweigen. Sie sah Kim direkt an. »Das habe ich nicht gesagt und würde es auch nicht sagen. Ich möchte weder Mitleid noch mag ich die Opferrolle. Ja, ich trage zwei Seelen in mir, eine kurdische und eine deutsche. Und ja, es war manchmal verdammt hart in diesem Land, und das ist es auch immer noch. Dennoch ist es mein Land.«

Kim nickte. »Sorry, war eben ein blöder Spruch. Frieden?« Sie standen etwas verlegen nebeneinander, bis Kim Bala anlächelte und sagte: »Wie gehen wir vor?«

Bala grinste zurück. »Auf jeden Fall solltest du dich warm anziehen. Zwei Frauen sind für meinen Husumer Chef mindestens eine zu viel.«

Nachdem Bala und Kim mit Holger Jacobs, dem Leiter der Husumer Kriminalpolizei, gesprochen hatten, gingen sie auf das Hotel am Rande der Altstadt zu. Evelina Munteanus Mutter hatte bei der Polizei einen Arbeitsvertrag vorgelegt, der auf den Namen dieses Hotels lief.

»Das klang bei deinem Chef nicht so, als wenn mit Hochdruck die Zahnärzte abgeklappert werden würden«, sagte Kim.

»Das wird er schon anweisen, zwar ausgesprochen zähneknirschend, aber Jacobs ist nicht sehr mutig. Er wird gegen Flensburg keinen Aufstand proben.«

Kim grinste. »Ehrlich gesagt kenne ich nur wenige mutige Männer.«

»Mag sein.« Bala drückte die Türklinke am Eingang des Hotels herunter und ließ Kim den Vortritt. Der kleine Tresen, der als Rezeption diente, war verwaist. Bala drückte auf die Tischklingel. Kurz darauf kam eine junge Frau, die sie fragend ansah.

»Wünschen Sie ein Zimmer? Wir sind im Moment leider …«

Kim legte ihren Ausweis auf den Tresen. »Wir möchten mit dem Geschäftsführer sprechen.«

Die junge Frau beugte sich vor und starrte auf den Polizeiausweis, sah schließlich auf. »Ich muss schauen, ob Herr Prifti zu sprechen ist. Warten Sie bitte hier.« Sie wandte sich ab und ging davon.

»Prifti?«, fragte Kim leise, sobald sie außer Hörweite war.

»Er könnte Albaner sein. Im Internet stand allerdings ein deutscher Name.«

Die junge Frau kehrte zurück, wandte sich an die beiden Polizistinnen und deutete auf einen Durchgang. »Bitte!«

Kurz darauf standen Bala und sie in einem kleinen, fensterlosen Büro. Hinter einem Schreibtisch saß ein Mann mit schwarzen Haaren und Dreitagebart. Er zeigte auf die beiden Stühle vor sich und ließ sich anschließend beide Dienstausweise zeigen, bevor er sich als Albin Prifti vorstellte. »Was führt Sie zu mir?«, fragte er.

Bala erklärte ihm ihr Anliegen und legte das Foto von Evelina Munteanu auf den Tisch.

»Wann soll das gewesen sein? Vor neun Jahren? Tut mir leid, da war ich noch nicht in Husum. Waren Ihre Kollegen damals nicht hier?«

»Natürlich waren sie das«, sagte Bala. »Allerdings hat es sich damals um einen Vermisstenfall gehandelt. Heute ermitteln wir in einem Tötungsdelikt.«

»Das tut mir leid für die Dame, aber ich fürchte, ich kann Ihnen nicht weiterhelfen.«

»Arbeitet jemand im Hotel, der oder die vor neun Jahren hier tätig war?«, stellte Kim ihre erste Frage.

»Auch damit kann ich leider nicht dienen. Haben Sie noch weitere Fragen an mich?«

Bala beugte sich leicht vor. »Das klingt, als ob Sie uns nicht helfen *wollen*. Liege ich da richtig?« Bevor Albin Prifti antworten konnte, fügte sie hinzu: »Wir können uns gern einen richterlichen Beschluss besorgen und Ihre Bücher durchstöbern.« Sie sah sich im Büro um. »Das wird sicher interessant.« Bala hatte eine deutliche Schärfe in ihre Stimme gelegt und Albin Prifti beim Sprechen fixiert.

Der Geschäftsführer zog die Augenbrauen hoch. »Wollen Sie mir drohen?« Er grinste. »Netter Versuch.«

Bala lächelte kalt. »Ihre Entscheidung.« Sie stand auf. Kim folgte ihrem Beispiel. »Dann werden wir uns wohl morgen wiedersehen, Herr Prifti.«

Der Mann blickte sie mit grimmiger Miene an und schwieg.

»Den Weg hinaus finden wir allein«, sagte Kim. »Bleiben Sie ruhig sitzen.«

»Wow, die Vorstellung war nicht schlecht«, platzte Kim heraus, kaum dass sie sich außerhalb des Hotels befanden.

»Leider hat es nichts gebracht.« Bala war sich nicht sicher, ob sie diplomatischer mit dem Geschäftsführer hätte umgehen sollen. Zumindest musste sie nicht befürchten, von Holger Jacobs einen Rüffel zu bekommen, sollte Prifti sich über sie beschwere. Sie war sicher, dass Jella sich vor sie stellen würde.

»Wollen wir Jella nach einem Beschluss fragen?«

Bala schüttelte den Kopf. »Damit kommen wir nicht durch. Da brauchen wir mehr.«

»Und wie?«

Bala schmunzelte. »Die Nacht wird vermutlich lang.«

»Sitzt du hier häufiger?«, fragte Kim. Sie waren zu Fuß in die Husumer Altstadt gegangen, um etwas zu essen. Nun saßen sie im Außenbereich eines italienischen Restaurants mit Blick auf den Binnenhafen. Kim hob den Kopf in die Sonne. »Ich muss zugeben, dass ich noch nie in Husum war. Schön hier.«

»Ich esse fast immer zu Hause«, sagte Bala mit Blick in die Speisekarte. Auf der Fähre nach Dagebüll hatte sie mit ihrer Mutter telefoniert, die sofort vorgeschlagen hatte, dass Kim bei ihnen übernachten könne, und betonte, dass Balas Kollegin selbstverständlich auch zum Essen eingeladen sei.

»Wo schlafe ich überhaupt? Ist es schwer, hier ein Hotelzimmer zu bekommen?«, fragte Kim.

»Wenn wir zum Schlafen kommen, kannst du mit zu mir gehen. Ich habe eine Schlafcouch im Zimmer.«

»Klar, warum nicht. Ich meine, hast du deine Eltern schon gefragt? Ich kann da ja auch …«

»Alles geklärt«, sagte Bala, obwohl sie nicht wusste, ob es eine gute Idee war, Kim zu sich nach Hause einzuladen.

»Super. Hast du was gefunden auf der Karte?«

Als die beiden Kommissarinnen sich auf den Rückweg zum Husumer Polizeirevier machten, klingelte Balas Handy. »Hallo, Chef«, begrüßte sie Jacobs und unterdrückte den Widerwillen in ihrer Stimme. »Wir sind gerade auf dem Rückweg.«

»Wir haben den Zahnarzt gefunden. Er behauptet, Frau Munteanu behandelt zu haben.«

»Ganz sicher?«, rutschte es Bala heraus. Schnell fügte sie hinzu: »Wir könnten dort vorbeifahren.«

»Wo sind Sie?«

»Am Binnenhafen, kurz vor dem Rathaus.«

»Ich schicke Ihnen die Adresse. Sie können zu Fuß hingehen.«

»Okay, bis später, Chef.«

Kim sah Bala fragend an, als die auf dem Handy nach der Nachricht suchte. »Was ist passiert?«

»Ein Zahnarzt hat sich gemeldet.« Die Nachricht poppte auf. »Wir gehen zu Fuß.« Bala zeigte in die entgegengesetzte Richtung. »Fünf Minuten, schätze ich.«

12

Jella schrieb das Protokoll zu ihrem Gespräch mit Jutta Liebner, rief im Polizeipräsidium in Krefeld an und ließ sich ins zuständige Dezernat vermitteln. Nach dem kurzen Telefonat verschickte sie das Protokoll per E-Mail und machte sich auf den Weg zu Hindrik Ingwersen. Er hatte sie angerufen und um ein Gespräch gebeten.

Eine Viertelstunde später fuhr sie auf den Hof des Bauern. Ingwersen öffnete ihr die Tür und bat sie in die Küche, wo er ihr eine Tasse Kaffee anbot. »Sind Sie schon weitergekommen?«, fragte er, nachdem sie zugestimmt und er ihr eingeschenkt hatte.

»Ich darf leider nicht über die Ermittlungen sprechen, solange sie nicht Ihre Tochter betreffen. Wir kommen aber gut voran.«

Ingwersen reichte Jella ein Kännchen mit Milch. »Sie fragen sich sicher, warum ich noch einmal mit Ihnen sprechen wollte.«

Jella nickte.

»Es ist so, dass vieles wieder zurückgekommen ist, nachdem Sie bei mir waren … die ganzen schweren Gedanken und Vorwürfe. Ich wollte all die Jahre über nicht wahrhaben, dass Wiebke nicht mehr lebt. Es war für mich unvorstellbar. Vielleicht war das so eine Art Schutzmechanismus, damit ich nicht vollkommen verzweifle. Ich weiß es nicht.« Er trank einen kleinen Schluck Kaffee und setzte die Tasse wieder ab. »Aber ich habe nicht nur die Verzweiflung verdrängt, sondern auch einiges, was in den Wochen vor Wiebkes Verschwinden passiert ist.«

Ingwersen legte eine neuerliche Pause ein, und Jella schien es, als würde er in seinen Gedanken versinken. Sie ließ ihm die Zeit und wartete. »Ich habe Fehler gemacht. Wiebke und ich hatten nicht nur diesen einen großen Streit. Ja, er war sicher der heftigste von allen, aber in den Wochen vorher war auch viel Sand im Getriebe. Und ich war es wohl, der diesen Sand hineingestreut hat.«

Wieder schwieg er eine Weile, schloss die Augen und atmete schwer. Als er Jella erneut ansah, wirkte er wie ein Mann, der die Last der ganzen Welt auf seinen Schultern trägt. »Ich habe Wiebke zu sehr unter Druck gesetzt, mehr von ihr erwartet, als sie in dem Moment leisten konnte. Heute erscheint es mir so, als hätte ich die verlorene Zeit mit ihr zurückholen oder vielleicht auch im Schnelldurchgang nachholen wollen. Ich wollte sie für immer an mich binden, an den Hof, an die Insel. Es war doch immer schon ihr Zuhause. *Unser* Zuhause.«

»Wie hat Wiebke auf den Druck reagiert?«

»Sie hat sich zurückgezogen. Es war ein Hin und Her. Es gab gute Tage zwischen uns, aber auch genauso viele schlechte. Leider wiegt das eine das andere nicht auf. Man kann nicht die schlechten Tage mit den paar guten wegwischen. Ich habe Schuld auf mich geladen. Sie ist meinetwegen weggelaufen. Ihre Mutter hatte recht, als sie mich beschuldigt hat. Ich *war* schuldig« Er senkte den Kopf. »Aber das wollte ich damals nicht hören. Ich *bin* schuldig.«

»Ihre Tochter stand also extrem unter Druck?«

Hindrik Ingwersen nickte. »Ich fürchte, ja. Nicht nur ich habe ihr zugesetzt, auch ihre Mutter. Sie wollte nicht, dass Wiebke hier auf der Insel, bei mir bleibt arbeitet. Dieser idiotische Machtkampf, der eigentlich schon beendet war, setzte sich auf Wiebkes Schultern fort. Ich will meine Schuld ganz sicher nicht kleinreden, aber auch ihre Mutter war beteiligt.«

Jella schloss die Tür der Polizeistation auf. Während der Rückfahrt hatte sie eine Sprachnachricht von Bala abgehört. In Husum war ein Zahnarzt aufgetaucht, der Evelina Munteanu behandelt und dabei ein Röntgenbild ihrer Zähne gemacht hatte. Nach einem ersten Abgleich war der Abdruck aus der Gerichtsmedizin mit dem Bild des Zahnarztes identisch. Bei der Frau aus dem Wäldchen handelte es sich mit hoher Wahrscheinlichkeit um Evelina.

Am Schreibtisch angekommen, rief Jella Bala zurück und erhielt einen Bericht über die Recherche im Hotel. »Ihr wollt das Haus observieren?«, fragte sie.

»Ja oder meinst du, wir bekommen ohne Indizien einen Beschluss?«

»Auch wenn wohl feststeht, dass es sich bei unserer Toten um Evelina handelt, dürfte das schwierig werden. Was hofft ihr, bei der Observation herauszufinden?«

»Ein Kollege aus Husum, mit dem ich vorhin telefoniert habe, hatte schon einmal mit Albin Prifti zu tun. Er kennt ihn aus dem Kieler Rotlichtmilieu. Prifti hat dort ein Bordell betrieben, ein sogenanntes Laufhaus.«

»Seid vorsichtig«, mahnte Jella, obwohl sie es für ausgesprochen unwahrscheinlich hielt, dass Bala und Kim in dieser Nacht relevante Informationen sammeln würden. »Ist das Hotel denn als Bordell registriert?«

»Nein. Vielleicht werden die Zimmer an die Prostituierten vermietet, um einen Anschein von Legalität zu wahren. Der Kollege, mit dem ich gesprochen habe, meinte aber, dass er davon wüsste, wenn dem so wäre.« Bala räusperte sich. »Da ist noch was …«

»Ja?«

»Ich bin den Geschäftsführer ziemlich hart angegangen, als klar war, dass er nicht kooperieren wird. Falls du also von einer Beschwerde hörst …«

»Wo gehobelt wird, fallen Späne. Aber gut, dass du es erwähnst. Sollte was kommen, weiß ich Bescheid. Ich bin erreichbar. Ruft bitte an, falls es heute Nacht Probleme geben sollte.«

Nachdem sie das Gespräch beendet hatte, stand Jella auf und lief eine Weile im Büro herum. Schließlich klopfte es an der Tür und Günther Simon kam herein. Er fragte, wie der Stand der Ermittlungen sei und ob er sie und ihr Team unterstützen könne. Jella gab ihm einen kurzen Bericht und bat darum, am nächsten Tag zwei Beamte für die Suche im Wäldchen bei Utersum abzustellen.

»Sie vermuten dort weitere Leichen?«, fragte Simon.

»Wir können es im Moment zumindest nicht ausschließen.«

»Die Tochter von Ingwersen?«

»Ja. Und eventuell die vermisste Frau aus der Rehaklinik. Wir können sie bisher nicht finden.«

»Nicht gut«, meinte Günther Simon. »Ich komme morgen selbst mit.«

Jella stand vor dem Flipchart und notierte neben den Namen der drei vermissten Frauen verschiedene Punkte, die bisher klar waren. Die fünfundzwanzigjährige Svenja Behrendt war mutmaßlich vor zwölf Jahren verschwunden. Die dreiundzwanzigjährige Evelina Munteanu wurde von ihrer Mutter vor neun Jahren als vermisst gemeldet. Die neunzehnjährige Wiebke Ingwersen galt seit bald sechs Jahren als vermisst. Svenja und Wiebke standen zum Zeitpunkt ihres Verschwindens unter großem emotionalem Druck: Die eine hatte ihre berufliche Perspektive verloren, die andere war zwischen Vater und Mutter hin- und hergerissen. Evelina arbeitete in einem fremden Land und war schwanger. Ihrer Mutter hatte sie nichts von der Schwangerschaft erzählt, ihre Arbeit gekündigt. Auch hier lag also die Vermutung einer großen seelischen Belastung nahe.

Drei Frauen, die von ihrem Lebenslauf her keine Gemeinsamkeiten aufwiesen und sich vermutlich nicht begegnet waren. Alle hatten zum Zeitpunkt ihres Verschwindens vor großen Umbrüchen in ihrem Leben gestanden. Reichte das aus, um ein Täterprofil zu entwerfen? Nein, sicher nicht, aber erste Anhaltspunkte waren vorhanden. Wenn tatsächlich alle getötet worden waren und es sich um den gleichen Täter handeln sollte, musste der Mann jetzt mindestens Mitte dreißig sein. Schließlich war Svenja Behrendt nach Auskunft von Jutta Liebner eine selbstbewusste Frau gewesen, die ihr Leben allein meisterte. Die Wahrscheinlichkeit war daher groß, dass der Mann, den sie auf Föhr kennengelernt hatte, nicht viel jünger gewesen war als sie. Er musste ihr in der schwierigen Lebenssituation Halt und neuen Mut gegeben haben. Der Mann – wenn man von einem Einzeltäter ausging – könnte Svenja und Wiebke auf Föhr kennengelernt und Evelina in Husum getroffen haben. Hatte er ihr angeboten, sie mit nach Föhr zu nehmen, wo sie in Sicherheit wäre? Das wiederum würde bedeuten, dass er schon vor zwölf Jahren über eine Wohnung oder sogar ein Haus auf der Insel hätte verfügen müssen.

Jella schrieb die ersten Punkte auf das Flipchart: *heute fünfunddreißig bis vierzig, eigene Wohnung oder eigenes Haus, Ver-*

mögen oder gut honorierte Arbeitsstelle, charmant, mitfühlend und re-degewandt. Weitere Punkte, die sie notierte, waren: *gut ausse-hend, Fahrzeug, Ortskenntnisse, freie Zeit, unabhängig, flexibel.*

Jella trat zurück und las sich die Notizen mehrfach durch, trat wieder an das Flipchart, strich manches durch und ergänzte anderes. Nach einer Stunde setzte sie sich zu-frieden an ihren Laptop und suchte in ihren persönlichen Aufzeichnungen nach vergleichbaren Fällen, die ihr wäh-rend der Ausbildung oder der Zeit in London begegnet waren.

In den USA hatte es in den 1980er-Jahren einen Stu-denten gegeben, der als Sonnyboy und Frauenschwarm galt. Er wechselte im Laufe seines zehnjährigen Studiums, das von seinem vermögenden Vater finanziert wurde, sechs-mal die Universität und ermordete an jedem Ort eine Frau. Die Abstände zwischen den Taten waren in etwa gleich, die Vorgehensweise unterschied sich jedoch. Sämtliche Täter-profile, die im Laufe der Zeit von den verschiedenen Poli-zeibehörden erstellt wurden, hatten wenig mit der realen Person zu tun. Als entscheidendes Problem stellte sich he-raus, dass keine Verbindung zwischen den Taten hergestellt werden konnte, die alle in verschiedenen Bundesstaaten be-gangen worden waren. Obwohl der Täter bei drei Fällen als Zeuge befragt worden war, schöpfte keiner der Krimi-nalisten Verdacht; niemand hatte ihm einen Mord, noch dazu einen derart brutalen, zugetraut.

Jella fand weitere Fälle in Großbritannien und Belgien, bei denen am Ende ein eloquenter und charmanter Seri-entäter ermittelt wurde, der lange Zeit durch die klassischen Raster gefallen war. Sie notierte sich auf dem Flipchart wei-tere Punkte, die in ihrem aktuellen Fall eine Rolle spielen könnten, und ging dann ein weiteres Mal die Hypothese durch, dass alle drei Frauen von dem gleichen Täter getötet worden waren, der zu jeder eine Art von Beziehung gehabt hatte.

Nach ihrem jetzigen Erkenntnisstand hatten die Frauen wenig gemeinsam: eine Tauchlehrerin, eine rumänische Servicekraft und eine Praktikantin auf dem väterlichen Biohof. Sie waren unterschiedlich alt und hatten mutmaßlich verschiedene Interessen und Pläne. Bisher gab es nur eine Gemeinsamkeit: Alle schienen vor ihrem Verschwinden in einer mehr oder weniger tiefen Krise gesteckt zu haben. Wiebke zweifelte an ihren Plänen fürs Studium, wollte aber gleichzeitig ihren Vater nicht enttäuschen. Svenja befürchtete, nie wieder tauchen zu können. Evelina war in einem fremden Land schwanger geworden und hatte ihre Arbeitsstelle aufgegeben. Kam jedes Mal der Täter als Retter in der Not auf den Plan? Oder war diese Gemeinsamkeit rein zufällig? Gab es überhaupt einen gemeinsamen Täter? Und wenn ja, war er den Frauen vielleicht rein zufällig begegnet und hatte sie spontan überfallen? Svenja hat nach Zeugenaussagen einen Mann kennengelernt – Wiebke hat auch Andeutungen in dieser Richtung gegenüber Tamme Petersen gemacht. Wieder Zufall? Aus welchem Grund könnte Evelina schwanger nach Föhr gezogen sein? War ein Mann im Spiel?

Jella stöhnte leise auf. Bisher fußten alle ihre Modelle auf Annahmen, die sich zum größten Teil nicht belegen ließen. Sie brauchte mehr Fakten, um ein realistisches erstes Täterprofil anfertigen zu können. Beim bisherigen Ermittlungsstand würde kein Richter weitreichende Beschlüsse für Durchsuchungen oder andere Abfragen ausstellen. Ohne Leichen gab es zudem keine realistische Chance, in den beiden anderen Vermisstenfällen voranzukommen. Jella hoffte,

dass die morgige Suchaktion den gewünschten Erfolg bringen würde. Klaas Mathiesen hatte sie am späten Nachmittag informiert, dass die Suchmannschaft mit zwei Leichen-
spürhunden um acht Uhr dreißig am Hafen eintreffen
würde.

Jellas Blick fiel auf die Uhr an der Wand. Fast zwanzig
Uhr. Es reichte für heute. Sie verließ die Polizeistation und
genoss die frische Abendluft, als sie auf der Promenade in
Richtung Südstrand ging. Ihr Magen hatte sich schon vor
einigen Stunden bemerkbar gemacht, aber die Vorberei-
tungen für ein erstes Täterprofil hatten ihr keine Ruhe gelassen. »Hey!«, hörte sie jemanden hinter sich rufen. Sie
wandte sich um und sah in das strahlende Gesicht von
David.

»Hast du auf mich gewartet?«, fragte Jella.

»Wäre das schlimm?« Er berührte wie zufällig ihre
Hand. »Arbeitstag beendet?«

»Ja, ich bin auf dem Weg in die Strandbar.« Sie schmunzelte. »Du sicher auch, oder?«

Er hob den Zeigefinger. »Genau darüber habe ich gerade nachgedacht. Strandbar klingt verdammt gut.«

Jella lachte. »Dann komm halt mit, du Nervensäge.« Sie
schlenderten schweigend über die Promenade. Hin und
wieder sah Jella zu David und fragte sich, was sie an diesem
Mann so attraktiv fand.

»Erzählst du mir heute, was du den lieben langen Tag
auf Föhr machst?«

Jella wiegte den Kopf hin und her. »Das ist nicht wirklich interessant.«

»Dann muss ich wohl raten.« Er musterte sie von oben
bis unten. »Deine Arbeit ist dir wichtig. Du machst sie gern.
Du bist durchsetzungsstark und weißt, was du willst.«

»Das trifft auf so einige Menschen zu«, warf Jella ein.

»Ich bin ja noch nicht fertig! Also: Du bist ausgesprochen empathisch, weißt aber auch, wo deine Grenzen sind und wie wichtig es ist, sich im Job professionell zu verhalten. Du beobachtest ständig deine Umgebung, als ob du sichergehen willst, dass du keine Gefahr übersiehst. Das machst du aber nicht, weil du ängstlich bist. Trotzdem willst du die Kontrolle behalten.« David lief einen Schritt schneller als Jella, trat vor sie und zwang sie damit zum Anhalten. »Habe ich recht?«

»Wann hast du dir das denn alles ausgedacht?«, fragte sie lachend. »Wolltest du nicht eigentlich nur meinen Beruf erraten? Das klingt mehr nach einer Persönlichkeitsanalyse.«

»Berufskrankheit. Okay, dann würde ich sagen, du bist Polizistin, Privatermittlerin oder im Security-Bereich tätig.«

»Nicht schlecht für den Anfang.« Jella zeigte nach vorn. »Ich habe Hunger. Können wir weitergehen?«

»Habe ich vorhin einen Treffer gelandet?«, fragte David, als Jella den Teller mit den Resten ihres Zwiebelkuchens beiseiteschob.

»Treffer?«

»Dein Beruf.«

»Sei mir nicht böse, aber ich möchte nicht über meinen Beruf sprechen. Ich darf ohnehin nichts von dem, womit ich mich beschäftige, nach außen tragen.«

»Dann bist du doch bei der Polizei.« David schmunzelte, wurde aber gleich wieder ernst. »Sorry, ich wollte dir nicht zu nahe treten. Geht mich ja auch nichts an.«

Jella schwieg. Normalerweise ging sie nicht so geheimnisvoll mit ihrem Beruf um, aber Föhr war eine kleine Insel,

und sie wollte die vermutlich schon brodelnde Gerüchte-
küche nicht noch weiter anheizen.

»Mir geht es übrigens in meinem Job auch so. Das ist
manchmal ziemlich frustrierend.«

Jella wartete, ob David seinen Beruf verraten würde.
Schließlich schüttelte sie den Kopf. »Keine Chance, ich
mag solche Ratespiele nicht. Wollen wir nicht über et…«

»Schade«, unterbrach er Jella lächelnd. »Dann muss ich
das Geheimnis wohl lüften. Ich habe eine psychotherapeutische Praxis in Flensburg.«

»In der gerade die Decke repariert wird?«

David grinste. »Sozusagen. Aber im Ernst: Ich habe für
eine Woche alle Termine abgesagt und meiner Mitarbeiterin freigegeben. Ich brauchte eine kleine Auszeit.«

Jellas Handy klingelte. Sie sah aufs Display. »Sorry, da
muss ich rangehen.«

David zeigte zur Theke. »Ich wollte uns sowieso noch
etwas zu trinken holen. Das Gleiche noch einmal?«

Sie nickte und begrüßte ihre Großmutter. »Hallo,
Deetje. Entschuldige, dass ich noch nicht angerufen habe.«

»Das macht nichts, Kind. Ich wollte mich nur kurz melden, bevor ich ins Bett gehe. Bist du wieder unterwegs?«

»Ja. Das Wetter ist gut, da wollte ich noch nicht ins
Hotel. Ich bin am Südstrand in einer Bar. Hier kann man
draußen sitzen und etwas essen und trinken.«

»Dann lasse ich dich in Ruhe. Aber versprich mir, dass
du nicht zu viel arbeitest, ja?«

»Natürlich, Oma. Das mache ich doch nie.«

Deetje lachte. »Das hat Fiete auch immer gesagt. Du bist
durch und durch seine Enkelin.«

Jella schmunzelte. Es freute sie, dass Deetje ihren Mann
erwähnte, ohne damit etwas Trauriges zu verbinden. »Lieb,

dass du dich gemeldet hast. Sobald ich Zeit habe, rufe ich dich für einen Schnack an. Gute Nacht, Deetje. Und schlaf gut.« Als sie das Handy in die Tasche schob, setzte sich David mit zwei gefüllten Biergläsern an den Tisch. »Das war meine Großmutter. Wir telefonieren fast jeden Tag.«

»Toll. Meine beiden Omas sind schon vor vielen Jahren gestorben. Wenn ich ehrlich bin, hatte ich auch nie viel Kontakt zu ihnen.« David hob das Glas. »Auf was trinken wir?«

»Sag du's mir.«

»Darauf, dass wir uns zufällig wiedergetroffen haben?« Jella lächelte. »Wenn es denn ein Zufall war.«

David gab sich kleinlaut. »Ja, ich geb's zu: Ich habe hin und wieder Ausschau nach dir gehalten. Ist das so verwerflich?«

»Ich glaube nicht«, sagte Jella lachend und stieß mit ihm an.

»Puh, und ich dachte schon, du nimmst es mir übel«, meinte er, als sie die Gläser wieder abgestellt hatten. »Ich bin eigentlich kein Mann, der Frauen – wie soll ich das sagen? – bedrängt. Gilt Schwärmerei heutzutage eigentlich schon als Stalking?«

»Die Grenzen sind häufig fließend«, erwiderte Jella und legte ihm die Hand auf den Unterarm. »Aber alles gut. Wenn ich es als übergriffig empfunden hätte, würden wir jetzt nicht hier sitzen.«

David atmete auf. »Da fällt mir mehr als ein Stein vom Herzen.«

»Ein anstrengender Beruf, oder? Sich immerzu mit den Problemen anderer zu beschäftigen.«

Er nickte. »Ja, man muss genug inneren Abstand von den Menschen halten, denen man helfen will. Ein bisschen widerspricht sich das natürlich. Ein Mensch ist kein Motor, den man nach Schema F reparieren kann oder wo ein Ersatzteil alles wieder zum Laufen bringt. Man muss nah an den Menschen dran sein, ohne sich selbst in deren Probleme hineinziehen zu lassen. Das ist manchmal ein Ritt auf der Rasierklinge.«

»Kenne ich.« Jella warf einen Blick auf den Strand und die Nordsee. Ihre Gedanken wanderten zu Bala und Kim, die vermutlich seit Stunden vor dem Hotel im Auto hockten.

»Woran denkst du?«

Jella lächelte. »Wird nicht verraten. Bist du häufiger auf Föhr?«

»Seit meiner Kindheit. Meine Eltern haben hier ein kleines Ferienhaus.« Er zeigte den Strand entlang. »Wenn wir zwei bis drei Kilometer in Richtung Nieblum gehen würden, wären wir da.«

»Klingt praktisch für eine kleine Auszeit.« Jella registrierte, dass er gestern nicht die Wahrheit gesagt hatte, als er sie zum Hotel begleitete. Sein Ferienhaus befand sich genau in der entgegengesetzten Richtung.

»Ja, das stimmt. Föhr ist so was wie meine zweite Heimat. Ich komme oft am Wochenende her«, sagte er schmunzelnd, »Und natürlich, wenn mir wieder einmal die Decke auf den Kopf fällt.«

»Meine Oma lebt auf Holnis. Das ist zwar nur eine Halbinsel, aber zum Durchatmen eignet sie sich auch wunderbar.«

»Und wo bist du aufgewachsen?«

»Das ist ein Thema für einen anderen Abend«, sagte Jella und stieß schnell ein weiteres Mal mit ihm an. »Auf das herrliche Wetter!«

13

Kim lehnte sich im Sitz zurück und schloss die Augen. »Was soll das bringen, Bala? Da ist seit drei Stunden niemand rein- oder rausgegangen. Ist das überhaupt ein Hotel? Oder übernachtet niemand in Husum?«

»Geduld«, sagte Bala. Sie hatte nach mehreren Versuchen einen günstigen Parkplatz gefunden, der weit genug vom Hotel entfernt lag, um nicht aufzufallen, und nah genug, um den Eingang mit einem Fernglas beobachten und mit dem Teleobjektiv Fotos davon machen zu können. »Angeblich bietet das Haus zehn Zimmer an. Es ist schon ungewöhnlich, dass bisher niemand das Gebäude betreten oder verlassen hat. Sagte die junge Frau am Empfang nicht, sie seien voll belegt?«

Sie hob zum gefühlt tausendsten Mal das Fernglas an und suchte den Bereich vor dem Hotel ab, als ein Mann auf das Haus zuging. Sie griff nach der Kamera und wartete, bis er in ihre Richtung sah, bevor sie mehrere Fotos schoss. »Nummer eins. Immerhin.« Sie zeigte Kim das Display. »Sieht der wie ein Tourist aus?«

»Nein. Wie ein Albaner aber auch nicht. Vielleicht ein Russe?«

»Schwer zu sagen«, sagte Bala und griff erneut nach dem Fernglas.

»Wie lange wollen wir noch bleiben?«, fragte Kim nach weiteren zwanzig Minuten.

»Lange«, meinte Bala gähnend.

»Gibt es hier irgendwo ein Café oder so, wo ich was zum Mitnehmen bekomme?«

»Ja. Etwa dreihundert Meter von hier, schätze ich. Ein Imbiss. Die haben auch guten Kaffee. Bringst du mir Pommes mit?«

»Klar. Die Straße zurück, vermute ich mal.«

»Genau. Dann die zweite links und später die erste rechts. Dann läufst du genau darauf zu.«

»Du kommst hier allein zurecht?« Als Bala nicht antwortete, stieg Kim aus, sah sich kurz um und schlenderte die Straße hinunter. Sobald sie außer Sichtweite war, griff sie nach ihrem Handy und rief Greta an.

»Endlich. Ich habe es schon mehrere Male probiert. Hast du das nicht gesehen?« Greta klang sauer.

»Tut mir leid. Wir sind in einer Observation und ich hatte das Handy auf lautlos. Jetzt hole ich gerade Kaffee.«

»Wir?«

»Bala und ich sind in Husum.«

»Ach so.« Greta schwieg etwas zu lange. Kim ahnte, was jetzt kommen würde. »Bala ist die jüngere deiner Kolleginnen?«

»Ja, Bala Demir. Hatte ich dir doch erzählt. Sie kommt aus Husum.«

»Ja, stimmt. Und du kommst gut mit ihr aus?«

»So weit, ja. Das waren nur ein paar Anfangsschwierigkeiten. Sie ist echt okay.« Kim blieb stehen, als der Imbiss in Sichtweite kam. »Ich muss jetzt auflegen. Bala wartet auf mich und ich stehe schon vor dem Imbiss.«

»Meldest du dich später noch einmal?«

»Ich weiß nicht, wie lange die Observation dauert.« Kim sprach leise, da ein Mann an ihr vorbeiging. »Wahrscheinlich sitzen wir die halbe Nacht im Auto.« *Bei Balas*

Ehrgeiz könnte es auch die ganze werden, fügte sie in Gedanken hinzu.

»Ich bin lange wach. Bis später dann!« Greta legte auf, ohne auf eine Antwort zu warten.

Kim seufzte. Zumindest war die befürchtete Eifersuchtsszene ausgeblieben. Greta sah es lieber, wenn sie mit Männern zusammenarbeitete, besonders wenn sie nicht in Schleswig war. Sie hatte Kim einmal gestanden, dass sie panische Angst davor habe, sie an eine andere Frau zu verlieren. Das war Gretas Umschreibung für fehlendes Vertrauen. Kim hatte sie nie betrogen und war auch nicht auf der Suche nach einer Affäre, wusste aber, dass es sinnlos war, Greta das wieder und wieder zu erklären. Sie ging das letzte Stück zum Imbiss, bestellte, bezahlte und wartete dann an der Theke, bis ihr die Plastiktüte mit den Pappschachteln zugeschoben wurde.

Kim reichte Bala den Kaffee und die Schale mit Pommes frites. »Habe ich etwas verpasst?«

»Noch so ein Typ ist eingetroffen. Kannst du dir auf der Kamera anschauen. Den kenne ich irgendwo her, mir fällt nur nicht ein, in welchem Zusammenhang das war.«

Kim trank einen Schluck Kaffee und packte ihre *Fish and Chips* aus. »Vielleicht weiß es einer deiner Kollegen hier aus Husum. Jetzt ist es zu spät, um zu fragen, oder?«

Bala zuckte mit den Schultern. »Marc ist eigentlich immer lange auf.«

»Es ist gleich Mitternacht. Wenn, dann musst du ihn jetzt fragen.«

Bala nickte, stellte Kaffee und Pommes ab, übertrug das Foto auf ihr Handy und verschickte es per Mail, nachdem sie Marc zuvor eine kurze Sprachnachricht gesendet hatte.

»Marc«, sagte Kim und ließ es beiläufig klingen. »Ein netter Kollege?«

Bala rollte grinsend mit den Augen. »Und wenn schon.«

»Wie alt ist er?«

»Älter.«

Kim schmunzelte. Hatte sie wieder einmal den richtigen Riecher? »Älter kann auch gut sein«, meinte sie und aß den letzten Bissen ihres Fischfilets, als Balas Handy vibrierte. Ihre Kollegin las schweigend die Nachricht. »Und?«, fragte Kim.

Bala schluckte einen Bissen herunter. »Wie ich's mir gedacht habe: Das ist ein Kleinkrimineller aus Husum. Er ist wegen Körperverletzung verurteilt worden und stand schon mehrfach im Fokus von Ermittlungen rund ums Rotlichtmilieu. Wir konnten ihm nie lückenlos etwas nachweisen. Sein Name ist Ragip Prenga.«

»So langsam kommt Licht ins Dunkel«, murmelte Kim und trank den letzten Schluck ihres Kaffees. »Ich glaube ja fast nicht mehr, dass Evelina im Service tätig war.«

»Willst du eigentlich als Erste schlafen?«, fragte Bala nach weiterem fruchtlosem Warten.

Kim sah auf ihr Handy. »Kurz nach zwei. Meinst du, dass noch etwas passiert?« Seit mehr als zwei Stunden war weder jemand ins Hotel hineingegangen noch herausgekommen.

»Das ist unsere einzige Chance.«

»Okay.« Kim schraubte den Sitz in die Liegeposition und griff nach einer Decke, die auf dem Rücksitz lag. »Wann weckst du mich?«

»In zwei Stunden?«

Kim nickte und suchte nach einer Liegeposition, die halbwegs bequem war, als Bala sie anstieß.

»Kim, warte! Da passiert was.«

Kim richtete sich ruckartig auf und griff nach dem Fernglas. Ein Kleinbus hielt vor dem Hotel. Als das Licht im Fahrzeug angemacht wurde, sah sie mehrere junge Frauen, die zum Teil saßen, zum Teil standen und etwas zusammenpackten.

»Woher kommt der Bus?«

Bala, die bereits mehrere Fotos gemacht hatte, murmelte: »Polen. Zumindest hat er ein polnisches Kennzeichen.«

»Ja, jetzt sehe ich es auch. Sind das …?«

»Frauen aus Osteuropa. Wahrscheinlich Nachschub für die Bordelle.«

»Illegal?«, flüsterte Kim, obwohl sie niemand hören konnte.

»Wenn sie aus Polen stammen, dürfen sie hier arbeiten. Bei Personen aus Belarus oder Russland wäre das etwas anderes.«

»Die Nationalität können wir von hier aus nicht feststellen. Aber warum sollten sie mitten in der Nacht hier auflaufen? Das ist zumindest ungewöhnlich.« Kim stieß einen frustrierten Laut aus. »Was machen wir jetzt?«

»Warten.«

»Und dann?«

»Sie steigen aus.« Bala schoss weitere Fotos. »Es sind sechs Frauen. Höchstens Anfang zwanzig, oder?«

»Höchstens«, sagte Kim. »Die Rothaarige sieht eher aus wie siebzehn.«

Die Frauen wurden von den beiden Männern empfangen, die früher am Abend das Hotel betreten hatten. Ragip Prenga hielt einen Klemmblock und einen Kugelschreiber in der Hand und schien die Namen zu kontrollieren. Der andere Mann sprach mit den Frauen und nahm jedes Mal etwas von ihnen entgegen.

»Was macht er da?«, fragte Kim. »Die Frauen geben ihm irgendwas. Kannst du das mit dem Tele erkennen?«

»Der sammelt die Handys ein … und noch etwas. Wie sieht ein russischer Pass aus?«

»Rot, soweit ich weiß.«

»Mit einem großen goldenen Wappen?«

»Keine Ahnung, Bala.«

»Die Frau jetzt hat einen blauen Pass.«

»Könnte Belarus sein.«

Fünf Frauen waren inzwischen im Hotel verschwunden.

»Und was ist da los?«, fragte Kim.

Die letzte Frau stand vor dem Mann, der die Handys und Ausweise eingesammelt hatte, und schüttelte energisch den Kopf. Ragip Prenga schloss währenddessen die Tür des Kleinbusses und schien dem Fahrer einen Wink zu geben. Das Fahrzeug fuhr an und bog kurz darauf in die nächste Querstraße ein.

Prenga stellte sich neben den anderen Mann und schien ihn etwas zu fragen. Die Frau weigerte sich nach wie vor, Handy und Pass abzugeben. Da schnellte Prengas Faust ohne Vorwarnung nach vorn und traf die Frau in die Magengegend. Sie sackte in sich zusammen, wurde aber von dem zweiten Mann aufgefangen und wieder aufgerichtet. Prenga tastete sie ab und zog etwas aus ihrer Tasche. Schließlich nickte er dem anderen Mann zu, der die Frau daraufhin in Richtung Eingang schob.

»Wir müssen eingreifen!«, zischte Kim und wollte schon die Autotür öffnen, als Bala sie am Arm zu fassen bekam und zurückzog.

»Das ist zu gefährlich. Bleib hier!«

Kim zeigte nach vorn. »Die haben gerade die Frau zusammengeschlagen. Willst du das etwa ignorieren?«

»Habe ich das gesagt?«, fuhr Bala sie an. »Wir sprechen aber zuerst mit Jella.«

»Feigling«, murmelte Kim so leise, dass Bala es nicht mitbekam. »Hast du wenigstens alles fotografiert?«, fügte sie halbherzig hinzu und ärgerte sich im gleichen Augenblick über ihre Frage.

Bala schwieg und griff stattdessen nach ihrem Handy. Als sich Jella nach dem siebten Klingelton meldete, stellte sie das Smartphone auf Lautsprecher und gab Jella einen kurzen Bericht über die Ereignisse.

»Habt ihr Schutzwesten dabei?«, fragte Jella als Erstes.

»Nein«, sagten Kim und Bala gleichzeitig.

»Ihr geht da nicht rein. Wir brauchen einen Beschluss. Ich rufe gleich den Staatsanwalt an, dann sollten wir den spätestens um neun Uhr haben. Ich brauche die Fotos von dem Übergriff. Wie war der Name des Mannes?«

»Ragip Prenga. Er ist in Husum gemeldet und hat mehrere kleine Vorstrafen.«

»Okay, habe ich notiert. Ihr bleibt vor Ort. Ich spreche in der Früh mit den Husumer Kollegen. Holger Jacobs, richtig?«

»Ja.« Bala gab ihr die Festnetzdurchwahl und die Handynummer.

»Sollte sich bei euch etwas tun, ruft ihr mich gleich an. Falls die Frauen abgeholt werden sollten – was ich nicht glaube –, verfolgt ihr das Fahrzeug. Mehr bitte aktuell nicht!«

»Okay«, sagte Bala. »Falls sich hier etwas tut, bist du die Erste, die es erfährt.«

»Seid vorsichtig. Bis später!«

119

Bala ließ sich in den Sitz fallen. »Wer übernimmt nun die erste Schicht?«

»Du willst einfach hier sitzen und warten?«

Bala warf Kim einen fragenden Blick zu. »An was denkst du?«

»Wir sollten zumindest kontrollieren, ob es einen Hintereingang gibt. Vielleicht versucht die Frau zu fliehen.«

»Davon hat Jella nichts gesagt.«

»Sie hat auch nicht gesagt, dass wir hier im Auto sitzen bleiben sollen. Es war von *vor Ort* die Rede.« Kim verstand nicht, warum Bala plötzlich so vorsichtig war. Am Nachmittag hatte sie noch dem Geschäftsführer gedroht, ohne etwas in der Hand zu haben, und jetzt wollte sie Dienst nach Vorschrift machen?

Bala stöhnte leise. »Du nervst! Wehe, wenn das schiefgeht – dann nimmst du es auf deine Kappe.« Sie beugte sich nach hinten zu ihrer Tasche und zog ein kleines Gerät heraus.

»Was ist das?«, fragte Kim.

»Wirst du gleich sehen.« Bala stieg, gefolgt von Kim, aus. Sie hielt sich eng an den Häusern, als sie sich langsam auf das Hotel zubewegte. Immer wieder suchte sie Schutz zwischen den Gebäuden, wartete kurz und beobachtete die Umgebung.

»Wo hast du das gelernt?«, flüsterte Kim, als sie wieder einmal eine kurze Pause einlegten.

»Ich habe nach dem Abitur ein Jahr bei einer Sicherheitsfirma gearbeitet, die auch im Personenschutz tätig war.«

»Wow! Du wirst mir langsam unheimlich, Frau Kollegin.«

»Ab jetzt absolute Funkstille. Ist dein Handy auf lautlos?«

Sie arbeiteten sich weiter vor, bis Bala kurz vor dem Hotel in eine Gasse abbog und stehen blieb. Sie zog ihr Handy aus der Tasche und rief Google Maps auf. »Wir können durch den Garten dieses Hauses von hinten ans Hotel rankommen.«

Kim schaute zu den Fenstern hoch. Keines war erleuchtet. Als Bala weiterging, folgte sie ihr. Inzwischen war sie sich nicht mehr so sicher, was sie mit der Erkundungstour erreichen wollte. War es Konkurrenzdenken gewesen? Weil das hier Balas Stadt war und ihre Kollegin bisher die Initiative ergriffen hatte? Wie dem auch sein mochte, jetzt war es zu spät für einen Rückzieher.

Bala hielt an und gab Kim ein Zeichen, ruhig zu bleiben. Da hörte sie es auch. Jemand schluchzte. Eine weibliche Stimme sagte etwas in einer Sprache, die Kim nicht verstand. Für sie klang es wie Russisch. Nach einem erneuten Blick aufs Handy kramte Bala eine kleine Taschenlampe hervor, mit der sie kurz den stockdunklen Weg beleuchtete. Schließlich gab sie Kim einen Wink, dass sie weitergehen konnten. Sie stiegen über einen halbhohen Zaun, liefen über einen Rasen und kämpften sich dann durch dichte Büsche, bevor sie eine Bretterwand erreichten, die nicht so einfach zu überwinden war.

»Was machen wir jetzt?«, flüsterte Kim.

»Vielleicht kommen wir am Ende des Zauns irgendwie durch. Das hier ist zu hoch für uns.«

Gebückt liefen sie weiter und erreichten das Ende des Grundstücks. Kim wandte sich um. Das Hotel lag mindestens dreißig Meter entfernt. »Da ist ein Graben«, flüsterte Bala. »Da müssen wir rüber. Schaffst du das?« Als Kim nickte, nahm Bala kurz Anlauf und sprang. Kim folgte ihr. Diese Seite des Grundstücks war lediglich mit einem etwa einen Meter hohen Maschendrahtzaun abgetrennt. Sie überstiegen ihn, gingen zurück und sprangen ein weiteres Mal über den Graben, bevor sie auf dem Grundstück des Hotels standen.

Zwei Minuten später hatten Bala und Kim das Gebäude erreicht und arbeiteten sich Fenster für Fenster an der Wand entlang. Jedes Mal blieben sie einen Moment stehen, horchten und gingen vorsichtig weiter, bis sie schließlich wieder leises Schluchzen hörten. Bala zeigte erst auf das Fenster und gab Kim dann ein Zeichen, stehen zu bleiben, ehe sie sich bückte und unter dem Fenstersims hindurchschlich. Schließlich zog sie das kleine Gerät aus der Tasche, verband es mit einem Kabel und setzte eine Art Saugnapf an die Fensterscheibe. Mit dem Gerät am Ohr blieb sie eine Weile stehen. Inzwischen waren wieder Stimmen zu hören: Ein Mann schrie, eine Frau weinte und sagte dann halblaut etwas. Nach einer gefühlten Ewigkeit gab Bala ihrer Kollegin das Zeichen, sich auf den Rückweg zu machen.

»Eine Hintertür gibt es zwar, aber die führt nur in den verwilderten Garten ohne wirklichen Ausgang«, stellte Bala fest, als sie wieder auf ihrem Observationsposten im Auto saßen. Das geheimnisvolle Gerät hatte sich als Abhörvorrichtung entpuppt, mit der man durch Wände oder Fenster Geräusche verstärken konnte, die in einem digitalen Aufnahmegerät gespeichert wurden. Bala hatte die Aufnahme einmal abgespielt. Die Stimmen und das Weinen waren deutlich zu hören gewesen.

»Ist das Russisch?«, fragte Kim.

»Ich bin mir ziemlich sicher«, sagte Bala.

»Und was machen wir jetzt damit?«

»Wir finden jemanden, der uns das übersetzt.« Bala griff nach ihrem Handy, ging ihr Adressverzeichnis durch und wählte eine Nummer aus. »Sorry, Inna, dass ich dich geweckt habe«, sagte sie, als das Gespräch angenommen wurde. »Es ist verdammt wichtig. Kann ich dir etwas schicken? Ich brauche ganz dringend eine Übersetzung.«

Bala hörte zu, nickte und entschuldigte sich noch einmal für die Störung mitten in der Nacht. »Okay, ich schicke es dir gleich per Mail. Ich muss nur ungefähr wissen, was da gesprochen wird. Kleine Warnung: Wahrscheinlich ist es nicht so nett, was du da zu hören bekommen wirst.« Sie beendete das Gespräch, verband das Handy mit dem Abhörgerät, verschickte die Datei und lehnte sich im Sitz zurück. »So, jetzt können wir nur noch warten.«

Zehn Minuten später rief Inna zurück. Bala hörte ihr aufmerksam zu und bedankte sich dann überschwänglich.

»Und?«, fragte Kim, als das Gespräch beendet war.

Bala ballte die Faust. »Volltreffer! Das scheint die Frau gewesen zu sein, die Handy und Pass nicht abgeben wollte. Sie wird da eindeutig festgehalten. Mehrfach hat sie gesagt, dass sie einen Arbeitsvertrag als Servicekraft bekommen habe, und gefragt, warum sie jetzt eingesperrt sei.«

»Können wir das verwenden? Ein Gespräch, das wir abgehört haben?«

»Das war eine normale Observation, und wir haben das Gespräch zufällig über das gekippte Fenster mitgehört und aufgenommen. Mal sehen, was Jella dazu meint. Auf jeden Fall haben wir Klarheit darüber, was in dem Laden abläuft. Wenn wir nachher den Durchsuchungsbeschluss haben, wird sich alles andere ergeben.«

Kim legte sich die Decke über. »Also abwarten.«

14

»Entschuldige, dass ich dich mitten in der Nacht störe.«

Niklas Oehler hatte Jellas Anruf mit müder Stimme entgegengenommen. »Es wird schon wichtig sein«, antwortete er und schien sich, den Geräuschen nach zu urteilen, gerade im Bett aufzurichten.

Jella brachte ihn mit einem kurzen Bericht auf den letzten Stand. »Entweder gehen die in Husum da gleich am Morgen rein oder unsere Chance, die Frauen rauszuholen, schwindet von Stunde zu Stunde.«

»Die Fotos sind eindeutig?«

»Definitiv. Ich habe hier eine Reihe von neun aufeinanderfolgenden Fotos. Das ist fast wie ein Video. Dazu haben wir die Aussagen meiner Kolleginnen, die alles bezeugen können. Die Fotos habe ich dir weitergeschickt. Das Protokoll der Observierung gibt es erst mal nur mündlich. Das muss genügen.«

»Vor neun Uhr erreiche ich den Richter nicht. Außerdem bin ich mir nicht sicher, ob wir damit durchkommen. Aber wem erzähle ich das.«

»Ersatzweise brauchen wir einen Beschluss, dass die Observation fortgesetzt werden darf.«

»Das sollte das geringste Problem sein.«

»Du sagst Bescheid?«

»Ja. Ich melde mich, sobald ich den Beschluss habe.«

»Danke, Niklas.« Er schwieg. »Niklas?«

»Ich bin noch da.«

»Schlaf gut. Bis dann.«

Sie starrte auf das Handy, bis das Display dunkel wurde. Niklas' Stimme klang so vertraut, als habe es nie eine Unterbrechung gegeben. Jella schüttelte sich leicht. Es war keine *Unterbrechung*. Auch wenn sie es gegenüber Niklas eine Auszeit genannt hatte, fühlte sich der Schritt inzwischen wie ein endgültiger Schlussstrich an. Dass sie in Zukunft regelmäßig beruflich Kontakt zu ihm haben würde, machte die Angelegenheit allerdings nicht unbedingt einfacher. »Verdammter Mist«, murmelte Jella und stieß das Handy von sich weg.

Um Punkt sechs klingelte Jellas Wecker. Sie quälte sich aus dem Bett und ins Bad. Nach einer langen Dusche waren die wenigen Stunden Schlaf vergessen. Sie zog sich an, föhnte ihre Haare und legte ein dezentes Make-up auf, bevor sie zum Frühstücksraum eilte. Als sie sich mit einem gefüllten Teller an ihren Tisch setzte, klingelte ihr Handy. »Guten Morgen, Kim«, meldete sie sich. »Wie sieht es bei euch aus?«

»Moin, Jella. Nach den Frauen ist niemand rein- oder rausgegangen. Wir haben heute Nacht aber noch einen kleinen Ausflug unternommen und konnten dabei ein Gespräch belauschen, das Bala aufgenommen hat. Da die Unterhaltung auf Russisch stattfand, hat uns eine Freundin von Bala eine Übersetzung geliefert.«

»Und das alles in der Nacht?«

»Na ja, wenn du noch weit nach Mitternacht den Staatsanwalt anrufst, wollten wir nicht hintanstehen.«

Kim lachte. »Aber im Ernst, es war wohl Glück, dass die Freundin drangegangen ist.« Kim gab Jella eine kurze Zusammenfassung des aufgenommenen Gesprächs.

»Schick mir die Datei. Ich lasse sie in Flensburg von einem Profi übersetzen. Den Rest kläre ich mit dem Staatsanwalt.« Sie ärgerte sich, dass sie in der Nacht davon gesprochen hatte, Niklas direkt zu informieren. Kim schien das aufgefallen zu sein. Sie würde vorsichtiger sein müssen, wenn künftig von ihm die Rede war.

»Wird gemacht. Und wie lange sollen wir noch hierbleiben?«, fragte Kim.

»Ich hoffe, dass wir in Kürze einen Beschluss haben. Ich spreche gleich mit Jacobs und melde mich danach bei euch.«

»In Ordnung. Bis später.«

Jella sah auf die Uhr und entschied, zunächst zu frühstücken, bevor sie die Anrufe erledigte. Günther Simon wollte die Kollegen aus Flensburg zum Wäldchen in Utersum begleiten. Es reichte aus, wenn sie später hinzukam.

Holger Jacobs klang nicht begeistert, als Jella ihm von der geplanten Durchsuchung des Hotels berichtete, versprach aber, bis spätestens zehn Uhr fünf Beamte bereitzustellen, die direkt losfahren würden, sollte der Beschluss kommen. Ihr nächster Anruf galt Niklas, der bereits mit einem Richter gesprochen hatte und sich um kurz nach neun mit ihm treffen würde.

»Eine Aufnahme?«, fragte er, als Jella ihm von den Ereignissen der Nacht erzählte.

»Ja, sie wurden zufällig Zeugen des Gesprächs.«

»Offiziell kann ich das nicht nutzen. Lass es trotzdem übersetzen. Es könnte wichtige Informationen für die Ermittlungen enthalten.«

»Okay, so habe ich das auch eingeschätzt. Ich schicke dir die Übersetzung, sobald sie da ist, und warte auf deinen Anruf bezüglich des Beschlusses.«

Nach drei weiteren Anrufen in Flensburg und dem E-Mail-Versand der Aufnahme verließ Jella das Hotel und schaute kurz in der Polizeistation vorbei, bevor sie nach Utersum fuhr.

Die drei Fahrzeuge der Flensburger Kollegen standen in einer Reihe an der Straße. Günther Simon hatte etwas abseits geparkt und Jella stellte ihren Wagen direkt dahinter. Nach kurzer Suche fand sie Simon am Rande des Wäldchens neben einer Absperrung, wo er neugierige Touristen bat, einen anderen Weg zu nehmen. »Moin! Sind die Hunde bereits auf der Suche?«

Günther Simon nickte. »Wir haben zunächst das Wäldchen unterteilt. Eine Mannschaft hat auf der südlichen Seite angefangen, die andere im Norden.«

»Ich werde mich mal auf die Suche nach Kollege Mathiesen machen«, sagte Jella.

Der Kriminaltechniker stand mit zwei seiner Kollegen in der Nähe des Strands. Als er Jella auf sich zukommen sah, kam er ihr entgegen und begrüßte sie. »Willst du uns etwa über die Schulter schauen?«, fragte er mit gespielt empörter Miene.

»Logisch! Kontrolle schadet nie«, antwortete Jella schmunzelnd, wurde aber gleich wieder ernst. »Kann ich näher ran oder irritiert das die Hunde?«

»Wenn du etwas Abstand hältst, sollte das kein Problem sein.« Er zeigte ihr eine Karte der Umgebung. »Hier müsste der Kollege mit dem Hund im Moment ungefähr sein.«

»Wir haben übrigens die Tote identifiziert. Du lagst mit der Zeitangabe ziemlich richtig. Sie wird dort neun Jahre gelegen haben.«

»Danke für die Blumen. Dann kann ich mir die Analyse der Bodenprobe und der Stoffreste sparen?«

127

»Ja. Ein Zahnarzt in Husum hatte die Tote als Patientin.«
Klaas Mathiesen nickte. »Ich habe übrigens gestern
Abend den Bericht der Gerichtsmedizin bekommen. Es gibt
keine Hinweise auf Gewalteinwirkung. Es gab allerdings
drei Brüche, die mehrere Monate vor dem Tod entstanden
sein müssen, einmal der linke Unterarm und dann zwei Finger der rechten Hand.«

»Wie lange vorher?«

»Etwa ein halbes Jahr«, sagte Mathiesen. »Hilft das?«

»Ich denke schon. Wir sind in Husum auf etwas ...«
Jellas Handy machte sich bemerkbar. Sie sah aufs Display.
»Warte kurz, Klaas, da muss ich ran.« Sie trat einige Meter
zur Seite und nahm das Gespräch an. »Hallo, Niklas.«

»Ich komme gerade vom Richter. Der Durchsuchungsbeschluss ist durch. Er wird jeden Augenblick nach Husum
geschickt.«

»Fantastisch. Ich melde mich wieder.« Sie hielt kurz
inne. »Danke, Niklas.« Sobald sie aufgelegt hatte, wählte
Jella die Nummer von Holger Jacobs, der das Gespräch
nach dem ersten Klingeln annahm. »Der Durchsuchungsbeschluss sollte gleich bei Ihnen sein.«

»Okay. Ich schicke die Kollegen los und werde auch
selbst dabei sein.«

»In Ordnung. Bala Demir und Kim Gerst sind vor Ort.
Ich informiere jetzt beide.« Balas Stimme klang müde, als
sie das Gespräch entgegennahm, aber sobald sie von dem
Beschluss hörte, spürte Jella regelrecht, wie sie auflebte.

»Das ist eine verdammt gute Nachricht.«

»Dein Husumer Chef wird auch dabei sein. Ich hoffe,
das ist kein Problem?«

Bala schwieg einen Moment. »Für mich nicht, für ihn
wahrscheinlich schon.«

»Wir brauchen die Kollegen vor Ort. Dies wird nicht unser einziger Fall bleiben.«

»Ich weiß. Leider liegt es nicht nur in meiner Hand, wie die Zusammenarbeit funktioniert. Kollege Jacobs ist nicht immer sehr diplomatisch. Nach oben schon, nach unten nur in Einzelfällen. Zu den Auserwählten, zu denen er nett ist, gehöre ich nicht mehr.«

Jella horchte auf. Was wollte Bala ihr damit sagen? Sie erinnerte sich an Kim, die im Bewerbungsgespräch auf Gerüchte darüber verwiesen hatte, wie schwer Bala es in Husum hatte. Sie wollte ihr aus diesem Grund sogar den Vortritt lassen. »Was hältst du davon, wenn Kim den Kontakt zu den Husumer Kollegen übernimmt und du etwas im Hintergrund bleibst?«

»Das wäre eine Möglichkeit«, sagte Bala, klang aber nicht überzeugt.

»Das ist nur ein Vorschlag. Du entscheidest. Im Übrigen kannst du dich immer voll und ganz auf mich verlassen – egal was passiert ist oder noch passieren wird.«

»Kim und ich schaffen das schon«, erwiderte Bala.

»Wo waren wir stehen geblieben?«, fragte Jella, als sie wieder bei Klaas Mathiesen stand.

»Husum.«

»Richtig. Wir sind auf eine Spur gestoßen, die zu den Brüchen von Evelina Munteanu passen könnte.«

»Das ist der Name der Toten? Evelina?«

Jella nickte. »Sie ist vermutlich unter Vorspiegelung falscher Tatsachen aus Rumänien angeworben und in Husum zur Prostitution gezwungen worden.«

»Das klingt nach einer traurigen Geschichte.«

»Gerade läuft eine Hausdurchsuchung in Husum. Mit

etwas Glück werden wir einige Frauen, denen es ähnlich ergangen ist, retten können.« Sie schwieg einen Moment, dann zeigte sie in die Richtung, in der sie den Kollegen mit dem Leichenspürhund vermutete. »Ich schau mal, wie die Suche läuft.«

Jella blieb einige Meter vor der kleinen Lichtung stehen und beobachtete den Beamten, der seinen Hund zu einer Stelle führte und ihn anwies zu suchen. Mit der Schnauze dicht über dem Boden lief der Rottweiler systematisch den Bereich ab, blieb hin und wieder stehen, schnüffelte länger, bevor er weiterhetzte. Der Hundeführer hielt ihn an einer Leine und hatte gleichzeitig einen langen Holzstab in der Hand, mit dem er immer wieder auf Stellen klopfte, an denen der Hund ein zweites Mal suchen sollte.

Jella sah den beiden eine Weile zu. Als sie sich gerade abwenden wollte, blieb der Hund stehen und schnüffelte intensiv an einer Stelle, die von der Fläche her groß genug war, um einem Menschen als Grab zu dienen. Der Beamte zeigte mit dem Stock und wies den Rottweiler an, ein weiteres Mal zu suchen. Schließlich blieb der Hund stehen und sah sein Herrchen an. Der bückte sich und reichte dem Hund die flache Hand, in der sich etwas zu fressen befand. Der Hundeführer sah sich um und nickte Jella zu.

»Fund?«, fragte sie.

Als der Beamte ein weiteres Mal nickte, griff Jella zu ihrem Funkgerät, gab Klaas Mathiesen die Position durch und wartete auf die Kriminaltechniker.

Mathiesen traf mit seinen Tatortspezialisten Minuten später am möglichen Fundort ein und begann direkt mit der Arbeit. Schicht um Schicht wurde abgetragen, bevor Mathiesen nach über einer Dreiviertelstunde den Blickkontakt zu Jella suchte, die mehrere Meter entfernt stand. Seine Miene verriet, dass sie etwas gefunden hatten. Er stand auf und kam zu ihr. Mit ernster Miene bestätigte er ihren Verdacht.

»Skelettiert?«, fragte Jella.

»Nicht ganz so weit wie der erste Fund. Mehr kann ich noch nicht sagen. Bei dem Boden wird es Stunden dauern, bis wir alles freigelegt haben.«

Jella sah sich ein weiteres Mal um. »Der Platz ist ähnlich wie der erste. Siehst du das auch so?«

»Definitiv. Das heißt zwar noch nichts, aber vielleicht stoßen wir ja auf noch mehr Gemeinsamkeiten.« Mathiesen sah sie erstaunt an. »Du vermutest, dass wir noch jemanden finden?«

»Ja, leider. Bisher haben wir drei vermisste Frauen, die nie wieder aufgetaucht sind.«

»Verdammt!«

»Kannst du deinen Leuten mitteilen, dass absolutes Stillschweigen über den Fund angesagt ist?«

Klaas Mathiesen warf Jella einen leicht verachtlichen Blick zu. »Das brauche ich nicht, Jella. Keiner von denen wird auch nur ein Wort nach außen tragen.«

»Sorry, Klaas. Du weißt, was ich zu hören bekomme, wenn ich gleich Sörensen und den Staatsanwalt informiere.«

»Schon klar.« Er zeigte zur Fundstelle. »Ich melde mich, sobald du etwas sehen kannst.«

»Handelt es sich bei dem zweiten Fund auch um eine Frauenleiche?«, fragte Sörensen.

»Das werden wir voraussichtlich erst in ein paar Stunden wissen. Die Hunde suchen das Waldstück weiter ab. Es könnte sein …«

»Ich will sofort informiert werden, wenn es zu weiteren Funden kommt. Sofort! Ihnen ist sicher klar, was das bedeutet?«, unterbrach der Kriminaloberrat sie barsch.

»Sie sind der Erste, der es erfahren wird.« Jella musste sich zwingen, ruhig und sachlich zu antworten. Sörensen sah sich wahrscheinlich schon vor der versammelten nationalen Presse sitzen und formulierte bereits Thesen über einen möglichen Serientäter. Ihr war klar, dass spätestens bei einem dritten Fund eine große SoKo die Ermittlungen übernehmen würde. Ob und wie sie und ihr Team dabei eingebunden sein würden, war nicht absehbar. »Wollen Sie mit dem Staatsanwalt telefonieren?«, fragte sie.

»Ich habe in zwei Minuten eine längere Telefonkonferenz. Übernehmen Sie das und sagen Sie Dr. Oehler, dass ich bereits voll im Bilde bin und mich später bei ihm melden werde.«

15

Bala beobachte Holger Jacobs, der den fünf Husumer Beamten Anweisungen gab. Bei seiner Ankunft hatte er sie zunächst ignoriert und später durch ein kurzes Nicken begrüßt. Jetzt kam er auf Kim und sie zu.

»In zwei Minuten geht es los. Sie halten sich im Hintergrund.« Jacobs hatte Kim angesprochen.

»Haben Sie einen Dolmetscher dabei?«, fragte Kim.

»Wir vermuten, dass die Frauen nur Russisch sprechen.«

»Kümmern Sie sich darum. Wir gehen jetzt rein.« Er wandte sich ab und winkte seinen Beamten zu. Kurz darauf standen sie vor dem Hoteleingang und betraten gemeinsam das Gebäude.

»Der ist ja lustig«, murmelte Kim. »Woher sollen wir so schnell jemanden bekommen?«

»Wir haben in Husum einen Dolmetscher für solche Fälle.« Bala griff nach ihrem Handy und suchte die Nummer aus ihrer Kontaktliste heraus. Nach dem dritten Klingeln sprang die Mailbox an. Bala hörte zu und beendete das Gespräch. »Er ist im Urlaub.«

»Und nun?«

Bala suchte bereits im Handy nach Übersetzungsbüros. »Ich habe hier etwas gefunden. Ich rufe da jetzt einfach an und frage.« Sie wählte die Nummer und wartete, bis das Gespräch angenommen wurde.

»Olga Darja. Was kann ich für Sie tun?«

»Bala Demir, Kriminalpolizei Husum. Wir benötigen jemanden, der oder die ein Gespräch vom Russischen ins Deutsche übersetzen kann. Können Sie uns helfen?«

»Wann wäre das?«

»Sofort.« Bala nannte ihr Straße und Hausnummer. »Es wäre gut, wenn Sie sofort Zeit hätten.«

»Worum genau geht es?«

»Wir vermuten, dass Frauen aus Russland und Belarus in dem Gebäude festgehalten werden.«

»Ich bin in fünf Minuten bei Ihnen. Wie erkenne ich Sie?«

»Ich stehe direkt vor dem Hotel.«

»Bis gleich.«

»Sag bloß, du hast jemanden gefunden?«, fragte Kim, als Bala das Handy wegsteckte.

»Ja, sieht ganz so aus. Sie ist Übersetzerin und kommt in ein paar Minuten. Das muss genügen. Dolmetscher sind nicht an jeder Straßenecke zu finden.«

Kim nickte anerkennend. Mit schnellen Schritten gingen Bala und sie zum Eingang des Hotels. Die Tür war leicht angelehnt; aus dem Inneren hörten sie laute Stimmen.

»Geh du rein«, sagte Bala. »Ich warte hier auf die Übersetzerin.« Unruhig lief sie vor dem Hotel auf und ab, bis eine etwa vierzigjährige Frau auf sie zutrat.

»Frau Demir?«

»Ja.« Bala zeigte ihr ihren Polizeiausweis und erklärte Olga Darja, um was es ging, nachdem sie Kim eine kurze Nachricht geschrieben hatte, dass die Übersetzerin eingetroffen war.

»Wo soll ich mit den Frauen sprechen?«

Bala zeigte auf den VW-Bus, mit dem die Husumer Beamten gekommen waren. Sie schrieb eine weitere Nachricht an Kim, in der sie ihre Kollegin bat, den Schlüssel des Busses zu besorgen, falls eine der Frauen vor Ort befragt werden müsse.

»Gut«, sagte Olga Darja.

»Die Vereinbarung über Ihr Honorar müssen wir leider auf später verschieben.«

Die Übersetzerin schüttelte den Kopf. »Ich will kein Geld. Ich mache es umsonst.« Als Bala sie verdutzt ansah, fuhr Olga Darja fort: »Meine Cousine ist vor einigen Jahren auf einen Mann hereingefallen, der sie zum Arbeiten nach Deutschland geschickt hat. Sie wurde in Kiel festgehalten. Ich habe Wochen gebraucht, um sie da rauszuholen. Sie ist jetzt wieder zu Hause, aber es geht ihr nicht gut.«

»Verstehe«, sagte Bala. »Ich muss klären, ob das unentgeltlich geht – aber das können wir später machen. Im Zweifel spenden Sie das Honorar eben.«

Als plötzlich laute Motorengeräusche erklangen, drehten sich beide um. Ein 7er-BMW kam mit hoher Geschwindigkeit auf sie zugefahren und hielt direkt vor dem Hotel auf dem Gehweg. Albin Prifti sprang aus dem Fahrzeug und lief mit wutentbrannter Miene auf das Gebäude zu. Bala stellte sich ihm in den Weg und schirmte dabei die Übersetzerin ab.

»Sie wissen nicht, mit wem Sie sich gerade anlegen!«, schrie Prifti. »Wenn ich mit Ihnen fertig bin, sind Sie …«

»Jetzt halten Sie mal die Luft an.« Bala wurde laut. »Oder soll ich ich eine Anzeige wegen Beamtenbeleidigung schreiben?«

Prifti blieb einen Schritt vor ihr stehen. Bala machte sich auf einen Angriff gefasst, denn er hatte seine Hand gehoben, ließ sie nun aber wieder sinken. »Gehen Sie mir aus Weg, sonst passiert was!«, knurrte er.

Bala zeigte zur Seite. »Hier ist Platz genug, Herr Prifti. Ich würde Ihnen dringend empfehlen, sich um Ihre Gäste zu kümmern.« Das Wort *Gäste* betonte sie besonders.

Prifti starrte sie einen Augenblick an, als würde ihm erst jetzt klar werden, worum es bei der Durchsuchung ging. Er warf Bala einen letzten wutschäumenden Blick zu und verschwand dann im Hotel.

Zehn Minuten später kam Kim mit der Frau heraus, die sich in der Nacht zuvor gegen Ragip Prenga gewehrt hatte. Zu viert setzten sie sich in den VW-Bus.

»Würden Sie uns bitte Ihren Namen sagen?«, begann Bala und ließ ihre Worte von Olga Darja übersetzen.

»Alena Petrowa.« Die Frau sprach leise und schien in der Nacht wenig oder gar nicht geschlafen zu haben. Ihr Make-up war verlaufen, als habe sie geweint, und unter ihren Augen zeigten sich dunkle Ringe.

»Welche Nationalität haben Sie?«

»Sie kommt aus Belarus«, übersetzte Olga Darja die Antwort.

»Haben Sie sich freiwillig in dem Hotel aufgehalten?«

Alena Petrowa zögerte, schüttelte aber schließlich den Kopf.

Kim hatte sich ihren Laptop aus Balas Wagen geholt und schrieb das Protokoll.

»Was ist gestern passiert?«, fragte Bala.

Wieder zögerte Alena Petrowa, begann dann aber zu sprechen.

»Sie ist nach Deutschland gekommen, um hier in einem Restaurant zu arbeiten«, übersetzte Olga Darja. »Gestern Nacht haben die Männer von ihr verlangt, dass sie ihren Pass und das Handy abgibt. Als sie sich weigerte, wurde sie geschlagen. Später ist sie …« Olga Darja wurde blass. »Also, sie ist vergewaltigt worden, und ihr wurde gesagt, dass sie zur Bezahlung der Reise und der Unterkunft hier in Deutschland für die Männer arbeiten müsse.«

»Ist ihr gesagt worden, was genau sie tun muss?«, fragte Bala weiter.

Olga Darja nickte. »In einem Bordell.«

Bala griff nach ihrer Kamera, suchte ein Foto von Ragip Prenga und zeigte es Alena Petrowa. »Kennen Sie diesen Mann?«

Wieder nickte die junge Frau, nachdem die Frage übersetzt worden war.

»Hat dieser Mann Sie vergewaltigt?«

Tränen flossen über Alena Petrowas Gesicht. Olga Darja legte einen Arm um sie und sprach beruhigend auf sie ein. Schließlich antwortete Alena.

»Ja, sie ist von diesem Mann vergewaltigt worden.« Olga Darja hielt kurz inne. »Alena fragt, was jetzt mit ihr passiert.«

»Das können wir nicht entscheiden«, sagte Kim, als Bala nicht antwortete. Sie beugte sich zu der Übersetzerin vor und sagte leise: »Falls sie in Deutschland bleiben möchte, gibt es vermutlich nur den Weg über die Beantragung von politischem Asyl.«

»Ich werde es ihr erklären«, sagte Olga Darja.

Am frühen Nachmittag verließen Bala und Kim das Husumer Polizeirevier. Inzwischen waren alle sechs Frauen befragt worden und hatten ausgesagt, dass sie in ihren Heimatländern Belarus und Russland für eine Arbeit im Hotel oder Restaurant angeworben worden seien. Die Pässe und das Handy seien ihnen weggenommen worden und man habe ihnen Gewalt angedroht, wenn sie sich nicht an die Anordnungen halten würden.

Ragip Prenga war vorläufig festgenommen worden; alle im Hotel vorhandenen Unterlagen sowie die dortigen Computer hatte man beschlagnahmt. Holger Jacobs zog sämtliche Ermittlungen an sich und teilte Bala und Kim mit, dass er mit Hauptkommissarin Jensen über den weiteren Austausch von Informationen sprechen werde.

»Was ist das denn für ein Arsch?«, fluchte Kim, als sie mit Bala vor dem Revier im Auto saß. »Wir liefern ihnen den Fall frei Haus, und trotzdem hat Jacobs nicht das geringste Interesse, uns mit Evelina Munteanu zu helfen.«

»Ich rufe Jella an, berichte ihr, wie der aktuelle Stand ist, und frage, ob wir zurückkommen sollen. Ist das okay für dich?«, wollte Bala wissen. Als Kim nickte, wählte sie die Nummer und stellte das Handy auf Lautsprecher. Sie berichtete Jella von den letzten Stunden und Jacobs' Weigerung, mit ihnen zu kooperieren.

»Ihr habt euch vollkommen richtig verhalten. Ich kläre das. Wenn Prenga in U-Haft sitzt, können wir ihn problemlos vernehmen. Sollten sich auf den Hotelrechnern Daten finden, die uns interessieren, werden wir sie sicher zeitnah zu sehen bekommen.«

»Ich fürchte, da laufen wir ins Leere«, warf Kim ein. »Das hier in Husum ist sicher nur die unbedeutende Gruppe einer großen Organisation, die Menschenhandel betreibt.«

»Da könntest du durchaus richtig liegen. Im Moment sehe ich auch noch keinen direkten Zusammenhang mit Evelina Munteanus Tod.«

»Wie geht es weiter? Sollen wir nach Föhr zurückkommen?« Jella hatte sie am Vormittag darüber informiert, dass in dem Wäldchen eine weitere Leiche gefunden worden war.

»Wenn ihr das noch schafft. Ihr habt doch kaum geschlafen.«

Bala warf Kim einen Blick zu. Als diese nickte, antwortete sie: »Kein Problem. Wir fahren direkt los.«

»Gut, ich bin noch in Utersum. Die Suche nach einer weiteren Leiche dauert an. Bisher haben die Hunde nicht angeschlagen.«

»Ist es Wiebke?«, fragte Kim und meinte den zweiten Leichenfund.

»Ich bekomme gleich eine Aufnahme der Zähne. Wiebkes Zahnarzt in Husum weiß Bescheid und wird einen vorläufigen Abgleich machen.«

Bala und Kim schwiegen.

»Wir sehen uns später. Schreibt mir, welche Fähre ihr nehmt.«

16

Jella betrat das Zelt, das die Kriminaltechniker neben der Ausgrabungsstelle aufgebaut hatten. Klaas Mathiesen fotografierte gerade Schädel und Kiefer der gefundenen Person. Jella trat an den kleinen Tisch. »Wird das reichen?«

»Für den ersten Abgleich auf jeden Fall. Wenn der Zahnarzt sich sicher ist, dass die Fotos mit seinen Röntgenbildern übereinstimmen, kannst du davon ausgehen, dass das später Bestand hat. Wenn er sich unsicher ist, musst du auf die Gerichtsmedizin warten.«

Mathiesen verband die Digitalkamera mit seinem Laptop, der auf einem weiteren Tisch stand, übertrug die Bilder und suchte vier aus, die er anschließend verschickte. »Ich kann den Zahnarzt in einer halben Stunde anrufen«, sagte er. »So lange wirst du dich gedulden müssen.«

»Die Hunde haben bisher …«

»Nein«, unterbrach er sie. »Du hättest es als Erste erfahren. Sie werden spätestens in einer halben Stunde abrücken. Wir können dann erst morgen weitermachen.«

Sie hatten inzwischen das Zelt verlassen und beobachteten die Beamten, die den Rest des Skeletts freilegten.

»Wie lange wird das in etwa dauern?«, fragte Jella.

»Nicht mehr lange. Die Bodenverhältnisse sind etwas schlechter als beim ersten Mal, und wie du schon gesehen hast, ist die Skelettierung nicht ganz so weit fortgeschritten. Eine Stunde brauchen wir noch.«

»Du bleibst bei deiner Prognose?«

»Ja«, sagte Mathiesen. »Die Leiche liegt in der gleichen Position wie die erste. Alles ähnelt dem ersten Fall und soweit ich es anhand der Beckenknochen beurteilen kann, handelt es sich ebenfalls um eine Frau. Selbst die Hände sind gefaltet worden. Es wäre schon ein unglaublich großer Zufall, wenn es sich hier um zwei unterschiedliche Täter handeln sollte, die nichts miteinander zu tun haben.« Er hielt inne. »Wie wahrscheinlich ist es, dass wir weitere Opfer finden?«

»Wenn ich das wüsste, würde ich es dir sagen. Sollte es einen weiteren Fund geben, könnte das die vermisste Rehapatientin sein, deren Fall von allen bisher bekannten am weitesten zurückliegt. Mit hoher Wahrscheinlichkeit zwölf Jahre. Es könnte natürlich sein, dass sie an einer ganz anderen Stelle auf Föhr begraben wurde.«

»Oder dass die Skelettierung zu weit fortgeschritten ist, als dass die Hunde anschlagen würden.« Mathiesen stieß mit dem Fuß einen Stein weg. »Keine guten Aussichten. Wenn die Hunde morgen nichts finden, bleibt nur noch, das Gelände mit Sonden abzusuchen. Was das bedeutet, weißt du selbst. Würden Sörensen und der Staatsanwalt da mitspielen?«

»Darüber mache ich mir jetzt noch keine Gedanken. Einen Schritt nach dem anderen.« Jella zeigte auf den nahen Strand. »Ich brauche eine kleine Pause. Wenn du mehr weißt, ruf mich an.«

Sie lief den kleinen Weg durch die Dünen entlang und fand einen Pfad hinunter zum Strand. Ein gelber Strandkorb stand unweit des Übergangs. Jella drehte ihn zur Sonne und setzte sich hinein. Sollte der erste Befund vom Zahnarzt positiv sein, würde sie direkt zu Hindrik Ingwersen fahren müssen, um ihm die Nachricht vom Tod seiner Tochter zu überbringen. Dass die Kriminaltechniker dieses Mal mit Hunden vor Ort waren, hatte sich bestimmt schon herumgesprochen und unter Umständen auch den Bauern erreicht. Spätestens morgen würde er sicher davon erfahren.

Im Moment blieb Jella nichts anderes übrig, als zu warten. Ihre Gedanken wanderten zum vergangenen Abend. David hatte sie kurz vor Mitternacht zum Hotel begleitet. Als sie sich vor dem Gebäude verabschiedeten, gab es einen kurzen Moment, in dem Jella um ein Haar die Kontrolle verloren hätte: Sie standen sich gegenüber und Jella zögerte, ob sie David zum Abschied die Hand reichen sollte, als er sich vorbeugte, um sie zu umarmen. Sie trat automatisch einen Schritt zurück, woraufhin David verlegen lächelte.

»Ich wollte mich nur für den netten Abend bedanken. Sorry.«

»Schon gut«, hatte Jella gesagt. Irgendetwas hatte sie davon abgehalten, seine Umarmung zuzulassen. War sie in den letzten Monaten so unnahbar geworden, dass sie niemanden außer Deetje an sich heranließ? Hatte sie sich emotional immer noch nicht von Niklas gelöst? Wirkten die zwei Jahre der Heimlichtuerei so stark nach, dass sie seitdem größeren Abstand brauchte? Oder war es David selbst, der ihre Warnleuchten angehen ließ? Nein, vermutlich war es ihrer üblichen Vorsicht geschuldet – während der heißen Phase der Ermittlungen ließ sie kaum jemanden an sich herankommen, da immer die Gefahr bestand, dass die Person etwas mit dem Fall zu tun haben könnte.

Jella stand auf und ging zur Wassergrenze. Hier zog sie Schuhe und Strümpfe aus, krempelte die Hose hoch und watete durch die ablaufende Nordsee. Das Wasser war kälter, als sie es in Erinnerung hatte. Vor Ende Juli würde es kaum über zwanzig Grad warm werden.

Als ihr Handy klingelte, lief sie zurück, ließ ihre Schuhe in den Sand fallen und nahm das Gespräch an. »Klaas, hast du schon die …?«

»Ja. Der Zahnarzt in Husum ist sich hundertprozentig sicher. Ich an deiner Stelle würde nicht länger warten und die Eltern informieren. Bis die Gerichtsmedizin so weit ist, können noch mindestens zwei Tage vergehen.«

»Danke, Klaas. Ich fahre gleich los. Informierst du mich, falls ihr noch etwas findet?«

»Die Hunde sind schon unterwegs zur Fähre. Morgen geht es weiter. Meine Leute und ich bleiben auf Föhr.«

»Ich melde mich morgen.«

Jella ließ sich in den warmen Sand fallen. Jetzt hatten sie Gewissheit. Zwei junge Frauen, die verschwunden und in einem Abstand von drei Jahren in einem Wäldchen am Strand vergraben worden waren. Auch wenn offiziell erst ab einem dritten Opfer von einem Serientäter gesprochen wurde, war die Wahrscheinlichkeit nun höher, dass sie es mit einem solchen zu tun hatten.

Sie rubbelte sich den Sand von den Füßen, zog Strumpfe und Schuhe an und krempelte die Hose nach unten, bevor sie sich auf den schweren Weg nach Nieblum zum Hof von Hindrik Ingwersen machte.

Ingwersen stieg von seinem Trecker, als Jella auf den Hof fuhr. Der Bauer kam auf sie zu und blieb einige Meter vor ihr stehen, als fürchtete er sich vor dem, was sie ihm mitteilen könnte. Er sah sie flehend an.

Jella zeigte auf das Wohnhaus. »Wollen wir reingehen?«

Er schüttelte den Kopf. »Sie haben Wiebke gefunden?« Seine Stimme war brüchig.

»Wir haben heute große Teile des Wäldchens bei der

143

Rehaklinik durchsucht und eine weitere Leiche gefunden. Mit sehr großer Wahrscheinlichkeit handelt es sich dabei um Wiebke. Ihr Zahnarzt hat …«

Wortlos wandte sich Hindrik Ingwersen um und ging langsam zum Trecker zurück. Sein Gang glich dem eines alten Mannes: den Oberkörper nach vorn geneigt, einen Fuß nach dem anderen setzend, als habe er Bleigewichte in seinen Schuhen. Kurz vor dem Fahrzeug sank er auf die Knie und schluchzte laut.

Jella nickte Bala und Kim zu. »Ihr seht müde aus.«

»Viel geschlafen haben wir nicht«, sagte Bala, »aber zumindest haben wir in Dagebüll noch etwas zu essen bekommen.«

»Wollt ihr gleich ins Hotel?«

Bala warf Kim einen Blick zu. »Kannst du schon schlafen?«

Ihre Kollegin schüttelte den Kopf. »Dann bin ich gegen drei wach und wälze mich im Bett herum. Ich brauche noch etwas Bewegung und ein kühles Bier. Wie war das mit der Strandbar? Ist sie weit entfernt?«

Kim und Bala stellten ihre Taschen im Hotel ab und standen kurz darauf wieder vor dem Gebäude.

Jella zeigte die Promenade hinunter. »Zwei Kilometer sind es schon bis zu der Bar.«

Kim sah in den Himmel. »Warum nicht? Gesessen haben wir genug, oder, Bala?«

Auf dem Weg berichtete Jella ihnen von der Suche im Wäldchen und ihrem Telefonat mit Holger Jacobs. »Es brauchte etwas Überredungskunst, aber morgen Vormittag werden zwei Kollegen die Daten des Hotels nach Evelina durchschauen. Auch werden Prifti und Prenga nach ihr befragt. Ich habe wenig Hoffnung, dass dabei etwas herauskommt, aber es ist ein erster Schritt, um Licht in Evelinas Husumer Zeit zu bringen.«

»Vielleicht war sie auch in anderen Häusern in der Region tätig. Die Frauen werden häufig alle paar Wochen weitergereicht«, sagte Kim und verzog angewidert ihr Gesicht. »*Frischfleisch* nennen sie das.«

»Ja, darüber habe ich auch schon nachgedacht«, sagte Jella. »Es wird schwierig werden, ihren Weg nach so vielen Jahren nachzuvollziehen.«

»Gibt es auf Föhr ein Haus oder eine Bar, in der solche Frauen arbeiten?«, fragte Bala.

»*Solche Frauen*«, äffte Kim sie nach. »Das sind Sexarbeiterinnen, die dazu ziemlich häufig unter Androhung von Gewalt gezwungen werden.«

»Ja, meinetwegen Sexarbeiterinnen«, erwiderte Bala und hob entschuldigend die Schultern.

»Darüber habe ich mich gestern noch einmal mit Günther Simon unterhalten«, sagte Jella. »Offiziell ist nichts bekannt, aber er geht davon aus, dass in der Hochsaison Frauen vom Festland kommen und hier arbeiten. Zwangsprostitution braucht allerdings Strukturen – zumindest Zuhälter, die die Frauen rund um die Uhr unter Kontrolle haben. Das wäre sicher schwierig, wenn es sich um einzelne Wohnungen handelte, in denen die Frauen auf der Insel verteilt untergebracht sind.«

Kim beugte sich leicht vor. »Ich tippe eher auf einen Mann, den Evelina in Husum oder einem anderen Ort auf dem Festland kennengelernt hat und zu dem sie auf die Insel geflüchtet ist – quasi vom Regen in die Traufe.«

»Wir werden sehen«, sagte Jella. »Ich schlage vor, wir lassen die Arbeit jetzt Arbeit sein.« Sie zeigte nach vorn.

»Da hinten ist die Bar. Ihr bekommt ein kühles Bier und ich eine Kleinigkeit zu essen. Wir genießen das schöne Wetter und machen morgen früh mit neuer Kraft weiter.«

»Ich bin dabei«, sagte Kim, während Bala nickte.

»Trinkst du keinen Alkohol?«, fragte Kim, als sie wenig später einen Tisch gefunden und sich Getränke besorgt hatten.

»Sagen wir mal, ich versuche, es zu vermeiden. Ich bin keine strenggläubige Muslima, aber bei uns zu Hause gab und gibt es keinen Alkohol.« Bala hob ihren alkoholfreien Cocktail an. »Anstoßen kann man aber auch hiermit.«

Kim hob ihr Bierglas. »Auf unser starkes Frauenteam. Ich kann mir gar nicht vorstellen, dass ich in ein paar Tagen wieder in Schleswig an meinem Schreibtisch sitzen soll.«

Bala trank einen Schluck aus ihrem Glas mit der roten Flüssigkeit, die nach oben ins Gelbe überging. »Ich ehrlich gesagt auch nicht.«

»Ein paar Tage mehr wird unser Einsatz schon noch dauern«, sagte Jella. »Aber wollten wir die Arbeit nicht für ein paar Stunden ruhen lassen?«

»Nicht so einfach«, murmelte Bala. »Ich muss die ganze Zeit an Wiebke denken. Sie war erst neunzehn und …« Sie schluckte schwer und ihre Augen wurden feucht. »Verdammt, was gibt es nur für Monster auf dieser Welt?«

Sie schwiegen eine Weile. Jella war froh, als der Piepser, den man ihr gegeben hatte, die Fertigstellung ihres Essens ankündigte. Sie stand auf. »Ich hole mal eben meine Calamari.« Als sie zum Tresen ging, kam David auf sie zugeschlendert. Jella hob ihren Piepser. »Ich bin gerade auf dem Weg zur Essensausgabe.«

David nickte und schloss sich ihr an. »Heute zu dritt?«

»Wie man sieht.« Sie trat an den Tresen, reichte der jungen Frau dahinter ihren Piepser und erhielt einen Teller mit frittierten Calamari und Süßkartoffelscheiben.

»Sehen wir uns später noch?«, fragte David.

»Vielleicht«, antwortete sie ausweichend.

David stellte sich neben Jella, die auf die Nordsee schaute. Eine Möwe flog über sie hinweg und stieg in den inzwischen dunklen Nachthimmel.

»Viel Arbeit?«

Jella antwortete nicht.

»Sorry, vergessen. Du redest ja nicht über deine Arbeit.«

Sie schwiegen eine Weile. Schließlich sah Jella ihn an.

»Was geht in Männern vor, wenn sie Frauen demütigen und unterjochen? Weißt du das?«

»Ich könnte jetzt sagen, dass sie einem jahrhundertelang eingeübten Muster folgen und Opfer ihrer Gene sind. Leider ist das nicht so einfach.«

»Leider?«

»Ich glaube nicht, dass bestimmte Verhaltensweisen in den Genen angelegt sind. Über das Stadium ist die Menschheit lange hinaus.«

»Und das bedeutet?«, fragte Jella.

»Wir sind selbst für unser Leben und das, was wir daraus machen, verantwortlich. Ja, es gibt Strukturen, gerade in der Kindheit eines Menschen, die dich prägen, verbiegen und manchmal auch regelrecht zerstören. Trotzdem haben wir die Wahl. Es gibt Hilfe, die man allerdings annehmen muss. Hier liegt das eigentliche Problem. Bevor jemand nach Unterstützung ruft, muss er sie selbst wollen, also erkennen, dass er Hilfe braucht. Das kann manchmal ein langer Prozess sein.«

Jella warf David einen gespielt strengen Blick zu. »Hast du hier auf mich gewartet?«

»Was blieb mir übrig? Deine Handynummer habe ich ja nicht bekommen.«

Sie schwieg.

»Ich weiß, du bist nicht auf der Suche nach einem Mann … aber kennst du das nicht auch? Man begegnet einem Menschen und ist vom ersten Augenblick an von ihm fasziniert. Sag mir einfach, wenn ich mich von dir fernhalten soll. Das kriege ich schon hin.«

»Begleitest du mich noch ein wenig?«, fragte Jella und konnte es nicht unterlassen zu ergänzen: »Es ist doch auch dein Weg, oder?«

»Nicht ganz, aber in den letzten Tagen schon.«

»Also doch geflunkert, Herr Psychologe?«

David zuckte mit den Schultern. »Nicht wirklich. Das war eine Art Notlüge, vielleicht nicht einmal das. Ja, ich hätte ehrlich sein sollen, aber ich hatte wohl Angst, dass du mich einfach stehen lassen würdest.«

»Angst? Du? Davon habe ich bisher noch nicht viel mitbekommen.«

»Jeder Mensch hat Angst – der eine mehr, der andere weniger. Angst ist wichtig. Man muss nur damit umgehen können und darf sich nicht davon auffressen lassen.« Er hielt kurz inne. »Hast du nie Angst?«

»Doch, aber eher um andere als um mich.«

17

Bala rückte den Fahrersitz in die für sie richtige Position. Sie hatte zunächst gezögert, als Kim ihr den Autoschlüssel reichte, letztlich aber eingesehen, dass sie so flexibler war. Nach dem gemeinsamen Frühstück waren Jella, Kim und sie in die Polizeistation gegangen und hatten sich die nächsten Schritte überlegt. Jella hatte schließlich vorgeschlagen, dass sie sich aufteilen sollten. Kim würde vom Büro aus weiter nach Svenja Behrendt suchen, während Jella zunächst ein Gespräch mit Wiebkes Mutter führen musste, die aus Husum angereist war. Anschließend standen Unterredungen mit Wiebkes Vater sowie Tamme Petersen an. Bala sollte unterdessen vor Ort in Utersum die Suche nach weiteren Leichen begleiten.

Sie startete den Motor, legte den Rückwartsgang ein und fuhr vorsichtig vom Parkplatz. In den ersten Minuten fühlte sie sich unsicher in dem ihr unbekannten Auto, aber mit jedem weiteren Kilometer hatte sie mehr Spaß an dem Wagen. Sie suchte einen Musiksender und drehte die Lautstärke auf. Mit offenen Seitenfenstern fuhr sie über die Rundföhrstraße auf Nieblum zu.

»Lässt Jella mich heute allein?«, fragte Klaas Mathiesen, als Bala zu ihm trat.

»Wir haben uns aufgeteilt. Die Zeit drängt.«

»Bei Jella ist immer der Powergang eingelegt, aber ...« Der Kriminaltechniker zögerte. »Können wir uns duzen?«

»Warum nicht? Ich heiße Bala.«

Mathiesen grinste. »Klaas. Ich finde es klasse, dass Jella ein reines Frauenteam zusammengestellt hat. Wurde auch mal Zeit.«

Bala sah sich um. »Sind die Kollegen mit den Hunden schon an der Arbeit?«

»Seit einer halben Stunde. Sie wollen noch einmal das ganze Wäldchen durchlaufen. Die Chance, dass sie noch etwas finden, ist aber nicht sehr groß.«

»Und wenn wir gezielter suchen?«

Mathiesen zog die Augenbrauen hoch. »Heißt?«

Bala öffnete ihre Umhängetasche und nahm die kleine Drohne heraus. »Wir suchen aus der Luft nach Stellen, die den beiden anderen ähneln.«

Er nickte anerkennend. »Wäre eine Maßnahme. Können wir die Bilder live auf den Bildschirm holen?«

Fünf Minuten später schwebte Balas Drohne über ihnen, flog zur ersten Fundstelle und wechselte dann zur zweiten. Schließlich flog sie in gleichmäßig langsamer Geschwindigkeit das ganze Wäldchen ab, bis der leere Akku sie zur Landung zwang. Bala wechselte den Akku, ließ die Drohne aber noch am Boden.

»Wir können uns die Aufnahme noch einmal anschauen. Ich meine, ich habe drei oder vier interessante Stellen gefunden.« Sie startete das Video und hielt die Aufnahme mehrfach an, um Mathiesen die Lichtungen zu zeigen, die sie entdeckt hatte.

»Verrückt. Ich bin übers ganze Gelände gelaufen und habe die Stellen nicht gefunden.«

»Wenn man unten steht, hat man eine vollkommen andere Perspektive. Der Überblick fehlt. Diese drei oder vielleicht vier Stellen sind in den Jahren weiter zugewachsen.« Bala zeigte auf das letzte Standbild. »Wenn du dir die Büsche und kleinen Bäume wegdenkst, hast du einen ähnlichen Charakter wie bei den beiden anderen Fundstellen.«

»Willst du die Drohne noch mal starten? Dann schauen wir uns genauer bei diesen vier Lichtungen um.«

Bala flog eine nach der anderen an, umkreiste sie aus verschiedenen Höhen und landete die Drohne schließlich wieder bei ihnen. Nachdem sie sich das aufgezeichnete Video noch einmal angeschaut hatten, entschieden sie sich für zwei der Lichtungen.

Mathiesen zog ein Funkgerät aus der Tasche und sprach mit einem der Hundeführer, dem er die Koordinaten der ersten Lichtung durchgab. An Bala gewandt meinte er dann: »Los geht's!«

Wenige Minuten später standen sie zusammen mit dem Hundeführer vor einigen Büschen. »Dahinter muss es sein, oder?«

Bala kontrollierte auf ihrem Handy den Standort und nickte schließlich. Sie drückten gemeinsam die Busche auseinander und machten Platz für den Hundeführer mit seinem Schäferhund. Hinter den Büschen konnte man die kleine Lichtung erahnen, die hier vor über zehn Jahren gewesen sein musste. Inzwischen war alles mit Sträuchern und kleinen Büschen zugewachsen.

»Geht das so?«, fragte Mathiesen seinen Kollegen. »Oder brauchst du mehr Platz?«

»Ich versuch's.« Der Hundeführer ging in die Knie und streichelte dem Schäferhund über den Rücken. Als er ihm einen kurzen Befehl gab, lief der Hund mit der Schnauze dicht am Boden eine Runde, blieb zwischendurch zweimal stehen, schnüffelte intensiv und lief dann weiter. Nach fünf

Minuten und vier Rundgängen schüttelte der Hundeführer den Kopf. »Ihr geht von zwölf oder mehr Jahren aus?«

»Ja, von zwölf«, sagte Bala.

»Schwierig. Ich dachte kurz, er würde anschlagen, aber da war wohl doch nichts.«

»Auf zur zweiten Stelle«, meinte Klaas Mathiesen, breitete den Plan aus und zeigte dem Hundeführer, wo sie die zweite Lichtung vermuteten. Wenige Minuten später standen sie dreißig Meter entfernt auf einer freien Fläche von etwa drei mal vier Metern.

»Hier war mein Kollege schon«, sagte der Hundeführer, kniete sich aber wieder neben seinen Schäferhund und überließ ihm kurz darauf das Terrain. Nach drei Runden brach er die Suche ab. Der Hund hatte wie zuvor zweimal intensiver an einer Stelle geschnüffelt, war dann aber jeweils weitergelaufen. »Tut mir leid. Es wäre unredlich, wenn ich euch hier buddeln ließe.«

Mathiesen warf einen Blick auf Bala, die enttäuscht nickte. Er dankte dem Hundeführer und entließ ihn auf seine weitere Tour durch das Wäldchen.

Bala sah auf die Uhr. »Wir könnten doch …«

Mathiesen stöhnte theatralisch. »Warum habe ich mich überhaupt darauf eingelassen?«

»Weil du noch Biss hast«, sagte Bala schmunzelnd, »und nicht ständig an deine Pensionierung denkst.«

»Soso!« Er legte den Kopf in den Nacken und schien einen Augenblick zu überlegen, ob er sich auf Balas unausgesprochenen Vorschlag einlassen sollte. Schließlich sah er sie wieder an und grinste. »Welcher der beiden Lichtungen gibst du die größere Chance, Fundort Nummer drei zu sein? Hier oder bei den Büschen?«

»Ich bin keine Expertin für Leichenfundorte«, erwiderte

Bala ausweichend. »Gab es bei den bisherigen Fundstellen weitere Besonderheiten?«

»Der üblicherweise mit den Jahren leicht eingefallene Bereich über der Leiche.«

»Dann zur ersten Lichtung«, schlug Bala vor.

Mathiesen drückte Bala die Heckenschere in die Hand. »Wir brauchen Platz.« Er zeigte auf die Büsche rechts von ihnen. »Fang du da an.« Er hob die Axt. »Ich kümmere mich um den Rest.«

Langsam arbeiteten sie sich vor. Nach über einer halben Stunde hatten sie die Lichtung freigelegt. Mathiesen ging in die Knie und ließ seinen Blick langsam über die Fläche schweifen. »Woher wusstest du das? Hier gibt es tatsächlich eine leichte Delle im Boden.«

»Ausschlussverfahren. Auf der anderen Lichtung konnte man gut sehen, dass alles sehr eben war, also bestand hier die größere Chance auf Erfolg.«

Mathiesen reichte ihr eine kleine Schaufel und zeigte auf eine etwa einen Meter von ihm entfernte Stelle. »Fang da an. Schicht für Schicht, nie mehr als fünf bis sechs Zentimeter. Schaffst du das?«

Bala griff wortlos nach der Schaufel.

Stöhnend richtete sie sich auf. Die Arbeit war wesentlich anstrengender als vermutet. Bala hatte inzwischen unzählige Wurzeln und Steine aus dem Boden geholt, und neben ihr lag ein beträchtlicher Haufen schwarzer Erde auf einer Plastikplane. Trotzdem hatte sie nicht das Gefühl, wesentlich weitergekommen zu sein. »In welcher Tiefe lagen die beiden Frauen?«

Klaas Mathiesen richtete sich auf. »Bei der ersten ging

es bei achtzig Zentimetern los, bei der zweiten schon bei fünfzig.«

»Können wir nicht et…«

»Nein«, unterbrach Mathiesen sie. »Hierfür gibt es keine Abkürzung, tut mir leid. Ich kann dich aber ablösen lassen.«

»Geht schon«, murmelte Bala und griff wieder nach der kleinen Schaufel.

Nach einer weiteren Stunde stand Mathiesen auf. »Nichts! Und es gibt auch keinerlei Anzeichen, dass hier je gegraben wurde. Ich denke, wir brechen ab.«

»Wir haben doch erst vierzig Zentimeter. Von was für Anzeichen sprichst du?«

»Hier sieht die Erde so aus, als sei sie seit Jahrhunderten nicht angerührt worden.« Er zeigte auf die einzelnen Erdschichten, die sie freigelegt hatten. »Entweder ist hier nichts zu finden oder wir graben an der falschen Stelle. Ich tippe auf Ersteres.«

»Eine halbe Stunde noch«, flehte Bala mit zuckersüßer Stimme.

Als Mathiesen den Kopf schüttelte, stieß sie enttäuscht mit der Fußspitze in den Boden. »Wir können den Hund noch einmal holen«, schlug er vor und griff nach seinem Funkgerät.

Wenige Minuten später stand der zweite Hundeführer mit seinem Riesenschnauzer vor ihnen. »Da, wo ihr gegraben habt?«

Mathiesen nickte. Der Hundeführer zeigte mit einem langen Stock auf das ausgehobene Loch und gab seinem Hund einen Befehl. Der Riesenschnauzer sprang hinunter, lief eine Runde und blieb anschließend in dem Bereich stehen, wo Bala gearbeitet hatte.

»Er hat was«, sagte der Hundeführer, streichelte seinen Hund und gab ihm ein Leckerli, bevor er ihn ein weiteres Mal in die Runde schickte. Wieder blieb das Tier an der gleichen Stelle stehen und schabte vorsichtig mit der rechten Pfote im Sand.

Als sich Balas Handy bemerkbar machte, trat sie einige Meter von der Lichtung zurück, warf einen Blick auf das Display und nahm das Gespräch an. »Mama! Ist etwas passiert?«, fragte sie auf Kurdisch.

»Muss immer etwas passiert sein, wenn deine Mama mit dir sprechen will?«, fragte ihre Mutter mit leicht verschnupfter Stimme. »Du hast dich gestern nicht mehr gemeldet. Geht es dir gut?«

»Wir haben viel zu tun. Sehr viel. Ich bin inzwischen wieder auf Föhr.«

»Ist es gefährlich? Ich mache mir Sor…«

»Mama, das musst du nicht. Ich habe dir doch gesagt, dass wir an einem Fall arbeiten, der bereits vor zehn Jahren zu den Akten gelegt wurde. Was soll da schon gefahrlich sein?«

»Bei der Polizei ist doch immer alles gefährlich.« Ihre Mutter hielt kurz inne. »Du hättest gestern kurz bei uns vorbeikommen können. Du warst doch in Husum, oder?«

»Ja, Mama. Wir hatten aber die ganze Nacht zu tun und sind am Vormittag zurückgefahren.«

»Die ganze Nacht? Hattest du etwas mit dieser Sache zu tun, die in der Zeitung stand? Dieses … Haus. Du weißt schon, was ich meine.«

»Das haben die Kollegen gemacht. Wir haben nur das Haus observiert. Es ist nichts passiert und es wird auch nichts passieren. Das verspreche ich dir, Mama.«

Balas Mutter seufzte schwer. »Bist du dir da ganz sicher, Kind? Papa macht sich auch Sorgen.«

Bala hatte geahnt, dass unweigerlich die Sprache auf ihren Vater kommen würde. Er war derjenige, der ihr strikt davon abgeraten hatte, zur Polizei zu gehen. Später hatte er gehofft, dass sie heiraten, Kinder bekommen und sich die *Angelegenheit*, wie er es nannte, von allein regeln würde. Nach der Trennung von Miran hatte ihr Vater wochenlang nicht mit ihr gesprochen und danach bei jeder sich bietenden Gelegenheit nach ihren Zukunftsplänen gefragt. Vor etwa drei Wochen hatte Bala ihm im Streit gesagt, dass sie keinen Mann suche und sich auf ihre Arbeit konzentrieren würde. Seitdem hatte ihr Vater kein Wort mehr zu ihr gesagt.

»Auch Papa braucht sich keine Sorgen zu machen«, sagte sie. »Das hier wird noch ein paar Tage dauern. Ich rufe dich heute Abend an, Mama, ganz sicher.«

»Soll ich Papa etwas von dir ausrichten?«

»Grüß ihn von mir. Und sag, dass es mir leidtut, dass wir uns gestritten haben.«

»Das solltest du ihm selbst sagen.«

»Wie denn, wenn er nicht mit mir redet? Du weißt genau, wie stur er sein kann. Soll ich etwa um des lieben Friedens willen irgendeinen Mann heiraten und Kinder bekommen? So stelle ich mir mein Leben nicht vor.«

Ihre Mutter seufzte erneut schwer. »Bala, natürlich sollst du nicht irgendeinen Mann heiraten – das will auch Papa nicht. Aber du bist unsere einzige Tochter, und da sorgen wir uns sehr um dich. Das musst du doch verstehen.«

Bala ärgerte sich, dass sie so gereizt reagiert hatte. Ihre Mutter war bisher immer auf ihrer Seite gewesen, auch wenn sie das in der Familie nicht offen aussprach. Und sie war es, die alles tat, damit der unsinnige Streit mit ihrem Vater beendet wurde. »Das verstehe ich, aber ihr müsst auch mich verstehen. Selbst wenn ich Kinder bekommen sollte, werde ich meinen Beruf weiter ausüben. Vielleicht nicht sofort, aber nach einer Pause will ich wieder arbeiten.«

»Du hast einen Freund?«, fragte ihre Mutter hoffnungsvoll. »Wann stellst du ihn uns vor? Ist er Kurde?«

Bala atmete tief durch und ließ sich Zeit für die Antwort. »Mama, ich sitze im Auto und muss jetzt in die Polizeistation fahren. Die Kolleginnen warten auf mich.«

»Ist gut, mein Kind. Wenn du arbeiten musst. Aber du rufst heute Abend an?«

»Ja, Mama, ich rufe dich an.«

18

»Hören Sie mir überhaupt zu?«, fragte Susanne Nadler.
Jella sprach seit einer Dreiviertelstunde mit Wiebkes Mutter,
die nach der Scheidung wieder ihren Geburtsnamen angenommen hatte.

»Selbstverständlich, Frau Nadler. Sie haben zum wiederholten Mal Ihren Ex-Mann beschuldigt, für den Tod
Ihrer Tochter verantwortlich zu sein.«

»Verantwortlich? Ich bin mir sicher, dass er sie im Streit
ermordet und später in dem Wäldchen verscharrt hat.
Warum nehmen Sie ihn nicht fest?«

Wiebkes Mutter hatte in den ersten zwanzig Minuten
ihres Gesprächs apathisch und niedergeschlagen gewirkt.
Immer wieder hatte sie Tränen von ihren Wangen gewischt.
Vollkommen unerwartet kam dann der Umschwung von
Trauer auf Angriff in Form der Beschuldigung ihres Ex-
Mannes.

»Frau Nadler, Ihr Mann ist seinerzeit ausführlich befragt
worden. Weder dabei noch bei unseren jetzigen Ermittlungen haben sich Hinweise gefunden, die Ihren Mann belastet
hätten.«

»Er war es aber!« Wiebkes Mutter hatte ihren Ex-Mann
bisher nicht beim Namen genannt. »Es liegt doch auf der
Hand. Warum unternehmen Sie nichts? Damals wurde mir
gesagt, dass es keine …« Sie schloss kurz die Augen.

»… dass Wiebke nicht gefunden wurde und es deshalb
keine Mordanklage geben könne.«

»Das müssen Sie falsch verstanden haben«, versuchte Jella ein weiteres Mal, Susanne Nadler zu beschwichtigen. »Eine Mordanklage ist auch ohne die Leiche des Opfers möglich. Allerdings gibt es in diesem Fall keine Indizien oder gar handfeste Beweise, dass Ihr Ex-Mann etwas mit dem Tod Ihrer Tochter zu tun hat.«

Wiebkes Mutter starrte Jella wutentbrannt an. »Hat er Sie auch um den Finger gewickelt, so wie er es immer mit allen gemacht hat?«

Jella stand auf. »Vielen Dank, Frau Nadler, dass Sie sich zu dem Gespräch bereit erklärt haben. Sollten sich in dem Fall neue Erkenntnisse ergeben, werden wir Sie selbstverständlich informieren.«

Susanne Nadler schien etwas entgegnen zu wollen, stand aber schließlich wortlos auf und stampfte aus dem Raum. Jella folgte ihr und begleitete sie bis zur Tür der Polizeistation. Zurück in ihrem Büro wählte sie zum dritten Mal an diesem Tag Niklas Oehlers Nummer. Kim hatte sich kurz zuvor in eine Kaffeepause verabschiedet, was Jella nun nutzte, um offen mit Niklas zu sprechen. »Eine große SoKo wäre im Moment fehl am Platz. Sörensen dreht vollkommen am Rad. Kannst du ihn nicht beruhigen?«

»Wir sprechen hier mit hoher Wahrscheinlichkeit von einem Serientäter, Jella. Traust du dir und deinen Kolleginnen zu, die ganze Arbeit zu bewältigen?«

»Alle drei Taten liegen viele Jahre zurück. Es wird nicht massenhaft Hinweise von Zeugen geben, und wir haben bisher weder Fremd-DNA noch andere Hinweise auf den Täter gefunden. Zusätzlich sind wir auf einer kleinen Insel, Niklas. Was meinst du, was passiert, wenn hier zwanzig oder mehr Kriminalbeamte ausschwärmen?«

»Jella, du weißt, dass ich nicht allein darüber entscheiden kann. Mir schauen eine Menge Leute auf die Finger – jetzt, bei meiner neuen Stelle, umso mehr.«

»Es ist noch nicht klar, ob die Fälle zusammenhängen.« Jella verschwieg, dass sie von Anfang an den Verdacht hatten, dass es mehrere Opfer geben könnte. »Vor allem wissen wir nicht, ob unsere Vermutung richtig und im Wäldchen eine dritte Leiche zu finden ist.«

»Und was ist mit dem übereinstimmenden Fundort und den ähnlichen Umständen der ersten beiden Fälle? Ist es nicht wahrscheinlich, dass auch die dritte Vermisste Opfer desselben Täters geworden ist? Jella! Ich kann die Kollegen nicht für dumm verkaufen, selbst dir zuliebe nicht.«

»Zwei Wochen. Ich brauche zwei Wochen.«

»Zehn Tage, allerhöchstens, und zwar mit heute. Das ist schon mehr, als ich guten Gewissens verantworten kann. Wenn die Presse Wind davon bekommt, haben wir ganz schnell eine bundesweite Berichterstattung. Was das heißt, brauche ich dir nicht zu erzählen.«

Jella atmete erleichtert auf. Sie hatte bestenfalls mit einer Woche Schonfrist gerechnet und wäre sogar mit fünf Tagen zufrieden gewesen. »Danke, Niklas. Eventuell brauche ich noch hier und da personelle Verstärkung. Wenn du mich da dann auch bei Sörensen unterstützen würdest, wäre das super.«

Er schwieg eine Weile. Schließlich räusperte er sich und sagte heiser: »Ich versuche es. Du hörst von mir.«

Jella verabschiedete sich, starrte eine Weile auf ihr Handy und fragte sich zum wiederholten Mal, was Niklas sich dabei gedacht hatte, sich nach Flensburg versetzen zu lassen. Ihm musste doch klar gewesen sein, dass sie über kurz oder lang beruflich aufeinanderstoßen würden. Oder war genau das sein Ziel gewesen?

Sie schob die Gedanken an Niklas und ihre gemeinsame Zeit zur Seite und konzentrierte sich auf die Arbeit. Sie öffnete im Laptop das Protokoll der ersten Befragung von Tamme Petersen und las es sich zweimal durch. In einer halben Stunde würde sie zum vierten Mal bei Hindrik Ingwersen vorstellig werden. Sie hoffte, dass er sich so weit gefangen hatte, dass sie ihm ein paar Fragen stellen konnte. Anschließend hatte sie sich bei Tamme Petersen angemeldet.

»Darf ich Ihnen noch einige Fragen stellen?« Hindrik Ingwersen hatte Jella beim zweiten Klingeln die Haustür geöffnet, ihr stumm zugenickt und sie in die Wohnküche geführt. Schweigend hatte er Tee gekocht und die Kanne auf den Tisch gestellt. Jella hatte die Tassen gefüllt und gewartet, bis Ingwersen zu ihr sah.

»Ja, natürlich.«

»Wir haben den Verdacht, dass Ihre Tochter nicht die einzige Frau war, die getötet wurde.«

Ingwersen nickte und trank einen kleinen Schluck Tee.

»Wir suchen nach Gemeinsamkeiten, um ein Täterprofil erstellen zu können.«

Wieder nickte der Bauer.

»Ich hatte Sie bereits gefragt, ob Wiebke sich in den Wochen vor ihrem Verschwinden verändert hat. Meine Frage zielt jetzt darauf ab, ob sie jemanden kennengelernt hat, ohne es Ihnen zu erzählen.«

Ingwersen schloss für einen Moment die Augen. »Eigentlich haben wir immer sehr offen miteinander gesprochen, aber ...« Er verstummte und starrte durch Jella hindurch.

»Ja, eigentlich ist eine sich anbahnende Beziehung nichts,

was man vor seinen Eltern verheimlicht. Ich habe mich gefragt, ob Ihre Tochter es bewusst gemacht hat, um den schon schwelenden Streit nicht noch weiter anzuheizen.« Ingwersens einzige Antwort war ein Schulterzucken. »Oder sie hatte Angst, dass Sie mit der Person nicht einverstanden wären.«

Dieses Mal reagierte Hindrik Ingwersen, richtete sich auf und schüttelte vehement den Kopf. »Warum sollte ich? Wir hatten ein gutes Verhältnis. Ich habe ihr nichts vorgeschrieben.«

»Wäre es ein Problem gewesen, wenn sich Ihre Tochter in eine Frau verliebt hätte?«

Ingwersen schüttelte den Kopf. »Ich bin doch nicht stockkonservativ, wenn Sie das meinen. Einer meiner Onkel ist schwul und lebt es auch ganz offen aus. Und das seit vielen Jahrzehnten. Es wäre vollkommen in Ordnung gewesen.«

»Wusste Ihre Tochter das?«

»Sie kennt meinen Onkel und kommt gut mit ihm aus. Ich habe nie auch nur ein schlechtes Wort über ihn fallen lassen.«

»Vielleicht hat es sich um einen verheirateten Mann gehandelt. Wäre das für Sie in Ordnung gewesen?«

»Nein, natürlich nicht. Davon hätte ich ihr sicher abgeraten.«

»Hätte Wiebke Ihnen davon erzählt?«

Ingwersen schüttelte den Kopf. »Würde man so etwas seinem Vater sagen wollen? Eine geheime Beziehung mit einem verheirateten Mann? Der am besten noch Kindern hat.«

»Ja, das verstehe ich durchaus«, sagte Jella. »Hätten Sie ähnlich reagiert, wenn Ihre Tochter Ihnen einen erheblich älteren Mann als Freund vorgestellt hätte?«

Hindrik Ingwersen senkte den Kopf. »Weiß ich nicht. Mag sein, dass ich da hin und wieder eine Bemerkung zu gemacht habe. Meine Mutter war erheblich jünger als mein Vater. Sie hat es später bereut. Dass meine Ex-Frau auch zehn Jahre jünger ist als ich, haben sie ja schon mitbekommen. Sie war doch bei Ihnen, oder?«

»Ja, ich habe heute Morgen mit ihr gesprochen.«

Ingwersen lachte verächtlich. »Gesprochen? Wohl eher mussten Sie sich anhören, dass ich meine Tochter umgebracht habe.« Er sah Jella fest an. »Habe ich recht?«

»Ich darf darüber keine Auskunft geben.«

Ingwersen winkte ab. »Schon gut. Sie war gestern hier. Ich kenne ihre haltlosen Beschuldigungen schon seit Jahren.«

»Darf ich noch einmal auf unser eigentliches Gesprächsthema zurückkommen? Sie könnten sich also vorstellen, dass Ihre Tochter es Ihnen verheimlicht hätte, sollte sie einen älteren Mann kennengelernt haben?«

»Ja, wahrscheinlich schon. Ich hätte wohl etwas barsch reagiert. Die Stimmung zwischen uns war ja ohnehin auf einem Tiefpunkt.« Der Bauer schloss die Augen und senkte den Kopf. Jella wartete, bis er den Blick wieder hob und tief durchatmete. »Sie meinen, dieser Mann könnte Wiebke …?«

»Wie gesagt, es geht erst mal um ein Täterprofil.« Jella hielt kurz inne. »Überlegen Sie bitte noch einmal. Hat es irgendwelche Hinweise auf einen neuen Freund Ihrer Tochter gegeben?«

»Ich weiß es nicht. Die ganze Zeit damals verschwimmt vor meinem inneren Auge. Vielleicht will ich es auch nicht sehen, weil ich Angst habe … Angst davor, dass ich mit schuld bin.« Tränen liefen ihm über die Wangen.

Jella reichte ihm ein Taschentuch, das er erst nach einer Weile nahm. »Lassen Sie sich Zeit, Herr Ingwersen. Sie haben meine Telefonnummer. Sie können mich Tag und Nacht erreichen.«

»Ich weiß da wirklich nicht viel«, sagte Tamme Petersen auf Jellas Frage hin. »Gut, Sie wissen ja, dass wir keine Liebesbeziehung hatten. Vielleicht hat Wiebke mir mehr erzählt als anderen Freunden.«

»Ich frage mal ganz offen: Hatte Wiebke schon Sex gehabt?«

Petersen zögerte kurz, sagte dann aber: »Soweit ich weiß nicht hier auf Föhr, aber in Husum. Sie hat es mal am Rande erwähnt. Eine ziemlich alberne Geschichte, die für Wiebke aber sehr schmerzhaft gewesen sein muss.«

»Was genau ist passiert?«

»Wie gesagt, ich weiß nicht viel darüber. Wiebke muss so siebzehn gewesen sein und der Junge aus ihrem Jahrgang. Er hat sich Wochen um sie bemüht und sie umgarnt. Nachdem er mit ihr geschlafen hatte, hat er sie wie eine heiße Kartoffel fallen gelassen. Das Schlimmste war wohl, dass angeblich Fotos von ihr im Umlauf waren. Keine schönen Fotos, wie sie sich denken können.«

Jella nickte nachdenklich. »Das klingt, als wäre ihr Arrangement auch für Wiebke eine Art Schutzschild gewesen.«

»Kann durchaus sein, auch wenn ich das damals nicht so durchblickt habe. Ich hatte wohl genug mit mir selbst zu tun.«

»Darf ich noch einmal darauf zurückkommen, ob Wiebke sich zu älteren Männern hingezogen fühlte?«

Tamme Petersen warf ihr einen skeptischen Blick zu.

»Wie alt meinen Sie? So richtig alt? Eine Art Vaterkomplex? Nennt man das nicht so?« Er legte kurz den Kopf in den Nacken und schien nachzudenken. »Nein, Männer im Alter ihres Vaters haben sie bestimmt nicht interessiert. Allerdings hat sie häufiger die Nase über Männer in meinem Alter gerümpft – nicht über einen speziellen Jungen, eher so allgemein. Sie hat oft gesagt, dass ich viel erwachsener sei als die anderen in unserem Alter.«

»Sie sagten mir bei unserem letzten Gespräch, dass Wiebke Ihnen nichts über eine neue Beziehung erzählt hat. Sind sie sich da immer noch sicher?«

»Ganz sicher kann man sich nach so langer Zeit nie sein, aber richtig offen haben wir auf keinen Fall darüber gesprochen. Vielleicht hat sie hier und da eine Bemerkung fallen lassen. Ja, das könnte sein.«

»Können Sie sich an Einzelheiten erinnern?«

Tamme Petersen strich sich mit der Hand durchs Haar und schien nachzudenken. »Schwierig, verdammt schwierig. Ist das wirklich so wichtig?«

»Das kann ich jetzt noch nicht sagen. Aber Sie waren eine der Personen, die Wiebke am nächsten gestanden haben.«

»Ja, das weiß ich, aber ich will nichts Falsches sagen.«

»Versuchen Sie es einfach«, sagte Jella. »Ich weiß, wie schwer es ist, sich nach so vielen Jahren zu erinnern.«

»Gut. Also, ich sagte Ihnen ja schon, dass Wiebke in den Wochen vor ihrem Verschwinden anders als sonst war. Vielleicht habe ich da auch etwas falsch interpretiert, weil ich um die Auseinandersetzungen mit ihrem Vater wusste. Das hat Wiebke belastet, aber nicht so sehr, wie ich es erwartet hätte.« Petersen hielt inne. »Da war aber auch noch was anders, so eine Art Gelassenheit, so als hätte sie Unterstützung. Vielleicht habe ich damals gedacht, dass ich derjenige sei, der ihr die Kraft gibt, das alles durchzustehen und vielleicht war es auch so. Oder es gab wirklich jemand anderen.«

19

»Hast du etwas zu Svenja Behrendt gefunden?«, fragte Jella, als sie wieder Kim gegenüber im Büro saß.

»Nichts. Sie ist wie vom Erdboden verschwunden. Kann natürlich sein, dass sie nicht gefunden werden will. Es gibt immer Wege und Möglichkeiten unterzutauchen. Vielleicht ist sie auch nach Thailand zurück und lebt jetzt dort.«

»Warten wir ab, was bei der Vor-Ort-Untersuchung der dritten Leiche herauskommt. Dann sehen wir weiter.« Jella berichtete Kim in kurzen Worten von den drei Befragungen. Anschließend ging sie ihre Notizen durch und sah plötzlich auf. »Haben wir inzwischen die Mutter von Evelina Munteanu erreicht?«

»Ja, die rumänische Botschaft hat sich gemeldet. Frau Munteanu ist auf dem Weg nach Deutschland. Sie wird wohl morgen in Husum eintreffen. Wollen wir dort mit ihr sprechen oder soll sie nach Föhr kommen?«

»Die Husumer sollen einen Transport zur Fähre organisieren. Wir brauchen dann ein Zimmer für mindestens eine Nacht. Kannst du das regeln?«

Während Kim telefonierte, schrieb Jella das Protokoll der Befragungen. Anschließend trat sie an das Flipchart und blätterte zu einer leeren Seite. Unter der Überschrift *Täterprofil* notierte sie alle bisher bekannten Ermittlungsergebnisse und weitere Punkte, die sie für wichtig hielt.

Der erste Punkt betraf den Fundort und die Lage der beiden ersten Leichen. Sie waren nicht achtlos verscharrt, sondern an ausgesuchten Stellen regelrecht beerdigt worden. Zwar waren beide Frauen bis auf die Unterwäsche entkleidet, aber Fundort und Lage der Leichen ließen sowohl auf Planung als auch auf Risikobereitschaft vonseiten des Täters schließen. Beides ließ Rückschlüsse auf das Verhältnis zwischen Täter und Opfer zu. Entweder hatte der Täter die Frauen über Wochen oder gar Monate observiert und fühlte sich ihnen deshalb nahe oder er kannte sie persönlich.

Planung, Ausführung und Risikobereitschaft wiesen auf einen Täter hin, der mindestens einen mittleren Bildungsabschluss besaß, äußerlich attraktiv wirkte und auf Menschen, insbesondere Frauen, zugehen konnte, ihnen zuhörte und emphatisch wirkte.

Aufgrund der Insellage ging Jella davon aus, dass der Täter entweder ganzjährig auf Föhr lebte oder gelebt hatte oder sich regelmäßig auf der Insel aufhielt. In letzterem Fall war er finanziell so gut ausgestattet, dass er keiner regelmäßigen Arbeit nachgehen musste, oder er hatte einen Job, der ihm viel Freiheit und Flexibilität ließ. Wenn der Täter die beiden Frauen persönlich gekannt hatte und eine Art Beziehung mit ihnen eingegangen war, musste er eine Wohnung oder, besser noch, ein Haus in ruhiger Lage auf Föhr besitzen.

Unter dem zweiten Punkt beschäftigte sich Jella mit dem Alter des Täters. Wiebke war neunzehn gewesen, als sie verschwand. Sollte Jellas Annahme stimmen, wäre der Täter mindestens zehn Jahre älter gewesen als sie, wahrscheinlich sogar mehr. Sollte er bei ihrem Verschwinden zum Beispiel vierunddreißig gewesen sein, wäre er inzwischen etwa vierzig Jahre alt. Evelina Munteanu wurde mutmaßlich vor neun Jahren getötet. Sollte es derselbe Täter gewesen sein, wäre er zu diesem Zeitpunkt einunddreißig gewesen. Auch in diesem Fall wäre er über zehn Jahre älter als sein Opfer. Svenja Behrendt mit ihren fünfundzwanzig Jahren wäre als Einzige nur drei Jahre jünger gewesen als der mutmaßliche Täter.

»Interessant«, sagte Kim, die, unbemerkt von Jella, schon eine Weile hinter ihr gestanden und die Notizen auf dem Flipchart aufmerksam gelesen hatte.

Jella wandte sich um. »Für ein tragfähiges Täterprofil reichen die Informationen noch lange nicht aus. Die Fälle liegen zeitlich zu weit auseinander; die Zeugen erinnern sich gar nicht oder nur noch schemenhaft. Und du weißt selbst, wie wenig man sich auf Zeugenaussagen verlassen kann, selbst wenn sie nur wenige Stunden alt sind.«

»Schon klar. Trotzdem faszinierend.«

»Okay, was für einen Täter siehst du nach den …« Jella zeigte auf ihre Notizen auf dem Flipchart. »… Punkten hier?«

Kim grinste. »Ehrlich? Bin ich daf…«

»Nein«, unterbrach Jella sie. »Leg los. Ich bin gespannt.«

»Gut, ich versuche es mal.« Kim setzte sich auf einen der Tische und ließ ihren Blick über die Aufzeichnungen schweifen. »Wir haben lange Zeitabstände zwischen den beiden Taten – einmal vorausgesetzt, es gibt nicht noch weitere Opfer. Täter und Opfer standen sich auf irgendeine Weise nahe und kannten sich vielleicht Wochen oder Monate. Ich könnte mir sogar vorstellen, dass sie miteinander intim waren. Der Mann muss überzeugend sein – so überzeugend, dass er vielleicht selbst nicht weiß, auf was die Begegnung mit den Frauen hinausläuft. Zwei Leben, Dr. Jekyll und Mr. Hyde. Wir haben drei Frauen, die keine dummen Mädchen waren, sondern auf die eine oder andere Weise mitten im Leben standen. Wenn du als Sexarbeiterin gear-

169

beitet hast, spürst du doch, wenn ein Mann eine dunkle Seite hat. Wiebke schätze ich als klug und vorsichtig ein. Und Svenja ist in ihrem Leben weit rumgekommen und wird mit vielen Männern Kontakt gehabt haben. Trotzdem sind sie alle auf ihn reingefallen? Er muss sehr attraktiv und wandlungsfähig sein. Wir haben drei unterschiedliche Frauentypen, also muss er sich emotional auf verschiedenste Menschen einlassen können, sprich: ein Traummann.« Kim zeigte auf die Aufzeichnungen. »Das lese ich daraus, und wenn …«

Das Klingeln von Jellas Handy unterbrach sie. Jella sah auf das Display und nahm das Gespräch mit einer entschuldigenden Grimasse in Kims Richtung an. Bala berichtete ihr von einem Knochenfund und erklärte, dass Klaas Mathiesen von einer weiteren Leiche ausging.

»Also doch!«, stieß Kim hervor, als Jella Balas Nachricht weitergab. »Tatsächlich Svenja? Ein Serientäter auf Föhr?«

»Es sieht ganz danach aus. Jetzt müssen wir schnellstmöglich einen nahen Verwandten von Svenja Behrendt finden, um einen DNA-Abgleich machen zu können.«

»Oder ihren Zahnarzt.« Kim sprang vom Tisch. »Ich mache mich gleich auf die Suche.«

Während Kim zu Svenjas Behrendts Zahnarzt recherchierte, suchte Jella in den Akten nach dem Arzt, der sie vor zwölf Jahren in der Reha betreut hatte. Durch einen Anruf in der Klinik erfuhr sie, dass Dr. Karl Margenfeld nur noch einen Tag in der Woche dort arbeitete. Sie recherchierte seine Adresse und seine Telefonnummer, rief ihn an und verabredete sich mit ihm. Kaum hatte Jella das Telefonat beendet, kam Bala aufgeregt ins Büro und berichtete von der Suche in Utersum.

»Hast mit im Dreck gewühlt, was?«, fragte Kim schmunzelnd. »Oder warum hast du dir etwas anderes angezogen?«

»Ja, ich durfte mitgraben. Interessante Erfahrung! Ich hätte es mir nicht so schwer vorgestellt.«

Jella räusperte sich. »Ich habe vorhin mit dem Staatsanwalt gesprochen. Wenn sich unser Verdacht bestätigt, dass es sich bei dem neuen Fund um Svenja Behrendt handelt und die Umstände dem der beiden anderen Funde gleichen, wird eine SoKo eingerichtet. Ich konnte ihn davon überzeugen, dass er sich dafür einsetzt, uns noch mindestens eine Woche zu geben – vorausgesetzt, die Presse stürzt sich nicht auf den Fall und kocht ihn hoch.«

»SoKo? Wären wir dann raus?«, fragte Bala.

»Das weiß ich nicht. Wer sich dann vordrängt und möglicherweise die Leitung der SoKo übernimmt, steht in den Sternen. Wir sollten uns davon aber nicht ausbremsen lassen. In diese Situation werden wir bei unseren Fällen noch häufiger kommen. Also, was sind unsere nächsten Schritte?«

Sie warf einen Blick auf Kim. »Hast du den Zahnarzt gefunden?«

»Nein. Ich habe alle Zahnarztpraxen auf Föhr durchtelefoniert. Svenja Behrendt war während ihrer Zeit hier in keiner davon. Ihr letzter Wohnort war Berlin. Da wird es nicht so einfach mit der Umfrage. Ich habe zehn Praxen herausgesucht, die in einem Umkreis von fünf Kilometern von Svenjas Wohnung liegen. Da habe ich noch einige Anrufe vor mir.«

»Ich helfe dir«, bot Bala an.

»Super! Ich habe auch noch sechs Zahnärzte im Heimatort von Svenja, einer kleinen Stadt in Hessen.«

171

»Verwandte?«

»Ihre Eltern sind verstorben, aber ich habe einen Onkel, ein Bruder der Mutter, ausfindig gemacht, allerdings noch nicht erreicht. Am besten wäre gleich ein Beschluss, damit die Kollegen vor Ort einen DNA-Abstrich machen und nach Kiel schicken können.«

Jella nickte. »Ich kümmere mich drum.« Sie warf einen Blick auf die Uhr und stand auf. »Ich spreche gleich mit dem Arzt, der Svenja damals betreut hat. In einer Stunde bin ich wieder hier.«

Dr. Margenfeld wohnte in einem der alten, restaurierten Friesenhäuser in der Nähe von Utersum. Das Haus lag abseits der Straße und strömte eine Art von Ruhe aus, die Jella sonst nur von Holnis kannte. Sie parkte den Wagen und ging auf das Gebäude zu. Noch bevor sie die Tür erreicht hatte, wurde diese geöffnet. Ein Mann Mitte siebzig kam lächelnd auf sie zu. »Frau Jensen?«

In der urgemütlichen Küche des Hauses servierte Margenfeld Jella Tee und selbst gebackene Kekse. Schließlich kam er von sich aus auf den Grund ihres Besuchs zu sprechen. »Sie fragten am Telefon nach einer Patientin, die vor etwa zwölf Jahren für ein paar Wochen in der Klinik war. Habe ich das richtig verstanden?«

»Ja. Es handelt sich um Svenja Behrendt, eine Fünfundzwanzigjährige aus Berlin.«

»Ich rühme mich immer meines Elefantengedächtnisses, aber in diesem Fall muss ich mich geschlagen geben.«

»Frau Behrendt war Tauchlehrerin und hatte zuvor in Thailand gearbeitet.«

Der alte Arzt hob den Zeigefinger. »Da klingelt doch etwas. Ja, an die Geschichte erinnere ich mich … Sie war doch etwas ungewöhnlich. Und die junge Frau hatte, wenn ich sie jetzt richtig zuordne, eine Heidenangst, dass sie ihren Beruf nicht mehr ausüben könnte.«

»Hatte sie recht mit der Annahme?«

Dr. Margenfeld wiegte den Kopf hin und her. »Sie wissen, dass ich Ihnen keine Details bezüglich der Diagnose mitteilen darf – zumindest nicht, bevor es ein Richter angeordnet hat. Im Moment weiß ich noch nicht einmal, wieso Sie mir diese Fragen stellen.«

Jella hatte diese Situation kommen sehen und entschied, dem Arzt bis zu einem gewissen Punkt die Wahrheit zu sagen. »Frau Behrendt hat ihren Reha-Aufenthalt seinerzeit abgebrochen. Sie wurde dann als vermisst gemeldet; allerdings ging kurz darauf eine Nachricht in Ihrer Klinik ein, die angeblich von ihr kam. Die Suche nach Frau Behrendt ist aufgrund dieser E-Mail eingestellt worden. Nach unseren aktuellen Recherchen ist sie aber seit damals verschwunden.«

Karl Margenfeld warf ihr einen erstaunten Blick zu. »Hat das etwas mit den Leichenfunden im Park zu tun?«

»Dazu kann ich leider nichts sagen, und ich würde Sie bitten, Stillschweigen über unser Gespräch zu bewahren.«

»Das ist für mich selbstverständlich, Frau Jensen. Trotzdem kann und darf ich Ihnen keine Auskunft geben.«

»Sie wissen vielleicht, wie schwierig es ist, in einem solchen Fall einen richterlichen Beschluss zu bekommen. Ich könnte mir den Aufwand sparen, wenn ich wüsste, dass es nichts oder fast nichts zu erfahren gibt.«

Der Arzt schmunzelte. »Ich sehe schon, Sie lassen nicht locker. Ich könnte mir tatsächlich vorstellen, dass der Aufwand nicht gerechtfertigt wäre. Mein Fachgebiet hat nicht viel mit Psychotherapie zu tun, und ich vermute, dass Sie eher Fragen zur persönlichen Situation der Patientin haben als zu ihrer eigentlichen Erkrankung.«

»Ja, vermutlich ist das so.«

»Wenn ich mich richtig erinnere, war zu der Zeit ein junger Psychotherapeut stundenweise in der Klinik. Ich könnte mir weiter vorstellen, dass die junge Dame, nach der Sie vorhin fragten, dort vorstellig geworden ist.«

Jella horchte auf. »Arbeitet der Psychotherapeut noch in der Klinik?«

»Nein, schon viele Jahre nicht mehr. Genau verfolgt habe ich das nicht.« Er hielt kurz inne. »Jetzt wollen Sie von mir wahrscheinlich seinen Namen wissen.«

Jella schmunzelte. »Das würde mir meine Arbeit tatsächlich erleichtern.«

»Wenn ich mich recht erinnere, hieß er Jasper mit Nachnamen, aber in der Klinikverwaltung wird man Ihnen sicher gerne weiterhelfen.« Karl Margenfeld griff nach der Teekanne. »Sie trinken doch noch eine Tasse mit mir? Und meine Kekse müssen Sie auch unbedingt probieren. Ich backe noch nicht lange und suche händeringend nach Testpersonen.«

Jella lächelte. »Da bin ich doch gerne dabei.«

20

»Tut mir leid«, sagte die Verwaltungschefin der Rehaklinik. »Ich darf keine Daten jetziger oder ehemaliger Mitarbeiter herausgeben. Gerade in unserem Bereich.«

Jella nickte und ärgerte sich, dass sie nach dem Besuch bei Dr. Margenfeld zur Klinik gefahren war. Bis sie sich zur verantwortlichen Person durchgefragt hatte und in deren Büro saß, waren zwanzig Minuten vergangen. »Das verstehe ich natürlich«, sagte sie dennoch höflich, bedankte und verabschiedete sich.

Vom Auto aus rief sie Bala an und bat ihre Kollegin, nach einem Psychotherapeuten mit dem Nachnamen Jasper zu suchen. Schon bei der ersten Erwähnung durch den alten Lungenarzt war ihr unwohl gewesen. Zwar kannte sie Davids Nachnamen nicht, und er hatte auch nicht davon gesprochen, dass er in der Rehaklinik gearbeitet hatte, doch ein nagender Zweifel bohrte sich immer tiefer in sie hinein. Könnte David Svenja Behrendt gekannt haben? Sein genaues Alter wusste sie nicht. Sie hatte ihn auf Ende dreißig, Anfang vierzig geschätzt. Wie lange dauerte eine Ausbildung zum Psychotherapeuten? Wenn David direkt nach dem Abitur Psychologie studiert hatte und anschließend …

Jella schüttelte verärgert den Kopf. Sie hasste es, im privaten Bereich von Misstrauen zerfressen zu werden, weil sie ihren Beruf nicht für fünf Minuten vergessen konnte. Sie starrte auf ihr Handy. Zurückfahren oder warten? Es würde nichts ändern, wenn sie auf Balas Anruf wartete. Es war nicht gesagt, dass Herr Jasper noch in Norddeutschland zu finden war. Auch wenn der Name …

Das Klingeln des Handys klang überlaut. Jella sah Balas Namen auf dem Display und nahm das Gespräch sofort an.

»Bist du schon unterwegs nach Wyk?«

»Nein, ich stehe noch auf dem Parkplatz der Klinik.«

»Okay. Brauchst du die Adresse sofort?«

»Lebt Jasper noch auf Föhr?« Jella hoffte, dass Bala das leichte Zittern in ihrer Stimme überhörte.

»Ja und nein. Ich habe in Flensburg einen David Jasper gefunden, der dort eine psychotherapeutische Praxis hat. Gleichzeitig gibt es eine Adresse auf Föhr. Ich vermute, dass es ein Ferienhaus ist. Brauchst du die?«

Jella hatte es die Sprache verschlagen. Sie schlug mit der flachen Hand aufs Armaturenbrett.

»Bist du noch da?«, fragte Bala. »Was war das gerade?«

Jella atmete einmal tief durch. »Nur eine Mücke, die im Auto herumflog. Ich bin in einer Viertelstunde bei euch. Bis gleich.« Sie ließ sich in den Sitz zurückfallen und schloss die Augen. Damit gab es wohl kaum noch einen Zweifel. David hatte Kontakt zu Svenja Behrendt gehabt. Er passte in ihr Täterprofil: Er war im richtigen Alter, attraktiv, gebildet und hatte ein Haus auf Föhr. Als Psychotherapeut wusste er mit den unterschiedlichsten Menschen umzugehen und sich auf sie einzulassen. War es Zufall gewesen, dass er sie in der Strandbar angesprochen hatte? Hatte er sie von der Polizeistation aus verfolgt, um sich …

»Hör auf damit!«, murmelte Jella. Selbst wenn David Kontakt zu Svenja Behrendt gehabt haben sollte, war dies im Rahmen seiner Arbeit geschehen. Wenn er nebenberuflich in der Klinik gearbeitet hatte, lag es bei Svenjas Prognose nahe, dass sie Rat bei ihm gesucht hatte. Bisher war

Svenjas Name nicht in der Öffentlichkeit aufgetaucht. David konnte nicht wissen, dass …

»Hör auf damit!«, versuchte Jella ein weiteres Mal, ihre galoppierenden Gedanken zu stoppen. Sie startete den Motor und fuhr vom Parkplatz auf die Straße.

»Hallo«, begrüßte Bala sie, als Jella das Büro betrat, und reichte ihr einen Zettel. »Alles zu Herrn Jasper.«

Jella nahm die Notiz schweigend in Empfang, nickte Bala dankend zu und verließ gleich wieder das Büro. Vor der Polizeistation suchte sie sich eine ruhige Bank und wählte die Telefonnummer der Praxis. Ein Anrufbeantworter sprang an. Als sie Davids Stimme hörte, drückte sie das Gespräch weg. »Verdammt!«, murmelte sie. »Was ist das für ein verdammter Bullshit?«

Ein Passant sah sich nach ihr um. Erst jetzt wurde Jella klar, wie laut sie gesprochen hatte. Sie stand auf und lief Richtung Fußgängerzone. Als sie ihr Hotel erreichte, kehrte sie um. Konnte David der Täter sein? Konnte sie sich so in einem Menschen täuschen? Hatte er ihre Begegnung geplant, um an Informationen zu kommen? War ihm nicht bewusst gewesen, dass Jella über kurz oder lang auf seinen Namen stoßen würde? Was spielte David für ein Spiel mit ihr und wie sollte sie jetzt reagieren?

Jella betrat erneut die Polizeistation und ging zurück ins Büro. Kim und Bala sahen auf, als sie hereinstürmte und mit Schwung die Tür schloss.

»Hast du den Psychotherapeuten erreicht?«, fragte Bala.

»Nein.« Jella zeigte auf den kleinen Besprechungstisch. »Wir müssen reden.« Ohne etwas zu beschönigen, berichtete sie von David: wie er sie angesprochen und worüber sie sich unterhalten hatten. Sie endete mit der Aussage von

Dr. Margenfeld, dass der Psychotherapeut Svenja Behrendt betreut haben könnte.

»Hammer!«, murmelte Kim. »Das ist ja wohl das Schrägste, was ich seit Langem gehört habe.«

Bala warf ihr einen warnenden Blick zu und wandte sich dann an Jella. »Ihr habt euch nur unterhalten?«

»Ja, zum Glück, sonst würde ich den Fall sofort abgeben. Es ist nichts, aber auch gar nichts passiert.«

Kim räusperte sich. »Aber es war kurz davor?«

»Nein. Er ist sympathisch, ausgesprochen sympathisch sogar, aber ich habe wohl eine automatische Sperre in mir, die mich während eines Falls auf Distanz zu Menschen hält.« Jella war klar, dass das nur ein Teil der Wahrheit war. Sie war David Jasper nahe gekommen, nicht körperlich, aber emotional. Das wog schwer, aber sie fühlte sich stark genug, um das Private vom Dienstlichen zu trennen. Sie wollte den Fall nicht abgeben, nicht in diesem Moment. Mehr als eine kleine Berührung war nicht passiert.

»Und wenn er …?« Kim verstummte.

»Er hat keinen wirklichen Annäherungsversuch gemacht. Und wenn, ich hätte auch nicht positiv darauf reagiert. Glaubt mir, sonst würde ich hier nicht stehen und mit euch darüber sprechen, sondern mit Sörensen und dem Staatsanwalt.« *Von denen mich mit Letzterem eine zweijährige Geschichte verbindet,* fügte sie in Gedanken hinzu.

»Ihr habt euch geduzt?«, fragte Bala, die sich ernsthafte Sorgen zu machen schien.

»Ja, aber das ist in einer solchen Situation nichts Ungewöhnliches. Wir haben nicht, beziehungsweise kaum, über ihn gesprochen und ich habe nicht einmal meinen Beruf preisgegeben – von dem aktuellen Fall mal ganz zu schweigen.«

»Dumm gelaufen, aber irrelevant in Bezug auf eine mögliche Befangenheit«, urteilte Kim. »Wir sollten da jetzt professionell rangehen und ihn offiziell befragen.«

»Wer von uns?«, fragte Bala.

»Wenn Jella sich bei einer so wichtigen Befragung zurückhält, ist das schon ein Eingeständnis, dass sie befangen ist.«

Kim und Bala sahen Jella fragend an.

»Er hat sich zu mir an den Tisch gesetzt, an der Promenade auf mich gewartet und mich wieder angesprochen. Wir haben natürlich über mehr als über das Wetter gesprochen, aber nicht über persönliche Dinge. Wie gesagt, ich kannte nicht einmal seinen Nachnamen. Trotzdem ist es wohl ein Grenzfall.« *Sogar ziemlich grenzwertig,* dachte Jella insgeheim. Aber Kim hatte recht: Wenn sie sich jetzt zurückzog, konnte sie sich auch gleich ablösen lassen. Bisher war nicht einmal klar, ob David Svenja Behrendt tatsächlich beraten hatte. »Wir haben noch keine Bestätigung, dass es Svenja ist, die im Klinikwäldchen liegt. Herr Jasper ist demnach nur ein Zeuge unter vielen – und so werden wir es auch handhaben«, beschloss sie.

Jella wartete in dem Raum, in dem David befragt werden sollte. Sie und ihre Kolleginnen hatten lange überlegt, wer dabei ihre Partnerin sein sollte. Schließlich hatte Kim Bala vorgeschlagen und Jella der Wahl zugestimmt.

Ihr Handy machte sich bemerkbar. Kim hatte eine Nachricht geschickt, dass sie auf dem Parkplatz vor der Polizeistation stünden. Jella erhob sich und ging zum Fenster. Die Tür ihres Dienstwagens wurde geöffnet und Bala stieg aus, gefolgt von David und Kim. Jella trat vom Fenster zurück, blieb aber in der Nähe der Tür stehen.

In diesem Augenblick klingelte ihr Handy. Klaas Mathiesen. »Moin, Klaas. Ich habe leider wenig Zeit. Geht es ganz kurz?«

»Klar. Die dritte Leiche scheint eine weitere Frau zu sein, zumindest nach meiner bescheidenen Einschätzung des Skeletts. Die Grabstätte ist identisch mit den beiden zuvor. Die Hände waren wieder gefaltet, keine Kleidung, bis auf Slip und Top, deren Überreste wir gefunden haben. Zahnstand habe ich bereits fotografiert und dir per Mail geschickt. Alles Weitere später. Die Kieler Rechtsmedizin ist informiert und wird sich gleich morgen mit den Überresten beschäftigen.«

»Danke, Klaas. Wirklich top Arbeit.«

»Ohne Bala hätten wir die Suche abgebrochen. Und ob wir die Stelle mit Sonden entdeckt hätten, weiß ich auch nicht.«

»Ich werde ihr dein Lob ausrichten.«

»Tu das. Ich halte große Stücke auf sie. Sie ist clever und sich nicht zu schade, sich dreckig zu machen … Aber gut, genug der Schwärmerei. Du musst arbeiten. Bis später, Jella.«

21

Bala betrat als Erste den Raum, hielt die Tür auf und bat David Jasper, ihr zu folgen. Als er Jella erblickte, blieb er abrupt stehen und sah sie entgeistert an. »Du hier? Also doch.« Er räusperte sich. »Kriminalkommissarin?«

»Hauptkommissarin. Komm doch bitte rein, David.« Jella zeigte auf den Stuhl am Tisch. »Wir müssen dringend mit dir sprechen.«

Mit irritiertem Blick lief David auf den Stuhl zu, wartete dann aber, bis Jella und Bala ihm gegenüberstanden und ihre Stühle vorzogen, bevor er sich setzte.

Jella schaltete das Aufnahmegerät an, klärte David über seine Rechte auf und nannte den Grund der Befragung. »Nach unseren bisherigen Erkenntnissen könntest du vor ungefähr zwölf Jahren beruflich Kontakt zu Svenja Behrendt gehabt haben.« Jella legte ihm ein Passfoto vor. »Kennst du diese Frau?«

David Jasper musterte das Foto. »Beruflich? In meiner Praxis in Flensburg?«

»Nein, es geht um deine Tätigkeit in der Rehaklinik hier auf Föhr. Sie war dort Patientin. Erinnerst du dich an sie?«

David Jasper wiegte den Kopf hin und her. »Zwölf Jahre. Die Frau kommt mir zwar bekannt vor, aber ich kann sie gerade nicht zuordnen.«

»Frau Behrendt war in Thailand als Tauchlehrerin tätig. Sie wurde krank, kam zurück und ist nach einem Klinikaufenthalt in die Reha gegangen.«

»Jetzt klingelt etwas. Ja, doch, das könnte sie sein.«

»Hattest du über die Arbeit hinaus Kontakt zu ihr?«

David Jasper zog die Augenbrauen hoch. »Kontakt? Wieso? Was soll diese Frage?« Er stutzte und sah sie erschrocken an. »Geht es hier etwa um den Leichenfund bei der Rehaklinik? Ich dachte, es handelt sich um …« Er sog scharf die Luft ein. »Es ist jetzt aber nicht das, was ich gerade denke, oder?«

Jella schwieg und wartete auf eine Reaktion von ihm.

»Brauche ich einen Anwalt? Werde ich ernsthaft verdächtigt, eine Frau … ja, was, umgebracht und dort vergraben zu haben? Das ist nicht dein Ernst, Jella.«

»Wir befragen alle Personen, mit denen Frau Behrendt Kontakt hatte. Kannst du mir jetzt bitte meine Frage beantworten?«

»Natürlich könnte ich das«, sagte er mit scharfem Unterton. »Die Frage ist, ob ich es will.«

»Das ist einzig und allein deine Entscheidung.«

Sie schien ihn für einen Augenblick aus der Fassung gebracht zu haben. Hatte ihn ihr geschäftsmäßiger Ton so irritiert oder wollte er bloß Zeit gewinnen, um sich eine Antwort zurechtzulegen?

»Ich habe zu allen Klienten Kontakt, das liegt ja in der Natur der Sache. Ob Frau …«

»Behrendt«, half Bala ihm aus.

David Jasper schien einen Augenblick irritiert zu sein, da Bala sich zum ersten Mal in die Befragung eingeschaltet hatte, fing sich aber schnell wieder. »Ja, genau. Was ich sagen wollte, ist: Ich weiß nicht, ob ich nur in den Sitzungen Kontakt zu ihr hatte oder ob sie mich vielleicht auch mal auf dem Handy angerufen hat. Das passiert in Notfällen; dafür habe ich eine Extranummer, die ich an Klienten herausgebe.«

»Hatte sie nur diese Handynummer oder kannte sie auch deine Privatadresse und hat dich dort möglicherweise aufgesucht?«

»Ich empfange zu Hause grundsätzlich keine Klienten. Das entspricht nicht meiner Arbeitsweise.«

»Wie häufig war sie bei dir in der Beratung?«

»Das weiß ich nicht mehr. Wäre es nur einmal gewesen, hätte ich mich wohl nicht an sie erinnert … aber bevor du fragst: Ich glaube kaum, dass ich noch Aufzeichnungen zu den Gesprächen habe.«

Jellas Handy vibrierte. Kim hatte eine Nachricht geschickt. Jella stand auf. »Wir müssen die Befragung kurz unterbrechen.« Sie forderte Bala auf, ihr zu folgen.

Kim wartete vor der Tür. »Ich hatte vorhin eine E-Mail in meinem Account. Eine Zahnarztpraxis hat bestätigt, dass Svenja Behrendt dort als Neunzehnjährige Patientin war. Kurz und gut, ich habe mit dem Zahnarzt telefoniert, und er war so nett, eine Röntgenaufnahme herauszusuchen. Er ist sich zu achtzig Prozent sicher, dass es sich um Svenja handelt. Genau kann er es erst sagen, wenn er die Unterlagen aus der Rechtsmedizin bekommen hat.«

»Achtzig Prozent?«, fragte Bala.

»Mir scheint, dass er ein sehr vorsichtiger Mann ist. Er wollte zunächst überhaupt nicht mit mir sprechen, hat dann aber zurückgerufen. Er hat lange gezögert, ob er die Schnellauskunft geben soll.«

»Okay, so weit klar. Gehen wir davon aus, dass es sich um Svenja Behrendt handelt«, befand Jella.

»Dann sollten wir die Daumenschrauben etwas anziehen«, sagte Bala. »Herr Jasper hat ganz schön um den heißen Brei herumgeredet, als es um seinen privaten Kontakt zu Svenja ging. Oder?«

»Ja, das ist mir auch aufgefallen. Gehen wir wieder rein. Vielleicht ist es gut, wenn du jetzt erst mal die Fragen stellst.«

»Mehr Druck?«, fragte Bala.

Jella konnte ihr ansehen, dass ihr Adrenalinspiegel schlagartig gestiegen war. »Ja.« An Kim gewandt ergänzte sie: »Ruf mich in zehn Minuten an. Ich höre nur zu. Das Gespräch wird kurz sein.« Sie wandte sich ab, drehte sich aber sofort wieder um. »Kannst du versuchen, Jutta Liebner zu erreichen? Sie war in der Reha mit Svenja befreundet. Schick ihr ein Foto von Jasper und frag, ob er der Mann sein könnte, den sie damals mit Svenja gesehen hat.«

»Die Kussszene?«

»Ja. Mach es dringend.«

»Kommen wir noch einmal auf Ihren Kontakt zu Frau Behrendt zurück«, sagte Bala und fixierte David, der irritiert zu sein schien, dass sie und nicht Jella ihn angesprochen hatte.

»Eigentlich dachte ich, dass dazu schon alles gesagt wäre. Zwölf Jahre sind eine lange Zeit. Und unzählige Klienten, die alle unterschiedliche Lebensläufe und Probleme hatten. Natürlich erinnere ich mich an einige von ihnen sehr gut, aber die Arbeit in der Klinik war eine andere als im Normalfall. Ich habe die Klienten im besten Fall zweimal in der Woche gesehen. Die meisten Rehas dauern gerade mal drei Wochen, nicht alle werden verlängert. Sie verstehen, was ich meine?«

»Durchaus«, sagte Bala. »Wir müssen davon ausgehen, dass Frau Behrendt hier auf der Insel getötet wurde. Sie verstehen sicher, dass wir bei unseren Ermittlungen alle Personen befragen müssen, die in Beziehung zu dem Opfer standen.«

David nickte. »Selbstverständlich.«

»Dann komme ich noch einmal auf Ihren Kontakt zu Frau Behrendt zurück. Ich bin nicht so im Thema, gehe aber mal davon aus, dass sie in der Klinik eine Art Büro oder Beratungszimmer hatten.«

»Ja, das ist richtig.«

»Dort haben Sie also mit den Patienten ... sorry, Klienten ... gesprochen?«

»Ja.«

»Jeder konnte sich bei Ihnen einen Termin holen, um sich beraten zu lassen?«

»Soweit Termine vorhanden waren, sicher. Ich habe allerdings nur stundenweise in der Klinik gearbeitet. Der Bedarf ist nicht so hoch, als dass ein Vollzeittherapeut damit ausgelastet wäre. Es ging mehr um die schweren Fälle, wie bei Frau ...« Er schien einen Augenblick zu überlegen. »... Behrendt. Sie war ja massiv von ihrer Krankheit betroffen und stand vor dem beruflichen Aus.«

»Gut, dass Sie sich inzwischen wieder an Einzelheiten erinnern.« Bala hielt kurz inne. »Frau Behrendt war also ein, ich nenne es jetzt mal, Extremfall. Ist das richtig?«

David hob beide Hände. »Ja, das könnte man so formulieren. Allerdings darf ich nichts Näheres dazu sa...«

»Das ist mir bewusst«, unterbrach Bala ihn. »Ich wollte Sie auch nicht zur Therapie befragen. Es geht uns, wie schon erwähnt, um eventuelle private Kontakte zu Frau Behrendt.«

David richtete sich auf. »Ich hatte keinerlei private Beziehung zu Frau Behrendt. Das ist mir als Therapeut nicht erlaubt. Sie sollten wissen, dass nach Paragraf 174c ...«

»Das ist mir durchaus bekannt, Herr Jasper. Allerdings gibt es Untersuchungen, nach denen etwa jeder zehnte

185

Therapeut schon eine intime Beziehung zu einer seiner Klientinnen gehabt hat. Etwas, das unter Strafe steht, kann trotzdem passieren.«

David schaute nicht zum ersten Mal Hilfe suchend zu Jella.

Sie reagierte nicht. Bala schien eine Begabung für Vernehmungen zu haben.

»Das mag sein«, murmelte David nach einer Weile, »aber …« Er verstummte.

»Es gibt eine Zeugin, die Frau Behrendt mit einem Mann gesehen hat, dessen Beschreibung auf Sie zutrifft.« Bala sah auf die Uhr. »Gerade wird ihr ein Foto von Ihnen vorgelegt.«

David starrte geradeaus an die Wand.

»Die Zeugin hat ausgesagt, dass Frau Behrendt und der Mann sich geküsst haben. Sollte es sich bei diesem Mann um Sie gehandelt haben, hielte ich es für sinnvoll, der Identifizierung zuvorzukommen und eine Aussage zu machen. Kooperationsbereitschaft wirkt sich mil…«

»Ich habe nichts zu sagen«, fuhr David Bala an. Er hatte sich etwas aufgerichtet und sah sie wutentbrannt an. »Sie unterstellen mir hier etwas, das nichts, aber auch gar nichts mit mir zu tun hat. Was immer diese Zeugin gesehen haben mag, ich war es nicht. Ich hatte keine intime Beziehung mit Frau Behrendt.«

Bala reagierte gelassen. »Herr Jasper, beruhigen Sie sich bitte. Es gibt keinen Grund, laut zu werden.«

Jellas Handy machte sich bemerkbar. Auf dem Display stand Kims Name. Sie nahm das Gespräch an. »Ja?«

»Ich sollte ja schon eher anrufen, habe aber noch auf die Rückmeldung von Frau Liebner gewartet. Sie ist sich nicht hundertprozentig sicher, hält es aber für möglich, dass

David Jasper der Mann ist, den sie gesehen hat. Ich habe natürlich gefragt, ob sie den Klinikpsychotherapeuten vom Sehen gekannt habe. Sie hat das verneint. Sie wusste nicht einmal, dass es in der Klinik einen Psychotherapeuten gibt. So, ich lege jetzt auf.«

Jella beendete das Gespräch. Sie würde die Info vorerst nicht weitergeben. Aus dem Augenwinkel hatte sie gesehen, dass David ihr Gespräch beobachtet hatte und nun noch angespannter wirkte als zuvor. »Sorry, das war wichtig«, sagte sie. »Wir können weitermachen.«

Bala räusperte sich. »Wo waren wir stehen geblieben? Genau, bei der Zeugin, die Sie und Frau Behrendt gesehen hat.«

»Wo?«, fragte David.

»Sagen Sie es mir«, forderte Bala ihn auf.

»Wie soll ich wissen, wo ich angeblich gesehen wurde? Das ist doch absurd.«

»Sie haben sich also ausschließlich in Ihrem Beratungszimmer mit den Klienten unterhalten?«

»Das habe ich nicht gesagt. Es kam schon vor, dass ich mit ihnen in den angrenzenden Park gegangen bin. Manchen Menschen fällt es leichter, im Gehen über ihre Probleme zu sprechen.«

»Sie sind also mit Frau Behrendt im Park neben der Klinik spazieren gegangen?«

»Daran habe ich keine Erinnerung mehr, aber es könnte durchaus möglich sein.«

»Und bei diesen Spaziergängen haben Sie Frau Behrendt geküsst?«

»Nein, natürlich nicht! Hören Sie auf, mir Worte in den Mund zu legen.«

Jella gab Bala einen Wink, dass sie übernehmen würde.

Sie nahm das Foto von Wiebke Ingwersen aus der Mappe vor sich und legte es vor David auf den Tisch. »Kanntest du diese junge Frau?«

David warf einen Blick auf die Aufnahme. »Das ist Wiebke Ingwersen, die Tochter von Hindrik Ingwersen. Ihr Bild hing damals an jedem Laternenpfahl auf Föhr.«

»Kanntest du sie persönlich?«

»Ja. Sie hat regelmäßig die Klinik beliefert, regionale Produkte vom Hof ihres Vaters. Wir kamen ins Gespräch und Wiebke bat mich um Rat. Es ging nicht um eine Therapie im eigentlichen Sinne; sie hat mich privat angesprochen und wir haben uns zu einer Tasse Kaffee verabredet. Es ging um ihre Eltern und den Druck, dem sie von beiden Seiten ausgesetzt war.«

Jella hatte nicht mit dieser Entwicklung gerechnet. Nur mit Mühe konnte sie ihr Erstaunen verbergen. Sollte sie aufs Ganze gehen und ihn auch nach Evelina Munteanu fragen oder sich zunächst auf Wiebke konzentrieren? »Wie lange lag euer Treffen zurück, als Wiebke Ingwersen verschwand?«

In dem Augenblick, als David mit den Schultern zuckte und erleichtert durchzuatmen schien, wusste Jella, dass ihre Entscheidung falsch gewesen war. »Zwei oder drei Monate. So genau weiß ich das nicht mehr. Ich habe ihr die Adresse einer Kollegin auf dem Festland gegeben und mich anschließend darum gekümmert, dass sie dort schnell einen Termin bekommt. Soll ich dir den Namen der Kollegin aufschreiben?«

Jella schob ein leeres Blatt und einen Kugelschreiber über den Tisch. David notierte Namen und Anschrift und reichte Jella das Blatt. »Lisa wird bestätigen, dass ich sie darum gebeten habe. Über die Gespräche mit Wiebke wird sie aber keine Auskunft geben können.«

»Wie häufig hast du dich mit Wiebke Ingwersen getroffen?«

»Verabredet, meinst du? Dieses eine Mal. Es mag sein, dass wir uns anschließend noch zufällig getroffen haben, aber wenn ich mich richtig erinnere, war ich kaum oder gar nicht mehr auf der Insel. Genau kann ich das nicht sagen. Ich müsste es in meinem Terminkalender nachschauen.«

Erst jetzt zog Jella das Foto von Evelina Munteanu aus der Mappe und drehte es um. »Kennst du diese Frau?«

David musterte die Aufnahme. »Wer soll das sein?«

»Evelina Munteanu. Eine Rumänin, die vor neun Jahren in Husum gearbeitet hat.«

»Husum? Nein, da bin ich selten. Ich pendele zwischen Flensburg und Föhr, und wenn ich Richtung Süden fahre, komme ich auch nicht durch Husum. Nein, ich kenne diese Frau nicht.« Während er sprach, hatte David den Blick nicht eine Sekunde von dem Foto abgewendet. Erst jetzt sah er auf. »Ist sie auch hier getötet worden?«

22

Jella hob die Hand, um David zu verstehen zu geben, dass er schweigen möge. Im Anschluss bat sie Bala, den Raum zu verlassen, und stoppte das Aufnahmegerät.

»Was ich jetzt sage, wird in keinem Protokoll auftauchen. Du kannst also abstreiten, was du mir jetzt sagst, und meine Aussage hätte kaum Gewicht, da weder Zeugen dabei sind noch das Aufnahmegerät läuft. Hast du das verstanden?« Als David nickte, fuhr sie fort: »Ich gehe davon aus, dass du eine intime Beziehung mit Svenja Behrendt hattest. Das Vergehen ist längst verjährt; ob du deswegen noch berufliche Probleme bekommst, weiß ich nicht und es interessiert mich auch nicht. Ich glaube dir, dass du Wiebke Ingwersen nur beraten und an eine Kollegin vermittelt hast.«

David schien etwas sagen zu wollen, doch Jella hob erneut die Hand und schüttelte den Kopf. »Nicht jetzt. Hör mir einfach nur zu. Wir haben dich nach einer dritten Frau gefragt: Evelina Munteanu. Ich glaube, dass du uns diesbezüglich nicht die Wahrheit gesagt hast. Deine Körperhaltung, dein Blick und deine Stimme haben dich verraten. Ich weiß nicht, wie ihr euch kennengelernt habt und was zwischen euch passiert ist, aber du kannst davon ausgehen, dass wir es herausbekommen werden. Es werden sich weitere Zeugen finden, die dich und Svenja gesehen haben. Es wird eine Weile dauern, aber letztlich wird alles ans Licht kommen.

Sollten wir, also meine beiden Kolleginnen und ich, abgezogen werden, kommt eine SoKo. Zwanzig bis dreißig Kolleginnen und Kollegen werden dann die gesamte Insel umkrempeln, und du wirst einer der Hauptverdächtigen sein. Sie werden dich tagelang vernehmen, in Untersuchungshaft stecken und Beweise dafür finden, dass du gelogen hast. Alles, was du uns heute erzählt hast, wird spätestens morgen als Protokoll in der Datenbank landen und dich unwiderruflich verfolgen. Die Mühlen der Polizei mahlen langsam, aber gewissenhaft und in den allermeisten Fällen erfolgreich.«

David hatte ihr mit ernster Miene zugehört und war mit jedem Satz blasser geworden. Er atmete flach und schnell und seine Augenlider flatterten. »Ich habe … keine der drei Frauen … ermordet«, sagte er mit heiserer Stimme. »Niemals wäre ich in der Lage, so etwas zu tun.«

»Du kannst mir glauben, deine Beteuerungen werden später niemanden interessieren. Uns wird täglich ins Gesicht gelogen; alle sind immer unschuldig und die Wenigsten legen gleich zu Beginn ein Geständnis ab.« Jella hob einen Zeigefinger. »Sie werden dich für schuldig halten und anklagen. Es geht dann nur noch um Indizien und Beweise. Du hast zu Beginn nicht die Wahrheit gesagt; du hast alle Opfer gekannt und hattest die Möglichkeit, sie zu töten. Ein Motiv werden sie auch irgendwie finden. Und dann geht die akribische Suche in deinem Leben los. Jeder Stein wird zweimal umgedreht. Wenn es sein muss, werden da ein Dutzend Kollegen auf dich angesetzt.«

David schloss die Augen und schwieg.

Jella ließ ihm die Zeit und wartete, bis er wieder aufblickte und sie mit tieftrauriger Miene ansah. »Wenn ich aus dem Raum gehe, ohne die Wahrheit gehört zu haben, hast du deine Entscheidung getroffen«, fuhr sie fort. »In dem Fall wird dir niemand deine Geschichte abnehmen, das verspreche ich dir.«

»Ich habe weder Svenja Behrendt noch Wiebke Ingwersen getötet«, sagte er leise. »Evelina stand an der Straße, als ich von Husum nach Flensburg fuhr. Ich weiß nicht mehr, warum ich angehalten habe. Vielleicht hat sie Hilfe suchend ihre Hand ausgestreckt oder es war ihr Blick, der mich zum Halten aufgefordert hat.«

»Was ist dann passiert?«

»Wir haben uns unterhalten. Zuerst war sie sehr zurückhaltend, aber nach etwa der Hälfte der Strecke sprudelte es nur so aus ihr heraus. Sie war unter falschen Versprechungen nach Deutschland gelockt worden und wurde hier zur Prostitution gezwungen. Ich war entsetzt und habe ihr Geld angeboten, aber das wollte sie nicht annehmen. Ich konnte sie überreden, eine Nacht bei mir im Gästezimmer zu schlafen. Du kannst dir denken, welche Befürchtungen sie hatte. Am Abend haben wir uns lange unterhalten. Sie war aus einem Bordell in Husum geflohen und wusste nicht, wohin. Nach ihren Berechnungen war sie im vierten, vielleicht auch fünften Monat schwanger. Die Männer, die sie festhielten, hatten wenige Wochen zuvor entdeckt, dass sie ein Kind erwartete, und wollten jetzt, dass sie es …« David schluckte schwer. »Sie sollte das Kind töten. Kurz bevor ein angeblicher Arzt aus Hamburg eintraf, ist sie geflohen.«

»Wer war der Vater des Kindes?«

»Das wusste sie nicht. Vielleicht wollte sie es mir auch nicht sagen. Evelina war sehr religiös und hatte ihrer Mutter die Schwangerschaft verschwiegen. Sie war vollkommen verzweifelt und wusste weder ein noch aus.«

»Du hättest mit ihr zur Polizei gehen können.«

»Was meinst du, wie ich auf sie eingeredet habe? Sie wollte auf keinen Fall etwas mit der Polizei zu tun haben.«

»Wie kam Evelina nach Föhr?«

»Ich habe ihr angeboten, eine Weile im Ferienhaus zu wohnen. Wir sind dann am nächsten Tag nach Föhr gefahren, das war an einem Sonntag. Ich bin am selben Tag zurück, weil ich am Montag arbeiten musste. Am folgenden Wochenende bin ich wieder auf die Insel gefahren. Es ging ihr etwas besser, aber mir war klar, dass Föhr und das Ferienhaus keine Perspektive für eine längere Zeit waren. Doch ich bin nicht zu ihr durchgedrungen. Sie wollte nicht zur Polizei gehen, also habe ich nachgegeben. Ich war dann für zwei Wochen auf einer Fortbildung in München. Wir haben währenddessen zwei- oder dreimal telefoniert. Ich hatte ihr ein altes Handy mit einer Prepaid-Karte gegeben, weil sie Angst hatte, dass die Männer aus Husum sie über ihr Handy finden könnten.«

»Du hast mit ihr telefoniert. Über was habt ihr gesprochen?«

»Das mit der Kommunikation war nicht so einfach. Wenn man voreinander sitzt, kann man sich schon behelfen, wenn die Worte fehlen. Ich konnte mich mit Evelina zwar auf Deutsch verständigen, aber für intensive Gespräche fehlten ihr doch häufig die Worte. Insofern waren unsere Unterhaltungen eher kurz. Ich glaube nicht, dass sie wusste, wie es für sie weitergehen sollte. Was hätte ich tun können? Ich wollte ihr einfach Zeit geben… Gleich nach meiner Rückkehr bin ich dann nach Föhr gefahren, aber sie war nicht da. Ein Brief lag auf dem Tisch. Sie hat sich bedankt und geschrieben, dass sie nach Rumänien zurückfahren würde.«

»Hast du den Brief noch?«

»Keine Ahnung. Weggeworfen habe ich ihn nicht. Vielleicht liegt er noch irgendwo im Haus. Ich müsste danach suchen.«

»War es ihre Handschrift?«

»Das weiß ich nicht«, sagte David. »Es war das erste Mal, dass ich etwas von ihr Geschriebenes gesehen habe.«

»Hat sie auf Deutsch geschrieben?«

»Ja, aber das ist ja kein Problem. Auch damals gab es schon eine Übersetzungs-App fürs Handy.«

»Und Svenja Behrendt?«

»Das war ein riesengroßer Fehler von mir. Ich war wie hypnotisiert von ihr. Ich hätte Distanz gehalten, hätte es auch geschafft, wenn sie nicht …« Er stockte. »Ich meine damit nicht, dass Svenja irgendeine Schuld trifft. Ich allein war verantwortlich und hätte schon beim ersten Gespräch alles abbrechen müssen, aber das habe ich nicht gemacht, und dann …«

»Wie häufig wart ihr intim?«

»Einmal. Und somit einmal zu viel. Svenja hat mich … Nein, ich will mich nicht rausreden. Als sie die Reha abgebrochen hat, war ich erleichtert und habe gedacht, dass sie Föhr aus Enttäuschung verlassen hätte.«

»Was sie wohl nicht getan hat. Warst du auf der Insel, als Svenja Behrendt verschwunden ist?«

»Nein, habe mich damals für drei Wochen krankschreiben lassen. Es gab zu der Zeit einen weiteren Therapeuten, der für mich eingesprungen ist.«

»War Svenja bei dir im Haus?« Jella musste sich zwingen, die Fragen zu stellen. In ihr brodelte es. Sie zweifelte an ihrem Vorgehen und dachte fieberhaft darüber nach, ob sie einen Fehler gemacht hatte, als sie Bala aus dem Raum geschickt hatte.

»Ja, dieses eine Mal. Sie hatte meine Adresse auf Föhr herausbekommen und stand plötzlich bei mir vor der Tür.« David stöhnte leise. »Das klingt schon wieder so, als träfe Svenja irgendeine Schuld. Das ist nicht der Fall. Nur ich bin verantwortlich und hätte anders reagieren müssen.«

»Wiebke?«

»Da war nichts. Ich war fünfzehn Jahre älter als sie und Wiebke noch ein Teenager.«

»Wie würdest du euer Verhältnis beschreiben?« Jella wunderte sich, dass sie trotz der für sie schwierigen Situation zielgerichtete Fragen stellen konnte. Alles in ihr sträubte sich dagegen, weiter mit David an diesem Tisch zu sitzen. Sie wollte raus, an den Strand, und laufen, bis ihre Beine schmerzten.

Davids Stimme holte sie in die Wirklichkeit zurück. »Freundschaftlich. Ich mochte Wiebke, ihre Energie, ihre Klarheit und ihren Mut, sich ihren eigenen Weg zu suchen. Ich kenne ihren Vater und weiß, dass er kein einfacher Mensch ist.«

»Ihr habt euch also häufiger unterhalten?«

»Ja, aber wirklich auf rein freundschaftlicher Ebene. Allein deshalb musste ich ihren Wunsch, meine Klientin zu werden, ablehnen. Wir hatten sozusagen schon eine ›private Beziehung‹. Du kannst mir glauben, dass ich nach meinem schweren Fehler mit Svenja strikt auf die Regeln geachtet habe. *Übergenau*, wie mir mal ein Kollege im Gespräch vorgeworfen hat.« David hob abwehrend die Hände. »Ja, ich weiß, das klingt wieder, als trüge ich einen Heiligenschein.« Er fuhr sich mit der Hand durch die Haare. »Ich weiß, dass ich damals Mist gebaut habe.«

Jella schwieg. Sie war zu Beginn ihres vertraulichen Gesprächs sicher gewesen, dass sie David als Täter ausschließen konnte. Inzwischen war sie unsicher. So viele Zufälle, das passende Täterprofil, die Lügen zu Beginn der Befragung – alles schien auf ihn als Täter zu weisen. Er hatte alle Opfer gekannt, die Gelegenheit und sicher auch die Mittel gehabt, um die drei Frauen zu töten. Blieb das Motiv. Hass auf Frauen? Missbrauch in der Kindheit? Dissoziative Identitätsstörung? Jella hatte sich in ihrer Ausbildung intensiv mit Serientätern beschäftigt, mit deren Motiven und Leben. Konnte sie bei David mit ihrer Einschätzung so danebenliegen?

»Du zweifelst an meinen Worten, an mir?«, fragte David, der anscheinend ihre Gedanken erraten hatte. »Während der Ausbildung zum Therapeuten wurde ich von vorn bis hinten durchleuchtet. Da bleibt kein Stein auf dem anderen. Die Chance, deinen Ausbildern etwas vormachen zu können, ist gleich null.«

Jella ging nicht auf seine Bemerkung ein und konzentrierte sich stattdessen auf ihre nächste Frage. »Könnte Wiebke etwas anderes in dir gesehen haben als du in ihr?«

23

»Dein Ernst?«, fragte Kim, nachdem Jella ihren Kolleginnen erzählt hatte, dass sie David Jasper hatte gehen lassen. »Ich dachte, der hat Kontakt zu zwei der Frauen gehabt und …« Kim verstummte, als Jella ihre Hand hob und drei Finger zeigte. »Wie jetzt? Auch zu Evelina Munteanu?«

Jella nickte. Bevor sie in ihr gemeinsames Büro zurückgekehrt war, hatte sie lange überlegt, ob sie Kim und Bala alles erzählen sollte, was sie von David erfahren hatte. Letztlich hatte sie sich dafür entschieden. Wenn sie längerfristig zusammenarbeiten wollten, ging das nur auf einer absoluten Vertrauensbasis.

»David hat sie nach eigenen Worten in Husum an der Straße aufgelesen. Wie wir vermutet haben, ist Evelina aus einem Bordell geflüchtet. In Flensburg hat er ihr dann sein Gästezimmer angeboten und ist am nächsten Tag mit ihr nach Föhr gefahren, wo Evelina bis zu drei Wochen in seinem Ferienhaus gelebt oder, besser, sich versteckt hat. Als David nach zwei Wochen Abwesenheit wieder auf die Insel kam, war Evelina Munteanu nicht mehr da. Sie hatten zwischendurch telefoniert, aber ohne über Evelinas Zukunftspläne zu sprechen. Zurückgelassen hat sie einen Brief, in dem sie schrieb, dass sie nach Rumänien zurückfahren würde.«

»Und die Story glaubst du ihm?«, fragte Kim ungläubig. »Das hat er doch von vorn bis hinten zusammengelogen.« Sie sah auffordernd zu Bala. »Jetzt sag doch auch mal was!«

197

»Das ist keine offizielle Aussage, die Herr Jasper da gemacht hat, oder?«, fragte Bala.

»Nein. Ich glaube kaum, dass ihm sein Anwalt, sollte er einen kontaktieren, dazu raten würde.«

»Und Svenja Behrendt? Er hat mit ihr geschlafen, oder?«, warf Kim mit genervtem Unterton ein.

»Ja. Laut seiner Angabe einmal in seinem Ferienhaus.« Jella berichtete, was David ihr ansonsten alles erzählt hatte.

Kim stand auf und lief durchs Büro. »Leute, das ist jetzt nicht wahr, oder? Der Typ ist so was von fällig. Wir können doch nicht so tun, als wenn wir von nichts wüssten!«

»Wir sitzen hier zusammen, um eine gemeinsame Strategie zu entwickeln«, beschwichtigte Jella sie. »Lass uns bitte sachlich und ruhig darüber reden. Wir haben keinerlei Beweise, dass David Jasper die drei Frauen getötet hat.« Sie wandte sich an Bala. »Bist du der Ansicht, dass er etwas von dem, was er mir inoffiziell mitgeteilt hat, zugegeben hätte, wenn er weiter vernommen worden wäre?«

»Nein. Außerdem war er ehrlich erstaunt, als er das Foto von Evelina gesehen hat. Mag sein, dass er ein exzellenter Schauspieler ist, aber an vielen anderen Stellen wirkte es nicht so.«

»Also zwei zu eins«, sagte Kim augenrollend. »Ich weiß nicht, ob ich das mittragen kann, dass wir Jasper einfach so laufen lassen.«

Bala sah sie ärgerlich an. »Jetzt bleib mal auf dem Teppich, Kim. Jella hat recht: Wir können nichts beweisen. Ich glaube kaum, dass sie ihn von der Liste der Verdächtigen streichen will.«

»Nein, ganz sicher nicht«, warf Jella ein.

»Eben«, sagte Bala. »Warum sollten wir nicht weiterdenken und mehrere Spuren verfolgen? Wir sichern uns ab, schreiben das Protokoll der Befragung und werden weitere Ermittlungen in die Richtung anstellen. Diese inoffizielle Befragung vorhin hat uns viel Arbeit und Umwege erspart. Wir sollten das nutzen. Falls wir durch eine SoKo abgelöst werden, können die ja David Jasper auf Platz eins stellen und ihn komplett auseinandernehmen.«

Jella war erstaunt über Balas Einschätzung. In deren Alter hätte sie eher Kims Reaktion gezeigt, wenn einer ihrer Vorgesetzten so agiert hätte wie sie heute. »Wir stimmen nicht ab«, sagte Jella mit ruhiger Stimme. »Entweder einigen wir uns auf einen Weg oder wir schreiben ein Protokoll der offiziellen und eines der inoffiziellen Befragung und lassen andere entscheiden, wie es weitergeht.«

Eine unangenehme Stille senkte sich auf die drei Frauen herab. Jella hielt die Luft an, während Bala die Augen schloss und Kim tief durchatmete. »Wie gehen wir vor?«, fragte Kim schließlich. »Für mich ist klar, dass David Jasper Dreh- und Angelpunkt sein muss. Wenn er nicht der Täter ist – was noch zu ermitteln wäre –, muss jemand anders in seiner Nähe die drei Frauen getötet und vergraben haben.«

Bala stand auf, ging zum Flipchart und schlug eine neue Seite auf. In die Mitte schrieb sie *David Jasper* und kreiste den Namen ein. »Sagt einfach, was euch einfällt. Jetzt, spontan.«

»Doppelgänger«, rief Kim, »Stalker, die erste Tat!«

Bala schrieb die Stichworte auf.

»Rache«, sagte Jella, »Neid, Eifersucht.«

Bala notierte die drei Punkte und ergänzte ihre eigenen: »Drei vollkommen unterschiedliche Frauen. Alle drei Jahre. Föhr.«

Kim beugte sich vor. »Grabstätte, Rehaklinik, David Jasper.«

»Sexuelle Fantasien«, warf Jella ein, »Psychotherapie, Ferienhaus.«

Bala kam kaum mit dem Schreiben nach. Schließlich trat sie vom Flipchart zurück und ließ ihren Blick auf die notierten Begriffe fallen. »Nachbarn, Abhören, Kameras.«

»Einbruch, Schlüssel, Trojaner«, schlug Kim vor.

»Freunde, Verwandte, Feinde«, übernahm wieder Jella.

Bala schrieb und beendete die Runde mit drei weiteren Begriffen: »Kindheitstrauma, Familie, Kollegen.«

Nach einer kurzen Pause vor der Polizeistation setzten sie sich mit einer Thermoskanne voll frischen Kaffees wieder zusammen.

»Ich schreibe das Protokoll der Jasper-Befragung«, schlug Bala vor. »Was liegt weiter an?«

»Morgen kommt die Mutter von Evelina in Husum an«, sagte Kim. »Soll sie wirklich nach Föhr kommen? Wir haben hier niemanden, der übersetzen kann. Dann hat Holger Jacobs, Balas netter Chef, angerufen. Er wollte dich sprechen, Jella. Ich habe ihm gesagt, dass du in einer wichtigen Befragung steckst und zurückrufst.«

»Haben sie endlich Albin Prifti vernommen?«

»Ich vermute es. Mir wollte er nichts verraten.« Kim grinste. »Chefsache, sozusagen.«

»Ich rufe ihn gleich an. Was machen wir mit Evelinas Mutter?«

Bala hob ihre Hand. »Ich könnte nach Husum fahren und mit ihr sprechen. In Husum haben wir auf jeden Fall einen Dolmetscher. Wenn ich heute Abend die letzte Fähre nehme, bin ich morgen Mittag wieder da.«

»Das wäre gut«, sagte Jella. »Aber lass mich zuerst mit Jacobs sprechen. Vielleicht muss ich ja mitkommen.«

»Gut«, sagte Kim. »Ich werde das gesamte Leben von David Jasper unter die Lupe nehmen.« Sie sah Jella fragend an.

»Ich weiß quasi nichts über ihn, außer das uns Bekannte: seit seiner Kindheit immer wieder auf Föhr, psychotherapeutische Praxis in Flensburg. Ich kenne nicht einmal sein Alter und weiß auch nicht, ob er verheiratet war oder Kinder hat.«

»Dann werde ich das weiße Blatt mal füllen«, sagte Kim. Sie zeigte auf das Flipchart. »Lassen wir das erst mal sacken?«

Jella und Bala nickten zustimmend.

»Okay.« Kim zeigte auf das Flipchart. »Ich schreibe die Punkte gleich zusammen und schicke sie euch per E-Mail.«

Jella griff nach ihrem Handy und stand auf. »Dann werde ich mal mit Jacobs telefonieren.« In dem Raum, den sie als Befragungszimmer benutzt hatten, wählte sie die Nummer des Husumer Polizeireviers und ließ sich zu Holger Jacobs durchstellen.

»Frau Kollegin, schon, dass Sie zurückrufen«, begrüßte er sie zuckersüß. »Ich wollte Ihnen nur ein kleines Update geben.«

»Gerne.«

»Wir haben Albin Prifti zweimal vernommen. Der Fall der festgehaltenen Frauen wird Sie nicht weiter interessieren. Sie baten uns ja, zu dem Vermisstenfall Munteanu vor neun Jahren zu recherchieren. Prifti und alle anderen Mitarbeiter des Etablissements waren vor neun Jahren nachweislich nicht in Husum. Die Angaben haben wir überprüft und können sie bestätigen.«

»Schade, dass sich niemand aus der Zeit findet, aber es ist wohl nicht zu ändern.«

»So ist es. Beziehungsweise habe ich aus Prifti heraus-bekommen, wer seinerzeit verantwortlich war. Wenn Sie den Herrn sprechen möchten, müssten Sie sich allerdings beeilen. Er liegt in Flensburg in einem Hospiz, Krebs im Endstadium. Auch diese Angabe habe ich überprüft. Walter Paulsen ist dort Patient. Ob er noch ansprechbar ist, wollte man mir am Telefon nicht sagen.« Jacobs nannte Jella Adresse und Telefonnummer des Hospizes. »Mehr kann ich leider nicht für Sie tun.«

»Das hilft uns durchaus weiter. Vielen Dank, Herr Kollege. Sollte ich noch Fragen haben, melde ich mich.« Jella hielt kurz inne. »Bala Demir wird morgen mit Evelina Munteanus Mutter sprechen. Ist das für Sie in Ordnung?«

»Selbstverständlich. Im Moment ist Bala Ihrer Obhut unterstellt. Sie erhält von uns jegliche Unterstützung, die sie braucht.«

»Danke, Herr Kollege. Ich weiß das zu schätzen.« Jella verabschiedete sich und ließ das Handy mit einem schweren Seufzer in ihre Tasche gleiten. Jacobs war die Art von Kollege, dem sie, wenn es irgend möglich war, aus dem Weg ging. Bala würde es in Husum durch ihre Einsätze in ganz Schleswig-Holstein nicht unbedingt leichter haben.

Zurück im Büro berichtete Jella den anderen von dem Telefonat. »Ich werde also auch die letzte Fähre aufs Festland nehmen und morgen Mittag zurück auf Föhr sein.«

Kim hob den Daumen. »Kein Problem. Ich halte hier die Stellung.«

Auf dem Weg ins Hotel machte sich Jellas Handy bemerkbar. Nach einem Blick aufs Display nahm sie das Gespräch an.

»Jensen!«

»David hier. Ich ha…«

»Kannst du in fünf Minuten noch einmal anrufen?«, unterbrach Jella ihn. »Dann bin ich in meinem Hotelzimmer.«

»Nur kurz. Ich habe den Brief von Evelina gefunden«, sagte David.

»Gut. Scanne ihn ein und schicke ihn an meine Privatadresse. Hast du etwas zu schreiben?«

»Das mache ich gleich. Hast du noch eine Minute?«

Jella stöhnte innerlich auf. Genau das hatte sie vermeiden wollen: persönliche Gespräche mit David.

»Ich wollte dir noch einmal versichern, dass ich keine der Frauen getötet habe, und bis auf das eine Mal mit Sve…«

»David, ich hatte dir doch gesagt, dass wir keine privaten Gespräche mehr führen können. Lass uns unsere Arbeit machen. Wenn ich Fragen an dich habe, lade ich dich in die Polizeistation vor. Überleg du, was deiner Entlastung dienen könnte. Schau alte Terminkalender durch und schreib auf, wo du wann warst. Das war unser letztes inoffizielles Gespräch.«

»Wissen deine Kolleginnen, was ich dir gesagt habe?« Seine Stimme klang ängstlich und leise.

»David, ich lege jetzt auf. Such die Daten zusammen, das könnte helfen. Und denk an die Liste mit Personen, die dir nahestehen – ob sie dir nun wohlgesonnen sind oder nicht.« Jella hatte ihn am Ende ihrer inoffiziellen Befragung um diese Aufstellung gebeten, vermutete aber, dass David sich damit schwertat, weil er niemanden in die Angelegenheit hineinziehen wollte.

»Ja, mache ich.«

»Du hörst von mir, David.«

»Ich …« Er atmete schwer. »Sorry, ich kann mir vorstellen, wie schwierig die Situation für dich ist. Danke, dass du zu mir hältst. Danke!« Er beendete das Gespräch.

Jella blieb kurz vor dem Hotel stehen und lehnte sich an eine Hauswand. Worauf hatte sie sich nur eingelassen? Sie konnte bloß hoffen, dass sie mit ihrer Intuition richtiglag und David nichts mit den Tötungsdelikten zu tun hatte – andernfalls stand ihre Karriere auf dem Spiel, von ihrer Einsatztruppe einmal ganz abgesehen.

24

»Die frische Seeluft tut gut«, sagte Bala, die neben Jella an der Reling der Fähre stand. Vor einer Viertelstunde hatten sie abgelegt.

Jella nickte. Sie hob den Kopf und ließ ihre Haare vom Wind durcheinanderwirbeln. »Ich liebe das, hier zu stehen und den Blick schweifen zu lassen. Diese Naturgewalt Wasser – wie klein wir dagegen sind.«

»Ich gehe häufig an der Küste spazieren oder bin mit dem Fahrrad auf Nordstrand.«

»Ich bin quasi direkt an der Ostsee aufgewachsen. Wir haben es dort etwas ruhiger als hier an der Nordsee, aber genauso schön.« Sie hielt kurz inne. »Übrigens, deine Befragung von David Jasper war spitze. Respekt!«

»Danke! Ich habe noch nicht so viel Erfahrung damit. In Husum passiert nicht so viel.«

»Und wenn, machen es die Kollegen ohne dich«, fügte Jella hinzu.

»Darauf läuft es meist hinaus. Ich bin natürlich auch eine der Jüngsten im Team. Da muss ich wohl durch.«

»Lass dir die Butter nicht vom Brot nehmen, Bala. Manche Kollegen haben noch nicht verstanden, was die Stunde geschlagen hat. Sie werden dir nichts freiwillig überlassen. Glaub mir, ich spreche da aus Erfahrung. Entweder erkämpfst du dir deine Rechte oder du kochst auf ewig den Kaffee für die ganze Mannschaft.«

»Leider ist das nicht so einfach. Ich kann nicht im permanenten Streit mit meinen Kollegen leben. Das wäre nichts für mich. Ja, ich setze mich hier und da durch, aber ...« Bala senkte den Blick. »Auch deshalb bin ich froh, mit dir und Kim zusammenarbeiten zu dürfen.«

»Ich hoffe, dass du das auch noch in zwei oder drei Wochen sagst.«

»Da brauchst du dir keine Sorgen zu machen. Ja, ich bin mir auch nicht sicher, was David Jasper anbelangt. Eigentlich glaube ich nicht an Zufälle, und deshalb bleiben nur zwei Varianten: entweder war er es doch oder wir haben einen Täter in unmittelbarer Nähe von David Jasper.«

»Schwer vorstellbar, aber wenn, dann muss es jemand sein, der David Jasper kennt und beobachten konnte«, sagte Jella.

»In der Rehaklinik?«, fragte Bala.

Jella sah sich um, ob jemand ihr Gespräch mithören konnte. »Zumindest haben zwei der Frauen etwas mit der Klinik zu tun gehabt ... Evelina allerdings nicht.«

»Woher wissen wir das? Vielleicht hatte sie eine Arbeitserlaubnis und hat es geschafft, ihre Papiere bei der Flucht mitzunehmen. Sie könnte sich dort beworben haben.«

Jella wiegte den Kopf hin und her. »Sie war schwanger.«

»Und? Die meisten Frauen arbeiten bis wenige Wochen vor der Geburt. Wahrscheinlich hat man es ihr nicht einmal großartig angesehen. Kim könnte doch morgen nachfragen, ob Evelinas Name in der Rehaklinik bekannt ist.«

»Ja, wir sollten nichts unversucht lassen. Ich rufe Kim vom Auto aus an.«

In diesem Augenblick klingelte Balas Handy. Sie holte es aus ihrer Umhängetasche und sah aufs Display. »Meine Mutter«, sagte sie mit leicht gereizter Stimme. Sie nahm das Gespräch an, sprach kurz auf Kurdisch und ließ das Handy dann wieder in der Tasche verschwinden.

»Sie macht sich Sorgen?«, fragte Jella und hoffte, dass die Frage nicht zu indiskret war.

»Dabei habe ich ihr gesagt, dass ich heute Abend zu Hause schlafe.« Bala hielt kurz inne. »Und das mit den Sorgen ist schon richtig. Sie, und vor allem mein Vater, sähen mich lieber als Mutter und Hausfrau.« Sie rollte mit den Augen. »Ich weiß nicht, was sie haben. Sie werden schon noch genügend Enkelkinder bekommen.«

»Stress?«

»Im Moment ja. Mein Vater ist konservativer, als er es zugeben will. Mal ist er stolz auf mich, dann wieder überschüttet er mich mit Vorwürfen. Wenn es so weitergeht, werde ich mir wohl eine eigene Wohnung suchen müssen.«

»Was du eigentlich nicht willst.«

Bala schüttelte den Kopf. »Aber vielleicht wird es doch allmählich Zeit.«

»Du möchtest Kinder?«

Bala zögerte kurz. »Ehrlich gesagt bin ich mir da nicht mehr so sicher. Ohne einen Mann, mit dem ich mir ein gemeinsames Leben vorstellen kann, werde ich auch nicht weiter darüber nachdenken.«

»Ich habe genauso gedacht. Jetzt wird die Zeit immer knapper.«

Bala warf ihr einen erstaunten Blick zu. »Quatsch, du bist sechsunddreißig. Es gibt Frauen, die bekommen ihr erstes Kind mit weit über vierzig.«

»Wie hast du es gerade so schön gesagt? Ohne einen Mann …«

Gegen einundzwanzig Uhr stellte Jella ihren Dienstwagen

auf dem Parkplatz der Polizeidirektion ab und ging zu Fuß nach Hause. In der Fußgängerzone holte sie sich eine Pizza zum Mitnehmen und fand in ihrem heimischen Kühlschrank noch eine ungeöffnete Flasche Weißwein. Gerade hatte sie die Hälfte der Pizza gegessen, als es an der Tür klingelte. Sie öffnete und traute ihren Augen kaum. »Du?«

Niklas Oehler stand mit einem unsicheren Lächeln vor der Tür, in der einen Hand eine Flasche Wein, in der anderen sein Handy.

Jella sah ihn erstaunt an. »Woher weißt du …?«

»Deine Kollegin hat mir verraten, dass du mit der letzten Fähre aufs Festland gefahren bist und morgen hier in Flensburg einen Termin hast.«

Jella zögerte, trat aber schließlich zur Seite. Niklas ging an ihr vorbei und sie schloss die Tür. »Wo die Küche ist, weißt du ja.«

Niklas ging voraus und stutzte, als er die halbe Pizza auf dem Teller bemerkte. Er sah sich zu ihr um. »Ich wollte dich nicht beim Essen stören.«

»Möchtest du auch? Ich kann sie kurz im Ofen warm machen.«

»Ja, warum nicht?«

»Setz dich«, sagte Jella und reichte ihm ein Weinglas, griff nach dem Pizzateller und stellte den Backofen an. An den Kühlschrank gelehnt, warf sie Niklas einen fragenden Blick zu. »Die Flasche Wein sieht nicht nach einem dienstlichen Besuch aus.«

»Natürlich nicht. Ich hätte eher kommen und dir alles erklären sollen, aber ich dachte …« Er stockte.

Jella beugte sich vor und griff nach ihrem Weinglas. »Was dachtest du?«

»Ich war mir nicht sicher, ob du mich sehen willst.«

Jella zog die Augenbrauen hoch. »Und jetzt bist du dir sicher?«

Niklas schüttelte den Kopf. »Wie könnte ich? Aber ich habe es nicht länger ausgehalten.«

Jella zog einen der Stühle unter dem Tisch heraus und setzte sich. Mit dem Kopf deutete sie auf Niklas' Weinglas. »Schenk dir ruhig ein.«

»Ja, natürlich.« Er griff nach der Flasche und schenkte sein Glas halb voll. »Ich hätte mich anmelden sollen.«

»Hast du aber nicht.«

Niklas schwieg eine Weile mit gesenktem Kopf; schließlich sah er auf. »Ich hatte Angst, dass du mich nicht sehen willst.«

»Die war wohl berechtigt.« Jella trank ihr Glas aus und schenkte sich nach. »Aber wo du jetzt schon hier bist.« Sie sah ihn auffordernd an. »Ich höre.«

Niklas schwieg lange. »Gibt es keine Chance mehr für uns?«

Jella wollte seine Frage verneinen, aber ihr kamen die Worte nicht über die Lippen. Seit sie von Niklas' Umzug nach Flensburg gehört hatte, hatte sie die Gedanken an ihn und ihre gemeinsame Zeit mehr oder weniger erfolgreich unterdrückt. Nur kurz vor dem Einschlafen hatte sie Mühe gehabt, sich dagegen zu wehren.

»Ist es vorbei?«, fragte Niklas mit flehendem Blick.

»Hättest du mich vor zwei Wochen gefragt, hätte ich dir eine klare Antwort darauf geben können«, sagte sie leise. »Seit ich weiß, dass du in Flensburg bist … Ich hatte keine Zeit, darüber nachzudenken – und ich wollte es auch nicht.«

»Und jetzt?«

Der Backofen klingelte kurz zum Zeichen, dass er die

eingestellte Temperatur erreicht hatte. Jella stand auf und legte die Pizza auf ein Blech, das sie in den Ofen schob. Zurück am Tisch trank sie einen kräftigen Schluck Wein. Schließlich sah sie Niklas direkt an. »Was machst du in Flensburg?«

»Arbeiten, leben.«

»Du weißt, was ich meine, Niklas.«

Er stand auf, drehte eine Runde in der Küche und setzte sich wieder. »Ja, es hat auch mit dir zu tun. Ich hätte eine Stelle in Hamburg bekommen können oder sonst wo.«

»Ist das jetzt eine Art Wochenendbeziehung oder habt ihr euch ernsthaft getrennt?« Jella ärgerte sich, dass sie die Frage gestellt hatte. Es war nicht ihre Aufgabe, Niklas auszufragen. Wenn ihm etwas an dem lag, was zwischen ihnen gewesen war, war er am Zug.

»Wir haben beschlossen …« Er atmete schwer. »… eine längere Auszeit zu nehmen. Und nein, ich fahre nicht am Wochenende nach Kiel. Moritz kommt mich alle zwei Wochen besuchen. Er hat ein Zimmer bei mir.«

»Weiß deine Frau, was zwischen uns war?«

»Ja und nein. Ich habe ihr gesagt, dass ich eine Beziehung mit einer anderen Frau hatte. Sie kennt aber nicht deinen Namen und wollte auch sonst nichts darüber wissen.«

Der Küchentimer machte sich bemerkbar. Jella war froh, dass sie aufstehen konnte. Sie schaltete den Ofen aus, holte zwei saubere Teller aus dem Schrank und teilte die erwärmte Pizza in der Hälfte durch. Zurück am Tisch reichte sie Niklas Messer und Gabel.

»Danke«, sagte er.

Sie setzte sich zurück an den Tisch, starrte eine Weile auf ihr Pizzastück und schob schließlich den Teller zur Seite. »Auszeit? Dann hast du also zwei Auszeiten gleichzeitig.« Jella ärgerte sich, dass sie höhnisch klang. Es war nicht das, was sie fühlte. In ihr tobte ein Kampf. Sie hatte Niklas vergessen und die Zeit mit ihm verdrängen wollen, aber jetzt, wo er vor ihr saß, in ihrem Haus, in ihrer Küche … Eine Stimme in ihr schrie, dass sie Niklas rauswerfen solle, die andere flüsterte ihr ein, dass es an der Zeit sei zu vergessen und zu verzeihen.

»*Du* wolltest die Auszeit, nicht ich«, sagte Niklas mit brüchiger Stimme.

»Ich habe dich zwei Jahre lang wieder und wieder darum gebeten, dich zu entscheiden, für das eine oder das andere Leben. Ich habe dir gesagt, wie es mir damit geht, mich zu verstecken, auf dich zu warten, dich nicht einmal anrufen zu können. Ich war es, die in irgendeinem Hotelzimmer in der Nähe von Kiel saß und hoffte, dass du nicht wieder absagen würdest, weil dein Sohn krank ist, deine Frau Stress macht, irgendwelche Handwerker im Haus sind oder was weiß ich.«

»Ich weiß, dass ich die ganze Last auf dich abgeladen habe. Ich hätte mich entscheiden müssen und …«

»Was willst du jetzt genau von mir?«, unterbrach Jella ihn. »Ich will nichts wissen von irgendeiner Auszeit, die du mit deiner Frau vereinbart hast. Ich will keine Lückenbüßerin mehr sein. Diese Zeit ist so lange vorbei, dass ich mich kaum noch daran erinnern kann – und es auch nicht will, es sei denn als mahnendes Beispiel, mich nie wieder auf eine solche Abhängigkeit einzulassen.«

»Aber viel …«

»Nein, Niklas. Klär du die Beziehung zu deiner Frau. Damit habe ich nichts zu tun. Vielleicht ist es für uns zu spät, vielleicht haben wir noch eine Chance … Ich weiß es wirklich nicht.«

25

Gegen fünf Uhr morgens wachte Jella mit Kopfschmerzen auf. Als sie sich aufrichtete, wurde ihr schwindelig und sie ließ sich stöhnend ins Kissen zurückfallen. Hatte sie die zweite Flasche aufgemacht? Niklas war fast zwei Stunden geblieben, hatte weder Pizza gegessen noch Wein getrunken. Sie hatten über ihre gemeinsame Zeit gesprochen, über den Tag, an dem sie sich kennengelernt hatten, über das kleine Hotel mit dem hervorragenden Frühstück, über Jellas Einsamkeit, ihre Zweifel, ihre Hoffnungen und die tiefe Trauer, die einsetzte, nachdem sie die Notbremse gezogen hatte. Irgendwann bat Jella Niklas zu gehen. Er zögerte kurz, stand dann aber auf und ging zusammen mit ihr zur Haustür. Kurz schien es Jella so, als wollte er sie zum Abschied umarmen, aber schließlich lächelte er nur unsicher und nickte ihr zu, bevor er sich abrupt abwandte und mit schnellen Schritten zwischen den hohen Häusern verschwand.

Mühsam richtete Jella sich erneut auf und überlegte, ob sie den Weg bis zur Dusche schaffen würde. Sie entschied sich für eine weitere Pause, da sie erst für neun Uhr im Hospiz angemeldet war. Selbst wenn sie sich etwas verspäten sollte, würde sie die Mittagsfähre in Dagebüll noch erreichen.

Walter Paulsen saß aufrecht in seinem Bett und begrüßte Jella mit einem Lächeln. »Dass mir das auf meine letzten Tage noch passiert! Die Polizei braucht meine Hilfe.« Er zeigte auf den Stuhl neben dem Bett. »Setzen Sie sich. Sie sind doch wirklich von der Polizei und nicht irgendein Pressefuzzi?«

Jella reichte ihm ihren Ausweis.

»Hauptkommissarin Jella Jensen«, las Paulsen vor und sah sie dann wieder direkt an. »Sie sind jung für eine Hauptkommissarin. Respekt.«

Jella nahm den Ausweis wieder in Empfang. »Danke. Auch dafür, dass Sie mit mir sprechen. Das ist nicht selbstverständlich.«

»Warum sollte ich nicht mit Ihnen reden? Etwas Abwechslung tut gut. Nicht, dass Sie mich falsch verstehen: Das Haus ist wunderbar, und die Mitarbeiter geben sich alle Mühe, aber die Aussichten, die sind halt nicht mehr so rosig, um es einmal nett zu formulieren.«

»Das tut mir leid«, sagte Jella.

»Muss es nicht. Wir müssen alle sterben, früher oder später. Bei mir ist es halt früher. Aber mit zweiundsiebzig muss man wohl mit solchen Unannehmlichkeiten rechnen, Frau Hauptkommissarin.« Er seufzte schwer. »Aber deshalb sind Sie ja nicht hier. Wie kann ich Ihnen helfen?«

Jella zeigte ihm das Foto von Evelina Munteanu. »Kennen Sie diese Frau?«

Walter Paulsen nickte. »Sehr gut sogar.«

»Sie waren vor neun Jahren Geschäftsführer und …«

»Ja«, unterbrach Paulsen sie. »Offiziell ja, aber zu der Zeit war ich nur noch eine Art Aushängeschild. Das Haus war nie ein sehr feines Hotel, ich weiß, aber es war eines – bis diese verdammten Albaner kamen und daraus einen Puff machten. Ja, ich bin geblieben. Was sollte ich in meinem Alter auch noch machen? Trotzdem hätte ich gehen sollen.«

»Können Sie mir etwas über Evelina erzählen?«, fragte Jella.

»Sie ist mir gleich aufgefallen. Allein ihr trauriger Blick hat bei mir Beschützerinstinkte geweckt. Ich habe getan, was ich konnte, um ihr das Leben zu erleichtern, aber …« Er schloss die Augen und schien für eine Weile in seinen Gedanken zu versinken. »Ich hätte mehr machen müssen, aber mir ging bei diesen Leuten wohl der Arsch auf Grundeis. Erbärmlich, oder?«

»Nicht unbedingt. Manchmal ist es klüger, sich zurückzuhalten und im richtigen Augenblick zurückzuschlagen.«

»Ich habe Evelina gut zugeredet, dass sie untertauchen solle – zurück nach Rumänien zu ihrer Mutter –, aber sie wollte nicht. Sie würde das Geld brauchen, hat sie gesagt. Und dann kam natürlich hinzu, dass diese Schweine ihr die Papiere abgenommen hatten.«

»Wussten Sie, dass Evelina schwanger war?«

»Ja, sie hat es mir erzählt. Ein Unfall. Sie hatte so eine Magen-Darm-Geschichte und irgendwas ist mit der Pille schiefgelaufen. Diese Typen haben sie trotzdem gezwungen weiterzumachen, ohne Gummi natürlich. Brachte schon damals mehr Kohle ein. Ja, und dann war's plötzlich passiert. Sie wollte es nicht wegmachen lassen. Klar, über kurz oder lang hätten diese Typen sie dazu gezwungen. Deshalb musste sie raus aus Husum. Ich habe ihr dann die Papiere zurückgeholt – geklaut in meinem eigenen Hotel. Sie ist gleich in der Nacht verschwunden. Ich habe ihr Geld gegeben, nicht viel, aber für ein paar Wochen hat es sicher gereicht.« Paulsen hielt inne. Ihm war anzusehen, wie schwer ihm das Reden fiel. »Sie hat es doch geschafft, oder? Ist sie zurück nach Rumänien?« Erst jetzt schien ihm aufzufallen, wie ungewöhnlich Jellas Fragen waren. »Jetzt sagen Sie nicht, dass ihr etwas passiert ist! Unsinn, das ist ja schon neun Jahre her. Sie lebt wahrscheinlich mit Mann und Kindern in Rumä…« Walter Paulsen stockte und sah Jella fragend an. »Es ist doch so, oder?«

»Leider nein. Sie ist auf Föhr getötet worden. Wir haben sie erst jetzt gefunden.«

»Damals schon?«

»Ja, vermutlich ist sie zwei oder drei Wochen nach der Flucht aus Husum auf Föhr getötet worden.«

»Aber die Albaner? Wussten die denn, wo Evelina war? Was wollte sie auf der Insel?«

»Das wissen wir nicht. Auch deshalb bin ich heute bei Ihnen.« Jella legte eine kurze Pause ein. »Wie haben die Männer reagiert, als Evelina nicht mehr im Haus war?«

»Ach, das ist erst am nächsten Tag aufgefallen. Ich bin kein Anfänger und habe schon dafür gesorgt, dass sie nichts mitbekommen, aber ich konnte Evelina nicht selbst wegbringen. Das wäre sofort aufgefallen.«

Jella zeigte ihm ein Foto von David Jasper. »Kennen Sie diesen Mann? Allerdings ist das ein aktuelles Foto. Stellen Sie sich ihn neun Jahre jünger vor.«

Walter Paulsen musterte das Foto lange. »Nee, den habe ich nie bei uns gesehen. Ich vergesse kein Gesicht – eine Gabe, hat meine Mutter immer gesagt.« Er tippte mit dem Zeigefinger auf die Aufnahme. »Er war nie da. Das ist kein Freier.« Er sah auf. »Das war doch Ihre Frage, oder?«

»Nicht nur. Vielleicht sind Sie ihm anderswo begegnet.«

»Nein, sicher nicht.«

»Zurück zu den Albanern. Wie haben die reagiert?«

Walter Paulsen lachte kurz auf. »Panisch. Sie dachten natürlich, dass Evelina zu den Bul… also zur Polizei ist. Sie haben sofort die Zelte abgebrochen und die Frauen in ein

215

anderes Haus gebracht. Das lief gut eine Woche so, und als die Polizei bis dahin immer noch nicht aufgetaucht war, ging alles retour. Ich glaube nicht, dass die Zeit hatten, Evelina zu suchen. Wer kommt auch darauf, dass sie sich auf einer Insel versteckt hat?«

»Sie haben also nicht mitbekommen, dass nach Evelina gesucht wurde?«

»Nee. Die konnten sich doch ausrechnen, dass sie über alle Berge ist. Ich bin natürlich nach ein paar Wochen verdächtigt worden, da mit drinzustecken. Lagen sie ja auch nicht ganz falsch. Ich habe aber dichtgehalten. Die haben mich dann endgültig abgeschoben.« Er hob die linke Hand, an der der kleine Finger fehlte. »Eine Warnung haben sie mir noch mit auf den Weg gegeben, wenn ich meinen Mund nicht halten würde. Sie wissen schon, was dann passiert wäre.«

Bala umarmte ihre Mutter zum Abschied. »Gib Papa einen Kuss von mir und sag ihm, dass ich ihn lieb habe.« Balas Vater saß noch am Frühstückstisch und hatte ihr, als sie sich von ihm verabschieden wollte, nur kurz zugenickt.

»Das mache ich, mein Kind. Du darfst es ihm nicht übel nehmen. Er macht sich solche Sorgen um dich, dass er nicht mehr klar denken kann.«

»Das weiß ich doch, Mama. Wir sollten uns zu dritt zusammensetzen, wenn ich wieder in Husum bin, und in Ruhe über alles sprechen.«

»Ja, wir können es versuchen, aber …« Balas Mutter verstummte.

»Ich werde meine Arbeit nicht aufgeben, Mama. Du weißt das doch, und ich wünsche mir, dass du mich mehr unterstützt, wenn Papa so ist wie gestern Abend.«

Ihre Mutter sah sie mit einem gequälten Gesichtsausdruck an. »Musst du nicht los, Bala? Es ist schon spät.«

Bala seufzte innerlich. Ihre Mutter vermied seit jeher jegliche Konfrontation in der Familie. Sie würde den Kampf allein ausfechten müssen. »Ja, ich bin spät dran.« Sie umarmte ihre Mutter und küsste sie auf die Wange. »Ich melde mich bei dir, Mama.«

Als Bala den Flur des Polizeireviers entlangging, kam ihr Holger Jacobs entgegen. Er sah demonstrativ auf die Uhr. »Etwas spät, Bala. Die Frau wartet schon auf dich.«

»Moin, Chef. Sorry, der Verkehr. Ich gehe gleich zu ihr.«

Jacobs hob die Hand zum Zeichen, dass sie noch warten möge. »Wie lange wird dein Spezialeinsatz noch dauern? Du weißt, wie schlecht wir im Moment besetzt sind – und die Urlaubszeit beginnt auch bald.«

»Dazu kann ich leider nichts sagen. Wir kommen gut voran, aber es sind immerhin drei Frauen, die mutmaßlich getötet wurden.«

»Dann richte der Kollegin Jensen aus, dass wir dich hier brauchen. Sie kann mich gerne anrufen, wenn es etwas zu besprechen gibt.«

Bala hatte Mühe, die scharfe Entgegnung herunterzuschlucken, die ihr auf der Zunge lag. »Ja«, sagte sie und ging an Jacobs vorbei in Richtung des Befragungsraums.

Bala schätzte die Frau darin auf Mitte fünfzig. Kurze Haare, dunkler Rock, helle Bluse. Neben ihr saß die Dolmetscherin, die Bala bereits von früheren Befragungen her kannte. Sie stellte sich Evelinas Mutter vor und setzte sich dann zu den beiden Frauen.

»Frau Munteanu möchte wissen, wann sie die sterblichen Überreste ihrer Tochter nach Rumänien überführen lassen kann«, sagte die Dolmetscherin, bevor Bala die erste Frage stellen konnte.

»Das sollte eigentlich recht zeitnah passieren. Wenn Sie mir …« Sie wandte sich an Evelinas Mutter. »… Ihre Telefonnummer geben, kann ich Sie informieren.« Die Dolmetscherin übersetzte und Frau Munteanu nickte. »Erinnern Sie sich an das letzte Telefongespräch mit Ihrer Tochter?«, stellte Bala nun ihre erste Frage.

Die Dolmetscherin übersetzte und gab die Antwort weiter. »Ja, Frau Munteanu hat schon damals aufgeschrieben, wann was war. Bei der Polizei hat das aber niemanden interessiert, sagt sie.«

Evelinas Mutter reichte Bala einen Zettel. Die Dolmetscherin beugte sich vor und übersetzte die Angaben neben den einzelnen Daten. Mitte Mai vor neun Jahren hatte Evelina sich zum letzten Mal bei ihrer Mutter gemeldet. In den Monaten davor hatten sie regelmäßig einmal in der Woche miteinander telefoniert, manchmal nur kurz, manchmal auch länger.

»War Evelina in den zwei oder drei Wochen vor dem letzten Gespräch anders als in den Monaten davor?«

»Ich glaube schon«, übersetzte die Dolmetscherin. »Sie war etwas besser gelaunt und sagte, dass sie jetzt mehr freie Zeit habe und sich bald eine neue Arbeit suchen würde.«

»Hat sie gesagt, wo sie sich zu diesem Zeitpunkt aufhielt?«

»Nein, ich glaube nicht. Ich habe aber auch nicht danach gefragt. War sie denn nicht mehr in Husum?«

Bala ging nicht auf die Frage ein. »Sie haben also in den Wochen, bevor Evelina nicht mehr zu erreichen war, auch regelmäßig mit ihr telefoniert?«

»Ja, vielleicht alle zwei oder drei Tage. Ich muss aber

sagen, dass sie nicht immer so hoffnungsvoll klang. Ich kannte mein Kind genau und habe schon an der Stimme gehört, wenn es ihr nicht gut ging. Aber meistens war sie fröhlich und hat mich sogar aufgemuntert.«

»Hatten Sie den Eindruck, dass sie jemanden kennengelernt hatte, der sie unterstützte?«, fragte Bala.

»Das weiß ich nicht. Erzählt hat sie nur von einer Person, die ihr sehr geholfen hat. Ich weiß nicht, ob es eine Frau oder ein Mann war.«

»Inwiefern geholfen?«

»Sie hat sehr freundlich über diese Person gesprochen. Hilfsbereit sei sie, ganz anders als viele Deutsche, die sie bei der Arbeit kennengelernt habe.«

»Können Sie sich an die letzten zwei oder drei Gespräche erinnern? Was hat Evelina da erzählt?«

»Sie war sehr gut gelaunt und hat von einer neuen Arbeit erzählt. Sie werde besser bezahlt als die vorher, und dann werde sie auch mehr Geld nach Hause schicken können.«

»Hat Sie etwas über die Arbeit erzählt?«

»Nein, darüber haben wir nicht gesprochen. Ich habe wohl gedacht, dass sie wieder in einem Hotel arbeitet, vielleicht in einem größeren Haus. Evelina hat erzählt, dass ihr Hotel sehr klein sei und sie auch deshalb nur wenig verdienen würde. Sie müsse viel Geld für die Unterkunft bezahlen und für das Essen.«

Bala wandte sich an die Dolmetscherin. »Die Tochter von Frau Munteanu wurde unter falschen Versprechungen nach Deutschland gelockt und in die Prostitution gezwungen. Ich möchte das ihr gegenüber nicht erwähnen und würde Sie bitten, nicht zu übersetzen beziehungsweise es abmildern, falls meine Kollegen darauf zu sprechen kommen. Frau Munteanu soll ihre Tochter in guter Erinnerung behalten können.«

Die Dolmetscherin nickte. »Das wäre sicher ein schwerer Schlag für Frau Munteanu. Ich tue mein Bestes, um es zu verhindern.«

»Vielen Dank. Wenn Sie sie jetzt bitte noch fragen würden, ob sie etwas von mir wissen möchte oder ihr noch etwas Wichtiges einfällt? Ansonsten habe ich nur noch eine Frage: Hat Frau Munteanu einen Brief oder eine andere Schriftprobe von Evelina dabei?«

26

Gegen Mittag trafen Jella und Bala auf Föhr ein und setzten sich kurz darauf mit Kim zusammen. Nachdem sie die Befragungen in Flensburg und Husum zusammengefasst hatten, berichtete Kim von ihren Recherchen.

»Das Wichtigste vorweg: Evelina hat sich tatsächlich in der Rehaklinik beworben.«

»Auf welche Stelle?«, fragte Bala.

»Als Hilfsköchin, mit Aussicht auf eine volle Anstellung. Was wir bisher nicht wussten, ist, dass sie in Rumänien nicht nur im Service gearbeitet, sondern auch eine Ausbildung zur Köchin absolviert hat. Ich war in der Klinik und habe mit dem Personalchef gesprochen. Er ist zum Glück seit über zwanzig Jahren dort und war ausgesprochen kooperativ. Er selbst hat seinerzeit zusammen mit der damaligen Küchenchefin das Bewerbungsgespräch mit Evelina geführt, bei dem auch eine Kollegin vom Betriebsrat dabei war. Die beiden Damen sind allerdings nicht mehr in der Klinik beschäftigt.«

»Hätte sie den Job bekommen?«, fragte Jella.

»Ja. Allerdings ist es nie zur Vertragsunterzeichnung gekommen. Sie sollte am ersten Juli anfangen, hat dann aber per Mail abgesagt. Und bevor ihr fragt: Die E-Mail habe ich als Kopie bekommen. Ein kurzes, nichtssagendes Schreiben.«

»Dann wären es also drei«, fasste Jella zusammen. »Alle Frauen hatten etwas mit der Klinik zu tun.«

Eine Weile schwiegen sie. Jella ging in Gedanken die Fakten durch. War das ein Punkt zu Davids Entlastung?

»Merkwürdig ist es schon«, meinte Kim schließlich. »Soll ich erst mal berichten, was ich zu David Jasper herausgefunden habe?«

Jella und Bala nickten.

»Jasper ist einundvierzig. Einzelkind. Seine Mutter starb an Krebs, als er vierzehn Jahre alt war. Sein Vater war einundzwanzig Jahre älter als seine Mutter und besaß ein mittelständisches Unternehmen mit über hundert Angestellten, das er zwei Jahre nach dem Tod seiner Frau verkauft hat. Sechs Jahre später starb er an Herzversagen oder, wie ich im Netz gefunden habe, an den Folgen seines Alkoholismus. Wie gesagt, eine Fundsache im Netz, die wir allenfalls als Gerücht nehmen dürfen. Neben dem Haus auf Föhr erbte David Jasper eine Villa in Flensburg, die er mit fünfundzwanzig verkauft hat, und das restliche Vermögen des Vaters, das sich – auch wieder gerüchteweise – auf mehrere Millionen Euro belaufen haben soll. Sprich: David Jasper sollte immer noch ein schwerreicher Mann sein.«

»Interessant«, murmelte Bala.

»Sehe ich auch so. Er war vor dem Studium auf der üblichen Weltreise der Kinder reicher Eltern: einmal um den Globus in einem Jahr. Anschließend hat er in Hamburg, Berlin und München studiert und sein Studium mit fünfundzwanzig abgeschlossen. Schon während des Studiums hat er eine psychotherapeutische Zusatzausbildung begonnen und dann mit siebenundzwanzig in Flensburg eine Praxis eröffnet.«

»Familienstand?«, fragte Jella, die aufmerksam zugehört hatte.

»Ledig. Nie verheiratet, keine Kinder – zumindest keine

registrierten. Über Beziehungen habe ich wenig bis gar nichts gefunden. In den sozialen Medien ist er im Moment nicht vertreten, andere Quellen sind rar. Ich habe vier Fotos gefunden, die auf verschiedenen Events in Flensburg aufgenommen wurden. Ihr wisst ja, die erscheinen dann in Stadtmagazinen und Ähnlichem. Jedes Mal hatte er eine andere Frau im Arm oder neben sich stehen.«

Bala betrachtete die Ausdrucke, die Kim ihnen vorlegte.

»Lassen wir das Thema«, schaltete sich Jella ein. »Hast du weitere Informationen über David Jasper gefunden?«

»Ja«, sagte Kim. »Ich habe eine Freundin in Flensburg angerufen, die in einer psychiatrischen Tagesklinik arbeitet. Herr Jasper hat einen ausgesprochen guten Ruf – auch deshalb, weil er Patienten, die keine Krankenversicherung haben, kostenlos behandelt. Und er ist bereit, kurzfristig Termine zu machen, auch frühmorgens, am Abend oder am Wochenende. Ihr habt sicher schon gehört, wie schwierig es ist, einen Psychotherapeuten zu finden. Ein halbes Jahr Wartezeit ist da gar nichts, hat mir meine Freundin gesagt.«

»Flensburger Engel?«, warf Bala ein.

»Ja, den Eindruck hatte ich auch«, sagte Kim. »Er scheint ja Geld genug zu haben und könnte sich auf die faule Haut legen, irgendwo in der Karibik oder auf einer Jacht im Mittelmeer.«

»Sehr beachtlich, was du da gesammelt hast«, lobte Jella sie.

Kim hob die Hand. »Ich habe noch ein paar Kleinigkeiten. Also: David Jaspers Mutter hat einen Bruder, Ben Kayser, fünfundsechzig, wohnhaft in Kiel. Er ist vorbestraft wegen schweren Betrugs. Vor etwa sechzehn Jahren ist er zu fünf Jahren Haft verurteilt worden und hat drei davon im Gefängnis verbracht. Der Rest wurde auf Bewährung ausgesetzt. Seitdem ist er nicht wieder straffällig geworden beziehungsweise nicht mehr dabei erwischt worden.«

»Sechzehn minus drei ist dreizehn«, rechnete Bala vor. »Also ein Jahr, nachdem er aus der Haft gekommen war, wurde Svenja Behrendt getötet.«

»Was macht dieser Ben Kayser im Moment?«, fragte Jella.

»Ich habe nichts dazu gefunden. Auf die Daten des Finanzamts kann ich ohne Beschluss nicht zugreifen, das Gleiche gilt bei anderen Ämtern. Soll ich bei den Kollegen in Kiel anrufen und fragen, ob sie ihn kennen?«

Jella nickte. »Hat David Jasper bei dir eine Namensliste mit Kontakten abgegeben?«

Kim wollte gerade antworten, als es an der Tür klopfte und Günther Simon eintrat. »Herr Jasper steht am Empfang. Er möchte mit Ihnen sprechen«, sagte er, an Jella gewandt.

Sie stand auf. »Ich komme.«

David lächelte matt, als sie zu ihm trat und ihn begrüßte. »Ich habe die Liste geschrieben. Viele Menschen sind es nicht.« Er reichte ihr zwei Blätter. »Auf dem zweiten Blatt stehen die Daten zu meiner Fortbildung in München. Einen Kollegen, Name und Telefonnummer, habe ich aufgeschrieben; er kann bestätigen, dass ich die ganze Zeit dort war.«

»Hast du schon mit ihm gesprochen?«

»Nein, natürlich nicht.«

Jella sah die Liste durch.

Als sie wieder aufsah, reichte David ihr eine Plastikhülle mit einem weiteren Blatt. »Das ist das Original des Abschiedsbriefs von Evelina. Ich hatte es dir ja schon gemailt.«

»Danke.« Sie zeigte den Flur entlang. »Gehen wir in mein Büro. Meine Kolleginnen sollten das auch hören.«

»Können wir bitte kurz die Männer durchgehen?«, fragte Jella an David gewandt, als sie zu viert im Büro saßen. »Julius Teudis.«

»Wir sind seit der Schulzeit eng befreundet. Julius ist freiberuflicher Grafiker in Flensburg. Er kommt mich häufig auf Föhr besuchen, kennt das Haus und die Umgebung. Es mag sein, dass ich ihm von allen drei Frauen erzählt habe, sicher bin ich mir allerdings nicht. Natürlich bin ich überzeugt, dass er absolut nichts mit dem Tod der drei Frauen zu tun hat. Genau wie bei den folgenden Personen.«

»Hat er einen Schlüssel zu Ihrem Haus?«, fragte Kim. Ihre Stimme klang strenger als normal.

»Niemand außer mir hat einen Schlüssel zu dem Haus.«

»Absolut niemand?«, hakte Jella nach.

David schien einen Moment nachzudenken. »Bis auf meine Reinigungskraft, die allerdings Mitte sechzig ist und wohl kaum als Täterin infrage kommt.«

»Kannst du uns trotzdem Namen und Anschrift aufschreiben?«, bat Jella und reichte ihm Zettel und Kugelschreiber. »Doris Nissen«, las sie vor, als er fertig war. »Sie könnte etwas gesehen oder bemerkt haben, was dir nicht aufgefallen ist. Wie häufig kommt sie, wenn du nicht auf Föhr bist?«

»Überhaupt nicht – es sei denn, ich bin über Monate nicht vor Ort, was aber in den ganzen Jahren nur zwei- oder dreimal vorgekommen ist. Dann schaut sie schon alle paar Wochen nach dem Rechten. Ich rufe sie sonst ein oder zwei Tage, bevor ich nach Föhr fahre, an, dann macht sie sauber und kauft für mich Lebensmittel ein.«

»Johannes Brühn«, las Jella den nächsten Namen von der Liste ab.

»Johannes lebt auf Föhr. Ich kenne ihn schon sehr, sehr

lange. Er ist Elektriker, mit einer eigenen kleinen Firma ohne Angestellte. Um das Büro kümmert sich seine Mutter, er ist bei den Kunden vor Ort.«

»Herr Brühn ist häufiger bei Ihnen zu Hause?«

»Ja, durchaus. In den letzten Monaten hat er sich etwas rar gemacht. Ich glaube, seiner Mutter geht es nicht so gut.«

»Christoph Westphal.«

»Christoph ist Arzt und arbeitet in der Rehaklinik. Wir haben uns damals kennengelernt und hin und wieder etwas unternommen, wenn ich auf Föhr war oder er in Flensburg. Auch er ist häufiger bei mir im Ferienhaus zu Gast gewesen.«

»Martin Holm.«

»Martin ist Lebenskünstler. Im Sommer ist er regelmäßig auf Föhr. Er malt und fotografiert. Hin und wieder hat er einige Wochen bei mir im Gästezimmer geschlafen. Wo er sich im Moment aufhält, weiß ich nicht, aber die Handynummer sollte noch aktuell sein.«

»Hatte er in der Zeit, als er bei Ihnen zu Gast war, einen Haustürschlüssel?«, fragte Kim.

»Ja, ich habe einen zweiten Schlüssel für solche Gelegenheiten. Der hängt im Haus.«

»Darf ich Ihren kurz sehen?«

David nickte, holte einen Schlüsselbund hervor und reichte ihr einen einzelnen Schlüssel davon.

»Keine Nummer oder Kennung eingraviert«, sagte Kim. »Den kann jeder nachmachen lassen.«

»René Laasen«, las Jella den nächsten Namen von der Liste vor.

»Zu René habe ich seit bestimmt fünf Jahren keinen Kontakt mehr, aber ich habe ihn trotzdem notiert. Er ist in meinem Alter. Wir kennen uns schon sehr lange. Seine Eltern hatten hier in Wyk ein Café, das er übernehmen sollte beziehungsweise übernommen hat. Allerdings war er nach zwei Jahren bankrott. Er blieb dann noch eine Weile auf Föhr, bevor er aufs Festland gegangen ist. Das war vor etwa fünf Jahren. Seitdem habe ich keinen Kontakt mehr zu ihm. Seine Handynummer hat er geändert, deshalb steht nur sein Name auf dem Zettel. Er war seinerzeit hin und wieder bei mir zu Besuch. Übernachtet hat er aber nie bei mir.«

»Sven Erken.« Jella ließ das Blatt sinken, nachdem sie den letzten Namen darauf vorgelesen hatte.

»Ja, Sven, er ist einer meiner ersten Klienten in der Rehaklinik gewesen. Nach der Therapie haben wir uns zufällig in Flensburg wiedergetroffen und sind seither gute Bekannte, vielleicht sogar Freunde.«

»Therapie?«, fragte Kim. »Um was ging es dabei?«

»Tut mir leid, darüber kann ich nichts sagen«, unterbrach David sie. »Auch für ihn halte ich meine Hand ins Feuer. Er war ohnehin nur zwei- oder dreimal bei mir auf Föhr zu Besuch, immer nur kurz für einen Nachmittag.«

»Gut«, sagte Jella. »Das sind alle Personen, die du seit mindestens zwölf Jahren kennst und die häufiger in deinem Ferienhaus gewesen sind?«

David nickte.

»Was ist mit deinem Onkel Ben?«

Er zuckte mit den Schultern. »Mit dem Bruder meiner Mutter habe ich quasi nichts zu tun. Er war nur zweimal im Haus auf Föhr, und das ist lange her. Selbst mein Vater wollte nichts mit ihm zu tun haben.«

»Wir werden ihn trotzdem überprüfen«, erklärte Jella. »Kannst du bitte noch einmal in dich gehen? Haben wir jetzt alle Personen, die dir seit über zwölf Jahren nahestehen oder sich in deiner Nähe aufgehalten haben?«

»Ich habe unzählige Klienten, die ich zum Teil über Monate, manchmal auch Jahre betreut habe. Aber zu keinem von ihnen habe ich auch nur im Ansatz einen persönlichen Kontakt. Ich darf dir weder ihre Namen nennen, noch ihre Adressen herausgeben.«

»Lassen wir mal deine Klienten beiseite«, sagte Jella. »Du bist also sicher, dass du nichts und niemanden vergessen hast?«

»Schwören kann ich das nicht.« David legte den Kopf in den Nacken und schloss die Augen. Nach einer Weile sah er sie wieder an. »Es gab da mal eine recht skurrile Begegnung. Ein Mann kam in Flensburg in meine Praxis und behauptete, er wäre mein Halbbruder. Meine Mutter habe ihn in jungen Jahren zur Adoption freigegeben und er habe erst vor wenigen Wochen erfahren, wer sie war. Ich habe ihm kein Wort geglaubt und ihn rausgeworfen. Ich weiß nicht einmal mehr seinen Namen.«

»Wann ungefähr war das?«, fragte Jella.

»Gute Frage. Es ist ewig her.«

»Vor Svenja Behrendt?«

Er überlegte eine Weile. »Würde ich sagen. Aber nicht lange vorher.«

»Hat er Geld gefordert?«, fragte sie weiter.

»Nicht so richtig. *Entschädigung* hat er es genannt. Er könne beweisen, dass er mein Halbbruder sei, wolle aber kein Aufsehen erregen. Erst als ich mit der Polizei drohte, hat er die Praxis verlassen. Ich habe ihn nie wieder gesehen. Wie gesagt, vollkommen skurril. Ich habe nach dem Tod meines Vaters alle Unterlagen meiner Mutter bekommen und durchgeschaut. Da gab es nichts, das auch nur andeutungsweise auf ein weiteres Kind hingewiesen hätte.«

»Du hast nicht nachgeforscht?«

»Nein, natürlich nicht. Das war Unsinn! Ich hätte gar nicht davon erzählen sollen.«

»Wir brauchen noch eine längere Schriftprobe von dir«, sagte Jella zum Abschluss. »Wenn du bitte den Abschiedsbrief von Evelina abschreiben würdest?«

27

»Ich bin keine Expertin, aber der Brief scheint mir nicht von Evelina Munteanu geschrieben worden zu sein«, befand Bala. »Da hat sich jemand nicht mal die Mühe gegeben, ihre Schrift nachzumachen. Ehrlich gesagt hatte ich gleich den Eindruck, dass es eine Männerschrift ist.«

Kim legte David Jaspers Abschrift des Briefes neben das Original. »Entweder kann er seine Handschrift gut verstellen oder er hat den Brief nicht geschrieben.«

»Wir haben in Flensburg einen Schriftsachverständigen, der hin und wieder für uns arbeitet«, sagte Jella. »Er wird sich das anschauen.« Sie legte die drei Blätter in eine verschließbare Plastiktüte. »Wie gehen wir weiter vor?«

»Wir teilen die Personen auf, die er uns genannt hat«, schlug Kim vor. »Recherchieren erst mal, berichten wieder und sehen dann weiter.«

»Sechs Männer und Frau Nissen. Wer will wen?«

»Ich kann die ersten beiden auf der Liste checken, Julius Teudis und Johannes Brühn«, schlug Kim vor.

»Dann nehme ich die nächsten beiden«, entschied Jella. »Den Arzt der Rehaklinik und den Lebenskünstler.«

»Bleiben der ehemalige Cafébesitzer und der Ex-Klient für mich übrig«, sagte Bala mit einem Blick auf die Liste. »Wer unterhält sich mit Frau Nissen?«

»Das kann ich machen«, erklärte Jella und schaute auf die Uhr. »Zwei Stunden, würde ich sagen. Dann gehen wir etwas essen und machen danach weiter.«

Jella startete ihre Recherche bei dem Arzt. Dr. Christoph Westphal war sechsundvierzig Jahre alt und seit dreizehn Jahren in der Rehaklinik angestellt. Unverheiratet, keine Kinder. Aufgewachsen in Hamburg-Harburg, Studium in Lübeck, anschließend Assistenzarzt im dortigen Klinikum. Seine Mutter war gestorben, als er acht Jahre alt war. Sein Vater heiratete nach zwei Jahren erneut und bekam mit der neuen Frau noch zwei weitere Kinder.

Westphal war weder vorbestraft noch gab es anderweitige Einträge in den verschiedenen Datenbanken. Jella kontrollierte, ob während seiner Lübecker Zeit junge Frauen als vermisst gemeldet wurden, die später weder lebendig noch tot aufgefunden werden konnten. Es gab vier Meldungen, die sie sich näher ansah. Die digitalisierten Akten gaben einen Überblick über die Ermittlungen. Nur eine der Frauen hatte einen Bezug zum Klinikum; sie war dort als Krankenschwester tätig gewesen. Jella schrieb sich den Namen auf, rief bei ihren Kollegen in Lübeck an und sprach mit einem Oberkommissar, der seinerzeit die Ermittlungen geleitet hatte.

»Dr. Westphal?«, fragte der Lübecker Kollege. »Nein, der Name ist mir so aus dem Stegreif nicht bekannt. Ich müsste die Akte aus dem Archiv holen. Ist es sehr eilig?«

»Das könnte man sagen. Es wäre fantastisch, wenn Sie …«

»Schon gut«, murmelte der Oberkommissar. »Geben Sie mir Ihre E-Mail-Adresse. Ich gehe gleich mal ins Archiv.«

Die Recherche zu Martin Holm, den David als Lebenskünstler bezeichnet hatte, gestaltete sich schwieriger. Holm war zweiundvierzig Jahre alt, kam gebürtig aus Bayern, war ledig und nie verheiratet. Er hatte keine Kinder. Gemeldet war Holm in Berlin. Unter der Adresse fand Jella zwölf weitere Erwachsene. Sie vermutete, dass es sich um eine Wohngemeinschaft handelte, die es nicht so genau damit nahm, wer bei ihnen tatsächlich ein Zimmer besaß beziehungsweise sich nach dem Auszug ordnungsgemäß abmeldete.

Holm hatte in den vergangenen Jahren mehrfach in einer Galerie auf Föhr Fotos ausgestellt. Auf seiner Webseite wurden Postkarten und großformatige Poster mit Inselmotiven zum Kauf angeboten. Er war wegen Drogenbesitzes und Landfriedensbruchs verurteilt worden.

Als Letztes suchte Jella nach Daten zu Doris Nissen. Sie war vierundsechzig, verwitwet, kinderlos und seit achtunddreißig Jahren in Wyk auf Föhr gemeldet. Gebürtig kam sie aus Stade in Niedersachsen. Sie war weder vorbestraft noch fand Jella sie in den verschiedenen Datenbanken von Polizei und Justiz.

Sie tippte die Ergebnisse ihrer Recherchen ab und druckte alles aus, als der Kollege aus Lübeck zurückrief.

»Sie fragten nach einer vermissten Frau und in dem Zusammenhang nach einem Dr. Westphal, der damals in derselben Klinik gearbeitet hat.«

»Richtig. Haben Sie etwas gefunden?«

»Ein Dr. Westphal taucht nirgendwo in den Akten auf. Ich gehe davon aus, dass er nicht befragt wurde – vermutlich, weil er nicht in der gleichen Abteilung arbeitete wie die vermisste Frau. Letztlich ist das aber unerheblich, da sie einen Monat nach der Vermisstenmeldung gefunden wurde, eindeutig Suizid. Offensichtlich ist bei der Digitalisierung etwas schiefgelaufen. Tut mir leid, Frau Kollegin.«

»Kann passieren. Vielen Dank für die schnelle Info. Falls Sie mal etwas aus Flensburg brauchen, melden Sie sich bei mir.«

»Werde ich. Viel Glück bei den Ermittlungen.«

Der Blick auf die Uhr verriet Jella, dass sie für ihre Recherchen eineinhalb Stunden gebraucht hatte. »Wie weit seid ihr?«, fragte sie die beiden anderen.

»Ich brauche sicher noch eine Stunde«, erwiderte Kim.

»Ich bin auch noch nicht fertig«, sagte Bala.

»Dann werde ich kurz zu Frau Nissen fahren. Anschließend gehen wir dann essen.«

»Vielen Dank, dass Sie sich die Zeit nehmen, um mit mir zu sprechen.« Frau Nissen hatte sie ins Wohnzimmer gebeten, wo Jella jetzt auf dem Sofa saß.

Doris Nissen sah sie unsicher an. »Ich weiß gar nicht, ob ich mit Ihnen über Herrn Jasper und sein Haus reden darf. Weiß er denn Bescheid?«

»Ja, er hat mir Ihre Telefonnummer gegeben. Rufen Sie ihn doch kurz an und fragen Sie ihn.«

Doris Nissen zögerte, stand aber schließlich auf und verließ den Raum. Kurz darauf hörte Jella sie leise mit jemandem sprechen. Wenig später kehrte sie in das Wohnzimmer zurück und setzte sich in den Sessel gegenüber von Jella. Sie lächelte und wirkte erleichtert.

»Darf ich Ihnen ein paar Fragen stellen, Frau Nissen?«

»Ja, natürlich. Herr Jasper hat mir ausdrücklich erlaubt, Ihnen zu antworten.«

»Sie sorgen schon viele Jahre für Herrn Jaspers Haus?«

»Oh ja, das sind schon fast dreißig Jahre. Damals lebte noch Herr Jasper senior. Er hat mich seinerzeit gebeten, mich um das Haus zu kümmern, wenn niemand dort war, und alles vorzubereiten, wenn er mit seinem Sohn nach Föhr kam.«

»Herr Jasper sagte mir, dass Sie einen eigenen Schlüssel für das Haus haben.«

Doris Nissen nickte. »Ja, das muss ich ja. Den habe ich schon die ganzen Jahre.«

»Wo bewahren Sie den Schlüssel normalerweise auf?«

»Im Schlüsselkasten im Flur.«

»Sie haben ihn nie jemandem gegeben oder ausgeliehen?«

»Nein, natürlich nicht. Das ist doch selbstverständlich. Wenn Handwerker ins Haus mussten und Herr Jasper nicht auf Föhr war, habe ich sie reingelassen und bin so lange geblieben, bis alles erledigt war.«

»Herr Jasper hat mir von einer jungen Frau erzählt, die vor etwa neun Jahren für einige Wochen in seinem Ferienhaus gewohnt hat.«

»Ja, ich erinnere mich.«

»Haben Sie mit Frau Munteanu gesprochen?«

»Ich weiß nur noch den Vornamen. Evelina. Natürlich habe ich mit ihr gesprochen. Ich war einige Male dort und habe nach dem Rechten gesehen. Saubermachen musste ich ja nicht, das hat Evelina selbst gemacht, aber Herr Jasper hatte mich gebeten, mich etwas um die junge Frau zu kümmern. Sie konnte schon halbwegs Deutsch, weil sie seit einigen Monaten im Land war.«

»Hat Evelina Ihnen erzählt, was sie vorhatte?«

»Am Anfang war sie sehr durcheinander. Warum, weiß ich nicht. Dann ging es ihr besser und sie hat sich bei der Rehaklinik als Köchin beworben. Ich habe ihr das empfohlen und ihr auch bei der Bewerbung geholfen. Sprechen und schreiben sind ja zwei unterschiedliche Sachen.«

»Hat sie die Arbeit bekommen?«, fragte Jella.

»Ja, und deshalb habe ich mich auch so gewundert, als sie plötzlich weg war – von einem Tag auf den anderen, obwohl sie doch in der Klinik hätte anfangen können. Als Herr Jasper wieder nach Föhr kam – er konnte zu der Zeit nicht so häufig kommen –, ging es ihm genauso. Er hat mich angerufen und gefragt, ob ich wüsste, was passiert ist. Wusste ich aber nicht. Jeden Tag war ich ja auch nicht bei Evelina. Sie war doch eine erwachsene Frau und wusste sich zu helfen. Das habe ich gleich gesehen und auch Herrn Jasper gesagt. Er hat sich sehr um die junge Frau gesorgt, müssen Sie wissen.«

»Wusste Herr Jasper davon, dass Evelina sich bei der Rehaklinik beworben hat?«

Doris Nissen senkte den Kopf und schien zu überlegen. »Ich denke schon. Er hat ja früher selbst da gearbeitet. Warum sollte sie ihm das nicht erzählt haben.«

»Sie haben nicht mit Herrn Jasper darüber gesprochen, dass Evelina sich dort beworben hat?«

»Das ist jetzt lange her, aber ich glaube nicht. Ich bin wohl davon ausgegangen, dass er es wusste. Aber genau weiß ich es nicht mehr.«

»Ist Ihnen während der Zeit, in der Frau Munteanu hier gewohnt hat, jemand am oder im Haus aufgefallen?«, fragte Jella weiter. »Hatte sie je Besuch oder hat sie davon gesprochen?«

»Nein, ich habe niemanden gesehen. Wer sollte das auch sein? Ich glaube nicht, dass Evelina viel außer Haus war. Sie hat eingekauft, Lebensmittel und so, aber sonst, nein, ich habe hier nie jemanden bemerkt. Sie hat mir auch nichts davon erzählt.«

»Hätte Sie?«

»Ich glaube schon.« Doris Nissen lächelte milde. »Ich mochte sie sehr und ich glaube, Evelina war froh, dass sich jemand um sie gekümmert hat.« Sie hielt inne und schien sich an die Zeit vor neun Jahren zu erinnern. »Sie war schwanger, aber das wissen Sie sicher von Herrn Jasper.«

»Ja, das hat er mir erzählt.«

»Ich habe es zunächst gar nicht bemerkt, weil man den Babybauch kaum sah. Später habe ich Evelina nach dem Vater gefragt, aber wollte nicht darüber sprechen. Ich habe damals angenommen, dass sie sich mit ihm zerstritten hat oder die beiden nur kurz zusammen waren.«

»Evelina wollte also hier auf Föhr bleiben?«

»Ich glaube, sie wusste noch nicht richtig, wie es weitergehen sollte. Das mit der Schwangerschaft war ganz sicher so nicht geplant und, nun ja, sie war doch sehr jung. Ich habe sie auch einige Male gefragt, ob sie nicht zurück zu ihrer Familie nach Rumänien fahren wolle, aber so richtig habe ich auch da keine Antwort bekommen.«

»Ich muss Sie noch einmal fragen, und es ist wirklich wichtig, Frau Nissen: Haben Sie den Haustürschlüssel irgendwann jemandem gegeben? Einem Handwerker oder einer anderen Person, die etwas in dem Haus erledigen sollte? Vielleicht waren Sie einmal krank und haben jemanden ge…«

»Nein«, unterbrach Doris Nissen sie. »Ganz bestimmt nicht. Ich habe den Schlüssel wie meinen eigenen gehütet. Ach, noch mehr! Wissen Sie, wie peinlich es mir gewesen wäre, wenn da was passiert wäre, weil ich mit dem Schlüssel geschlampt habe? Nein, ganz bestimmt nicht, Frau Jensen.«

Jella zog das Foto von Svenja Behrendt aus der Mappe, die sie mitgebracht hatte, und reichte es Frau Nissen. »Kennen Sie diese Frau?«

Doris Nissen musterte die Aufnahme. Nach einer Weile sah sie auf und schien zu zögern. »Wer ist das denn?«

»Kennen Sie die Frau?«, wiederholte Jella ihre Frage. Sie spürte, dass Frau Nissen etwas zurückhielt.

»Es kann sein, aber genau erinnere ich mich nicht.«

»An was erinnern Sie sich denn?«

Doris Nissen schwieg.

»Frau Nissen, es ist wichtig, dass Sie mir alles sagen – auch im Interesse von Herrn Jasper.«

»Hat er denn von dieser Frau erzählt?«, fragte sie leise.

Jella beschloss, ihr ein Stück entgegenzukommen. »Ja, es ist eine Bekannte von Herrn Jasper.«

»Es kann sein, dass ich sie im Ferienhaus gesehen habe.« Doris Nissens Stimme war kaum noch zu verstehen.

»Wann war das?«

»Wie gesagt, ich weiß nicht genau, ob es diese Frau war.«

»Wann genau war das, Frau Nissen?«

»Das ist noch länger her als Evelina. Zehn, elf oder mehr Jahre. Ich wollte nur kurz im Haus nachschauen, ob ich mein Portemonnaie dort vergessen hatte. Sie kam in die Küche, als ich …«

»Um welche Uhrzeit war das?«, hakte Jella ein.

»Es war früh. Ich wusste nicht, dass Herr Jasper auf Föhr war. Er hatte wohl vergessen, es mir zu sagen.«

»Wie war die Frau gekleidet?«

»Sie hatte nicht viel an.« Doris Nissen schien es peinlich zu sein, darüber zu reden. »Nur einen Slip. Ich bin dann auch gleich wieder gegangen. Habe mich natürlich entschuldigt. Mir war es sehr unangenehm, müssen Sie wissen.«

»Hat Herr Jasper Sie auch gesehen?«

Doris Nissen schüttelte den Kopf. »Nein, ich glaube, er hat noch geschlafen.«

»Haben Sie die Frau noch einmal getroffen?«, fragte Jella weiter.

Doris Nissen schüttelte erneut den Kopf. »Nein, nie wieder. Herr Jasper hat mich noch am selben Tag angerufen und gesagt, dass er vergessen habe, mich zu informieren.«

Sie erschrak. »Also, dass er auf Föhr ist. Er hat mich dann gebeten, im Haus sauberzumachen … und er sagte, dass er die nächsten drei Wochen nicht mehr auf Föhr sein werde.«

»Wann kam Herr Jasper wieder?«

»Das hat noch länger gedauert, als er es mir am Telefon gesagt hatte. Genau weiß ich es aber nicht mehr vielleicht vier oder fünf Wochen? Ungefähr so.«

Jella schaltete die Tonaufnahme ihres Handys aus, stand auf und wartete, bis Doris Nissen zu ihr trat. »Vielen Dank, Frau Nissen, und machen Sie sich bitte keine Sorgen. Sie haben Herrn Jasper sehr geholfen.«

Schweigend begleitete Doris Nissen sie zur Haustür. Aus dem Augenwinkel sah Jella eine Reihe eingerahmter Farbfotos an der Wand hängen. Auf fast allen schien Doris Nissen mit anderen Personen fotografiert worden zu sein. Jella tippte auf eine Frauengruppe, die gemeinsam Reisen unternahm.

An der Tür reichte Jella Doris Nissen die Hand und bedankte sich noch einmal bei ihr. »Sie werden noch ein Protokoll unterschreiben müssen. Vielleicht können Sie morgen oder übermorgen kurz in der Polizeistation vorbeikommen?«

28

»Ich würde heute gerne für alle bezahlen«, sagte Jella, als sie zu dritt in einer Pizzeria saßen und die Speisekarte studierten. »Sozusagen als Einstand.«

Bala lächelte. »Oh, danke!«

Kim hob die Daumen und grinste. »Dann muss ich ja doch die teuerste Pizza nehmen.«

Jella lachte. »Wenn es nicht die mit Blattgold verzierte ist.«

Kim sah demonstrativ in ihre Speisekarte. »Hast Glück gehabt. So eine schöne goldene Pizza steht nicht auf der Karte.«

Bala rollte mit den Augen. »Können wir jetzt bestellen? Ich habe Hunger.«

Eine Stunde später verließen sie gut gelaunt das Restaurant, kauften sich in der Nähe ein Eis in der Waffel und liefen über die Promenade zurück zur Polizeistation.

»Allerhöchstens zwei Stunden«, schlug Jella vor, als sie wieder im Büro saßen. Sie berichtete von ihren Recherchen zu Christoph Westphal und Martin Holm sowie der Befragung von Doris Nissen.

»Klingt so, als wenn das die Angaben von Herrn Jasper bestätigen würde«, meinte Bala. »Ist es denn glaubwürdig, dass Frau Nissen so sorgfältig mit dem Hausschlüssel umgegangen ist?«

»Zumindest glaubt sie das. Allerdings hängt der Schlüssel in einem Kasten im Flur, der nicht abschließbar ist – und sie ist weit über zwanzig Jahre dort tätig. In der Zeit kann schon mal etwas passiert sein.«

»Was wir nicht herausfinden werden«, warf Kim ein. »Keine Verwandten, keine Kinder?«

»Nein, sie war Einzelkind und ihr verstorbener Mann auch. Selbst hat sie keine Kinder und …« Jella stutzte. Sie hatte den Faden verloren. *Warum?* Ein Gedanke hatte sie durcheinandergebracht, sich aber gleich wieder verflüchtigt. »Also, ich glaube, wir können Frau Nissen von der Liste streichen.«

»Okay, soll ich weitermachen?«, fragte Kim und fuhr nach dem Nicken ihrer Kolleginnen fort: »Julius Teudis, der Grafiker aus Flensburg, Jugendfreund von David Jasper und im gleichen Alter wie er. Teudis war früh verheiratet und hat sich nach fünf Jahren scheiden lassen. Die Ehe war kinderlos. Er arbeitet als Freelancer und taucht dadurch auf den Seiten vieler Firmen auf. Ich habe mich durch die sozialen Medien gewühlt und ihn hier und da gefunden – viele Fotos von Urlauben in aller Welt. Er scheint es sich gut gehen zu lassen und das mit dem Arbeiten nicht ganz so eng zu sehen.«

»Frauen?«, fragte Jella.

»In den sozialen Medien? Wenig bis gar nichts. Allerdings scheint er nicht schwul zu sein. Zumindest habe ich nichts entdeckt, das darauf hindeuten würde. Er ist weder vorbestraft noch taucht er in Ermittlungsakten auf. Wir werden mit ihm sprechen müssen, aber viel Hoffnung habe ich nicht, dass er etwas damit zu tun hat.«

»Nummer zwei«, drängelte Bala mit Blick auf die Uhr.

Kim schmunzelte. »Bin schon dabei. Johannes Brühn, Elektriker auf Föhr, mit kleiner Firma, sprich: Er arbeitet allein, hat aber einen Auszubildenden. Seine Adoptiveltern sind vor fast fünfzig Jahren nach Föhr gekommen. Der Vater hat eine Elektrofirma aufgemacht und sie haben ein Haus gebaut. Johannes war damals eineinhalb Jahre alt, Mutter wie Vater drogenabhängig. Als die Mutter an einer Überdosis starb, ist Johannes zuerst kurz in ein Kinderheim gekommen und ist anschließend von den Brühns adoptiert worden. Zu dem Zeitpunkt war Johannes Brühns Vater auch an einer Überdosis gestorben.«

»Hat er Vorstrafen?«, fragte Bala.

»Ja. Er stand wegen Körperverletzung vor Gericht und wurde zu einem halben Jahr auf Bewährung verurteilt. Er hatte seine Freundin geschlagen, die sich von ihm trennen wollte: Nasenbein gebrochen, Prellungen am ganzen Körper. Nur das Eintreffen der Kollegen hat wohl noch Schlimmeres verhindert.«

»Lebt er jetzt in einer Beziehung?«

»Das konnte ich nicht herausbekommen. Verheiratet ist er nicht, und auf die Adresse seines Elternhauses, wo er zusammen mit seiner Adoptivmutter lebt, ist keine weitere Person eingetragen. Er hat keine Kinder und … ja, sein Alter habe ich noch vergessen: zweiundvierzig Jahre.«

»Hast du auch zu ihm in den sozialen Medien recherchiert?«

»Ja, aber ich hatte nicht mehr genug Zeit. Auf die Schnelle habe ich nichts gefunden. Ich würde ihn auch eher auf Dating-Apps als auf Facebook oder Instagram vermuten, aber das ist nur so ein Gefühl.«

»Mit Brühn werden wir auf jeden Fall sprechen müssen«, befand Jella und wandte sich an Bala. »Wie sieht es bei dir aus?«

»Ich fange mal mit René Laasen an. Er ist derjenige, der

das elterliche Café in den Sand gesetzt hat. Laasen ist nicht mehr auf Föhr gemeldet. Seine letzte bekannte Adresse ist in Hamburg; allerdings ist er dort vom Vermieter abgemeldet worden, sprich: Er ist entweder untergetaucht, obdachlos oder beides. Natürlich könnte er auch ins Ausland gegangen sein, ohne sich ordnungsgemäß umzumelden. Ich habe in den sozialen Medien nach ihm gesucht, nachdem ich auf dem …« Sie malte Anführungszeichen in die Luft. »… ›normalen‹ Weg nichts gefunden hatte, aber leider auch hier keine Spur von ihm.«

»Vorbestraft oder anderweitig aktenkundig?«, fragte Jella.

»Ja, harmlosere Delikte wie wiederholter Diebstahl in Supermärkten, Streitereien, die in handfesten Auseinandersetzungen endeten, Drogenbesitz. Es scheint, als sei er nach der Insolvenz abgerutscht.«

»Sieht ganz danach aus«, warf Kim ein. »Was ist mit den Eltern?«

»Der Vater von René Laasen ist vor sieben Jahren gestorben, die Mutter zu ihrer Schwester nach Kiel gezogen. Ich habe sie telefonisch erreicht, aber sie hat seit zwei Jahren keinen Kontakt mehr zu ihrem Sohn, und auch davor hat sie nur hin und wieder Anrufe bekommen, in denen es in aller Regel um Geld ging.« Bala hob entschuldigend die Hände. »Ich bin mit meinem Latein am Ende. Wenn Laasen etwas damit zu tun hat, wird es schwierig mit den Ermittlungen.«

»Wir stellen René Laasen erst mal zurück«, schlug Jella vor. »Du könntest noch eine Anfrage an LKA und BKA stellen, ob sie etwas über seinen Aufenthaltsort wissen. Mehr können wir im Moment nicht machen.«

»Okay. Meine Nummer zwei ist Sven Erken, der ursprünglich ein Klient von David Jasper war und sich nach der Therapie mit ihm angefreundet hat. Erken ist vierundvierzig, verheiratet und hat zwei Kinder mit seiner Ehefrau. Sie sind neun und zwölf Jahre alt.«

»Also jeweils in den Jahren geboren, in denen Svenja Behrendt und Evelina Munteanu getötet wurden«, warf Kim ein.

»Das ist mir auch aufgefallen. Sven Erkens Frau war beide Male im achten beziehungsweise siebten Monat schwanger.«

»Hast du weitere Daten über Erken?«, fragte Jella.

»Ja. Er hat Informatik studiert und arbeitet bei einer IT-Firma in Flensburg. In den sozialen Medien ist er mit den üblichen Dingen vertreten. Außerdem habe ich ihn auf der Homepage eines Handballvereins gefunden, wo er im Vorstand ist und sich auch um den Internetauftritt kümmert. Seine Frau arbeitet als Steuerberaterin. Die Familie wohnt im eigenen Haus, das sie vor fünf Jahren gebaut hat.«

»Klingt alles nach glücklicher Familie«, sagte Kim, »aber hinter solchen Fassaden brodelt es häufig so richtig.«

Bala rollte mit den Augen. »Du scheinst dich damit ja auszukennen.«

»Nicht aus eigener Erfahrung, das gebe ich gerne zu, aber meine Frau kommt aus solch einer gutbürgerlichen Familie. Von daher habe ich quasi dort eingeheiratet.«

»Konzentrieren wir uns auf die Fakten«, sagte Jella. »Erst mal wirkt Sven Erken unverdächtig. Trotzdem sollten wir ihn befragen.« Sie sah auf ihre Notizen. »Damit haben wir zwei Befragungen in Flensburg. Ich würde vorschlagen, dass ihr euch morgen auf den Weg macht und die beiden Männer dort befragt. Ich werde mit Dr. Westphal und Jo-

243

hannes Brühn sprechen und mich darum kümmern, dass ich Martin Holm auftreibe.«

Bala und Kim nickten. Sie sprachen noch die Strategie der Befragungen ab und tranken anschließend etwas in einer Bar an der Strandpromenade, bevor sie sich gemeinsam auf den Weg zum Hotel machten.

29

Kim stellte sich auf die Zehenspitzen, um einen besseren Überblick zu haben. Sie stand mit zwei Bechern Kaffee in den Händen im Zwischendeck der Fähre aufs Festland und suchte Bala, die sich bereits an einen der Tische gesetzt hatte. »Da bist du ja«, sagte sie am Ende ihrer Suche und setzte sich.

»Sorry, ein Anruf meiner Mutter. Ich wollte eigentlich stehen bleiben, damit du mich besser findest.«

»Kein Thema.« Kim schob ihr einen Becher über den Tisch. »Ihr telefoniert häufig, oder?«

»Ja. Normalerweise bin ich nie so lange von zu Hause weg.« Bala lächelte bemüht. »Und es gibt etwas Stress mit meinem Vater. Er ist sehr konservativ.«

»Heiraten, Kinderkriegen, den Mann umsorgen?«

»Ja, so in etwa.« Bala trank einen Schluck Kaffee. »Er kriegt sich schon wieder ein.« Sie seufzte. »Sei froh, dass du mit solchen Sachen nichts zu tun hast.«

Kim dachte an ihr Gespräch mit Greta zurück, die sie noch spät in der Nacht angerufen hatte. Minutenlang ging es um die Frage, wann der Einsatz auf der Insel endlich beendet sein würde. Nachdem Kim versprochen hatte, sich so schnell wie möglich einen Tag freizunehmen, kam Greta erneut auf ihren Kinderwunsch zu sprechen. Sie habe sich Unterlagen einer Samenbank zuschicken lassen und wolle sich bald vor Ort beraten lassen.

Allein das Wort *Samenbank* ließ Kim einen Schauer über

den Rücken laufen. Entsprechend wortkarg hatte sie auf Gretas Ankündigung reagiert und dadurch einen neuen Streit provoziert. »Du brauchst einen Mann, der akzeptiert, dass du weiter in deinem Beruf arbeitest«, sagte sie nun zu Bala.

»Woher nehmen und nicht stehlen?«, murmelte ihre Kollegin mit gesenktem Kopf. Schließlich sah sie auf. »Das ist doch ein deutsches Sprichwort.«

Kim zuckte mit den Schultern. »Wohl eher eine Redensart. Gibt es das im Kurdischen nicht?«

Bala schüttelte den Kopf. »Nein. Zumindest kenne ich es nicht. So richtig bin ich in der Sprache auch nicht heimisch. Meine Eltern haben darauf geachtet, dass ich möglichst viel Deutsch rede.«

»Schon merkwürdig, oder? Deine Muttersprache, aber eigentlich auch nicht. Dein Land, aber eigentlich auch nicht. Ich fühle mich in Deutschland nicht immer wohl, aber irgendwie ist man dann doch über die Sprache und das eine oder andere damit verbunden.«

»Geht schon«, sagte Bala. »Ich bin nicht die Einzige, deren Eltern aus ihrem Land flüchten mussten oder dort nicht leben und arbeiten können. Wir sind viele Millionen auf der ganzen Welt.«

»Ja, trotzdem traurig, was Menschen wegen anderer Menschen erleiden müssen.«

Bala schwieg.

»Und? Ziehst du jetzt aus?«, fragte Kim.

»Nein, eigentlich nicht.«

Kim grinste. »Wie kann man ›eigentlich nicht‹ ausziehen?«

»Du verstehst das nicht. Das ist meine Familie, meine Eltern, meine Brüder. Das ist quasi meine Heimat, nicht so sehr dieses Land.«

»Nein, Familie ist nichts, wonach ich mich sehne«, sagte Kim leise und mehr zu sich selbst. »Liebe ja, aber Familie als Zwang würde ich nicht aushalten.«

»*Zwang?* Das ist das falsche Wort. Klar, man muss reichlich Kompromisse machen, und ja, meine Eltern haben eigentlich immer das letzte Wort. Das gehört aber irgendwie dazu.«

»*Eigentlich, irgendwie.* Hättest du geheiratet, würdest du doch auch nicht mehr zu Hause wohnen. Wo ist da der Unterschied?«

»Es sind meine Eltern. Sie haben mich großgezogen und standen immer an meiner Seite. Ich will sie nicht enttäuschen, aber …« Bala brach ab.

Kim nickte und entschied, sich zurückzuhalten. Auf der einen Seite fand sie Balas Treue zur Familie rührend und zollte ihr Respekt dafür, dass sie sich so auf die Situation einließ und zurücksteckte. Auf der anderen Seite ging Kim fest davon aus, dass Bala den Konflikt zwischen Arbeit und Familie nicht weglächeln konnte. Über kurz oder lang würde sie ausziehen müssen – und das schien für sie ein viel größerer Schritt zu sein, als Kim es sich jemals hätte vorstellen können. »Hoffentlich findest du eine Lösung«, sagte sie schließlich. »Du hängst schließlich sehr an deinem Job. Zumindest wirkt es so auf mich.«

»Ja, natürlich. Ich will weiter Polizistin sein. Und das werde ich auch.«

Sven Erken empfing sie in seinem Büro mit Blick auf den Flensburger Hafen. Auf der Fahrt von Dagebüll hatte Bala auf seinem privaten Handy angerufen, um Kim und sich anzukündigen. Erken bat darum, sich in seinem Büro zu treffen, da er, obwohl Samstag, noch arbeiten müsse. Sie machten einen Termin um zehn Uhr aus. Jetzt kam Erken lächelnd auf sie zu und reichte zunächst Bala und anschließend Kim die Hand. Kim gab ihm ihre Visitenkarte und stellte sich und Bala vor.

»Polizei? Jetzt bin ich aber gespannt, was Sie von mir wollen.« Sven Erken war klein für einen Mann und hatte dunkelblondes halblanges Haar, das er im Nacken zusammengebunden trug. Mit seinem Dreitagebart machte er auf Kim eher den Eindruck eines Kreativen als eines Informatikers. »Oh, entschuldigen Sie. Ich habe Ihnen gar nichts zum Trinken angeboten.« Er sah Bala und Kim fragend an.

»Einen Latte, wenn Sie haben«, sagte Kim.

Bala schloss sich ihr an. Wenige Minuten später brachte eine junge Frau drei Latte macchiato in Erkens Büro und verteilte sie auf dem Tisch. »Herr Erken«, sagte Bala, nachdem die Mitarbeiterin das Büro wieder verlassen hatte, »wir ermitteln auf Föhr und haben Ihre Adresse von Herrn Jasper bekommen.«

»David? Was ist passiert? Ist er in Schwierigkeiten?«

»Sie sind eine der Personen, die sich regelmäßig mit Herrn Jasper treffen und ihn auch auf Föhr besuchen. Ist das richtig?«

»Ja, könnte man so sagen. Aber worum geht es denn jetzt?« Er hielt kurz inne. »Oder dürfen Sie mir das nicht sagen?«

»Sie haben von den Leichenfunden auf Föhr gehört?«

»Ja, gelesen, aber viel stand da nicht. Was hat David damit zu tun? Was habe ich damit zu tun?«

»Alle drei Frauen hatten Kontakt zu Herrn Jasper. Wir befragen jetzt alle Personen, die eine Verbindung zu Herrn Jasper und Föhr haben.«

Sven Erken sah sie mit weit aufgerissenen Augen an.

»Das ist nicht ihr Ernst, oder? Sie verdächtigen mich, diese Frauen …« Er fuhr sich mit der Hand über die Haare. »Was soll ich …« Kopfschüttelnd brach er ab.

»Sie werden nicht als Verdächtiger vernommen, sondern als Zeuge«, sagte Bala. »Kann ich Ihnen jetzt ein paar Fragen stellen?«

Sven Erken nickte.

»Sie kennen Herrn Jasper schon seit über zwölf Jahren?«

»Ja.«

»Sie sind in dieser Zeit regelmäßig auf Föhr zu Besuch gewesen?«

Sven Erken seufzte und antwortete erst nach einer Weile. »Regelmäßig? Nein, sicher nicht. Wie es sich halt ergab. David und ich sind eng befreundet. Weit ist es ja nicht bis Dagebüll, und die Fähren fahren regelmäßig. Da lohnt sich auch mal ein Tagesausflug, wenn man die erste und die letzte Fähre nimmt.«

»Die erste Frau wurde vor zwölf Jahren als vermisst gemeldet.« Bala nannte ihm das genaue Datum.

»Und? Soll ich mich jetzt erinnern, was ich damals gemacht habe?« Sven Erken wirkte ungehalten.

Kim beugte sich leicht vor. »Herr Erken, wir würden es sehr begrüßen, wenn Sie schlicht und einfach unsere Fragen beantworteten. Natürlich ist uns klar, dass sie nicht aus dem Stegreif sagen können, wo Sie sich an einem bestimmten Tag vor etlichen Jahren aufgehalten haben. Trotzdem wäre etwas Kooperation vorteilhaft.«

»Schon gut«, murmelte er. »In eine solche Situation kommt man nun mal nicht alle Tage.« Er rieb sich mit der Hand über die Stirn und schien nachzudenken. »Zu der Zeit hat meine Frau unser erstes Kind erwartet. Sie war … ja, im siebten oder achten Monat schwanger. Ich glaube kaum, dass ich zu der Zeit häufig auf Föhr war.«

Bala legte ihm ein Foto von Svenja Behrendt vor. »Kommt Ihnen diese Frau bekannt vor?«

Er nahm die Aufnahme in die Hand, betrachtete sie eine Weile und schüttelte dann den Kopf. »Nein, diese Frau kenne ich nicht.«

Bala legte ihm das nächste Foto vor: Evelina Munteanu. Auch diese Aufnahme musterte Sven Erken eine Weile, bevor er den Kopf schüttelte. »Nein, nie gesehen.«

»Haben Sie jemals das Haus von Herrn Jasper allein bewohnt? Hat er es Ihnen vielleicht mal als Ferienhaus zur Verfügung gestellt?«

»Ja, einige Male. Das waren immer nur ein paar Tage.«

»Sie hatten dann also den Schlüssel zum Haus?«

Sven Erken zögerte und schien zu überlegen, was er antworten sollte. »Das wird wohl so gewes… Nein, jetzt erinnere ich mich: Die Dame, die sich um das Haus kümmert, hat mir jeweils aufgeschlossen. Im Haus liegt ein Zweitschlüssel. Den habe ich dann immer zurückgelassen.«

»Sie hatten also durchaus über längere Zeit Zugang zu dem Schlüssel?«, fragte Kim.

»Was sollen diese Fragen, Frau …?«

»Gerst.« Kim lächelte. »Meine Visitenkarte liegt vor Ihnen.«

Sven Erken schob die Visitenkarte zur Seite. »Das macht Ihre Frage auch nicht intelligenter.«

Kim entschloss sich, Erken etwas unter Druck zu setzen. »Das Haus könnte eine zentrale Rolle bei allen Fällen gespielt haben. Um den Hausschlüssel nachzumachen, braucht ein Schlüsseldienst nur wenige Minuten. Genau da haben wir nachgehakt, und siehe da: Wir haben jemanden gefunden, der sich an genau diesen Schlüssel erinnern konnte. Sie stellen uns sicher gerne ein Foto von sich zur Verfügung, damit wir abklären können, ob der Herr beim Schlüsseldienst Sie wiedererkennt?«

Sven Erken schien bei Kims letzten Worten die Luft anzuhalten. Schließlich atmete er hektisch ein und schüttelte sich. »Ich glaube kaum, dass ich dazu verpflichtet bin.«

»Nein, natürlich nicht«, sagte Kim ruhig. Aus dem Augenwinkel hatte sie Bala beobachtet. Die hatte keine Miene verzogen, als Kim die erfundene Geschichte von dem Schlüsseldienst präsentierte. »Aber einer Gegenüberstellung können Sie leider nicht fernbleiben. Einfacher wäre also das Foto.«

Sven Erken machte eine abfällige Handbewegung. »Dann nehmen Sie einfach mein Foto von der Firmenhomepage. Reicht das?«

Kim nickte lächelnd. »Zunächst schon. Dann sehen wir weiter.«

Bala reichte Sven Erken ein Blatt, auf dem die mutmaßlichen Zeiträume standen, zu denen die Frauen verschwunden waren. »Es wäre gut, wenn Sie nachschauen könnten, wo Sie sich zu diesen Zeiten aufgehalten haben. Vielleicht besitzen Sie alte Terminkalender oder andere Unterlagen, aus denen es hervorgeht. Das würde uns unsere Arbeit ausgesprochen erleichtern.«

Sven Erken griff nach dem Zettel, warf einen schnellen Blick darauf und sah erstaunt auf. »Drei? Sind drei Frauen ermordet worden?«

»Davon gehen wir im Moment aus. Ich möchte Sie allerdings bitten, diese Information für sich zu behalten. Kann ich mich darauf verlassen?«

»Wenn es der Gerechtigkeit dient.«

»So ein Arsch«, murmelte Kim, als sie wieder im Auto saßen, und schlug mit der Hand aufs Armaturenbrett. »Verdammt! Haben wir die Sache falsch angepackt? Hätten wir mit einer anderen Strategie …« Sie verstummte und ließ sich in den Sitz zurückfallen.

»Jeder halbwegs intelligente Mensch würde den Grund für die Befragung wissen wollen. Wir hatten keine andere Wahl, als mit offenen Karten zu spielen. Das haben wir doch alles mit Jella abgesprochen.«

Du Schoßhündchen, schoss es Kim durch den Kopf. »Jella hängt da viel zu tief mit drin. Das mit diesem Psychotherapeuten ist doch ein…«

»Kim!«, fiel Bala ihr ins Wort. »Wir haben uns gemeinsam für diesen Weg entschieden. Jetzt steh auch dazu und knick nicht gleich bei den ersten Problemen ein. Es reicht schon, dass du diese Sache mit dem Schlüsseldienst erfunden hast. Das kann uns noch schön auf die Füße fallen.«

»Nicht, wenn du dichthältst«, murmelte Kim.

»Keine Angst – mitgehangen, mitgefangen.« Bala hielt kurz inne. »Und jetzt lass uns mit diesen Streitereien aufhören und wieder an die Arbeit gehen.« Sie lächelte. »Deine Idee mit dem Schlüsseldienst ist ja gar nicht so schlecht. Einen Versuch wäre es auf jeden Fall wert.«

»Sorry«, sagte Kim zerknirscht. Sie hatte wieder einmal überreagiert. Wenn sie Jella kritisieren wollte, sollte sie es ihr sagen und nicht an Bala auslassen. »Ich bin manchmal zu schnell mit meinem Mundwerk. Etwas mehr Nachdenken wäre in diesem Fall wohl besser gewesen.«

»Alles gut«, beruhigte Bala sie. »Jeder fährt mal aus der Haut. Die Anspannung der letzten Tage braucht ein Ventil.«

»Mag sein. Vielleicht brauche ich auch eine kurze Auszeit. Ob Jella es mir wohl verübelt, wenn ich dich später an der Fähre absetze und erst morgen zurückkomme? Ich glaube, es wäre gut, wenn ich eine Nacht in Schleswig verbringen würde.«

»Das ist sicher kein Problem. Heute Nachmittag wird nicht mehr viel passieren und falls Jella noch jemanden auf Föhr befragen will, kann ich ja mitgehen.«

»Vielleicht sollte ich Jella doch vorher anrufen. Sie geht auch immer fair mit uns um.«

»Übrigens, ich finde es toll, wenn du bei deiner Frau vorbeischaust«, sagte Bala. »Sie wird sich sicher riesig freuen. Grüß sie unbekannterweise von mir.«

30

Auf Jellas Klingeln hin öffnete ein Mann Anfang vierzig die Tür, kaum größer als sie, charmantes Lächeln, kurz geschnittene Haare, blaugraue Augen.

»Frau Jensen?«, fragte er und stellte sich auf ihr Nicken hin vor.

»Guten Tag, Herr Dr. Westphal.«

Er trat zur Seite. »Lassen Sie doch bitte den Doktor weg. Ich höre das schon den ganzen Tag in der Klinik.«

»Gerne.« Jella folgte ihm durch den Flur des alten Friesenhauses. Die Küche wirkte heimelig mit ihrer Kombination aus Altem und Neuem. Neben modernen Schränken und Geräten standen ein alter Kohleherd und ein Küchenschrank aus der Zeit der vorletzten Jahrhundertwende. Jella setzte sich nach einer entsprechenden Aufforderung an den antiken Holztisch. Christoph Westphal bot ihr Tee an, den Jella dankend annahm.

»Jetzt bin ich aber gespannt, was die Polizei von mir will. Hat es mit den Leichenfunden in unserem Park zu tun?«

»Ja. Wir haben dort die menschlichen Überreste von drei Frauen gefunden. Alle hatten eine Verbindung zur Klinik und zu David Jasper.«

Westphal nickte. »Verstehe.«

»Sie verkehren regelmäßig in Herrn Jaspers Haus?«

»David und ich sind befreundet, aber das scheinen Sie schon zu wissen. Und ja, hin und wieder besuche ich ihn. Um welche Frauen handelt es sich? Ich habe gehört, dass die junge Frau, die seinerzeit überall auf der Insel gesucht wurde, dabei ist. Wie hieß sie noch gleich?«

»Wiebke Ingwersen«, half Jella ihm aus. »Kannten Sie sie persönlich?«

»*Kennen* ist zu viel gesagt, aber ich weiß, dass sie die Klinik beliefert hat. Ihr Vater hat oder hatte einen Biohof auf Föhr, richtig?«

»Haben Sie mit Frau Ingwersen Kontakt gehabt?«

»Mag sein, dass ich ihr einmal begegnet bin. Mag auch sein, dass wir ein paar Worte gewechselt haben.« Er hielt inne und schien zu überlegen. »David kannte die junge Frau näher?«

Jella ließ die Frage unbeantwortet. »Sie erinnern sich also nicht so genau, welchen Kontakt Sie zu Frau Ingwersen hatten?«

Westphal zog die Augenbrauen zusammen. »Das klingt etwas merkwürdig, Frau Hauptkommissarin.«

»Das sind reine Routinefragen, die wir allen Zeugen stellen.«

»Ah, es gibt also mehrere Kandidaten, die Sie befragen?«

Jella lächelte. »Kommen wir noch einmal auf Frau Ingwersen zurück. Wie war jetzt ihr Kontakt?«

»Tut mir leid, aber ich habe mich tatsächlich nur an die junge Frau erinnert, weil sie damals in aller Munde war. Es ist einfach zu lange her. Das Einzige, was ich Ihnen versichern kann, ist: Ich habe sie weder näher gekannt noch war ich mit ihr befreundet. Die Auskunft sollte Ihnen eigentlich reichen.«

»Hatten Sie jemals einen Schlüssel für Herrn Jaspers Ferienhaus?«

»Nein. Warum? Obwohl, Davids Putzfrau war mal einige Wochen auf dem Festland. Damals hat David mir den Schlüssel in die Hand gedrückt. Für Notfälle, meinte er.«

»Waren Sie im Haus?«

»Da fragen Sie jetzt was. Vielleicht wegen der Post, aber allerhöchstens einmal in der Woche.«

Jella hatte Christoph Westphal nicht aus den Augen gelassen und jede seiner Regungen registriert. Entweder hatte er sich extrem gut unter Kontrolle oder er sagte die Wahrheit. Sie legte ihm ein Foto von Svenja Behrendt vor. »Kennen Sie diese Frau?«

Westphal zog die Aufnahme zu sich heran und ließ sich Zeit, bevor er antwortete. »Ich hatte über die Jahre so viele Patienten in der Klinik, da kann ich mich nicht an jedes einzelne Gesicht erinnern.« Er stockte. »Sie war doch eine Patientin?«

»Sie sind sich sicher, dass Sie die Frau nicht kennen?«

»Vielleicht bin ich ihr einmal über den Weg gelaufen, sprich: Ich kann nicht schwören, dass ich der Frau schon mal begegnet bin.«

Jella legte nun die Aufnahme von Evelina Munteanu auf den Tisch und stellte erneut die Frage, ob er diese Frau kenne.

»Nein«, antwortete Westphal. Dieses Mal schien er sich erheblich sicherer zu sein, da er sich nicht lange mit dem Foto beschäftigt hatte. »Aber mir ist noch etwas eingefallen. Sie hatten gerade einige Fragen zu Davids Ferienhaus. Es ist schon viele Jahre her, da wollte ich ihn spontan besuchen. Irgendwie muss ich die Wochen durcheinandergebracht haben, weil er, wie sich später herausstellte, überhaupt nicht geplant hatte, zu dem Zeitpunkt auf Föhr zu sein. Ich bin also zum Haus, und bevor ich klingeln konnte, wurde die Tür geöffnet. Vor mir stand ein Mann, der einen Schlüssel in der Hand hielt. Ich habe ihn natürlich gleich gefragt, was er im Haus macht und woher er den Schlüssel hat.«

»Was hat er geantwortet?«

»Er wäre ein Handwerker und hätte nur kurz etwas überprüfen müssen. Herr Jasper sei nicht vor Ort und den Schlüssel habe ihm Frau Nissen gegeben. Das ist Davids Putzfrau.«

»Kannten Sie den Mann?«

Westphal schüttelte den Kopf. »Nie gesehen, aber das muss nichts heißen. Damals habe ich schon in Utersum gewohnt und hatte kaum Kontakt nach Wyk. Ich habe ihm geglaubt. Wahrscheinlich habe ich David nicht mal von der Begegnung erzählt.«

»Wie hat der Mann reagiert, als sie ihn befragt haben? War er unsicher? Hat er sofort geantwortet oder musste er erst überlegen?«

»Sie stellen Fragen. Unsicher? Weiß nicht. Vielleicht etwas erschrocken, aber das war ich aber auch, weil wir absolut unerwartet aufeinandergetroffen sind.«

»Würden Sie den Mann wiedererkennen?«

»Schwer zu sagen … Das käme auf einen Versuch an. Garantieren kann ich es nicht.«

Jella notierte, dass sie David nach Handwerkern fragen musste, die in den letzten Jahren in seinem Ferienhaus tätig waren. »Wann ungefähr war das?«

»Lange her. Mir ist es, ehrlich gesagt, auch gerade erst wieder eingefallen, als sie von Davids Ferienhaus sprachen. Also …« Nachdenklich senkte er den Kopf. »… sieben oder acht Jahre, würde ich sagen. Reicht das?«

»War es, bevor Wiebke Ingwersen vermisst wurde?«

Westphal nickte. »Ja, das auf jeden Fall. Vielleicht ein halbes oder sogar ein ganzes Jahr davor.«

Jella notierte sich die Angaben. Danach sah sie sich in der großen Wohnküche um. »Sie leben allein?«

»Ja, schon immer.«

»Keine Beziehungen?«

Westphal lächelte. »Das ist jetzt aber sehr persönlich, Frau Hauptkommissarin.« Er seufzte leise. »Aber ich will mal nicht so sein: Ich stehe nicht auf Frauen. Hin und wieder suche ich mir auf dem Festland einen Partner für ein paar schöne Stunden. Ansonsten bleibe ich lieber allein.«

»Ungewöhnlich. Ich bin zwar im Moment Single, würde mich aber nicht wehren, wenn der Richtige käme.«

»Da sehen Sie mal, wie unterschiedlich die Menschen doch sind. Ich zum Beispiel bin nicht geeignet für längere, intensive Beziehungen. Wenn man das erst einmal verstanden hat, wird das Leben einfacher – auch und gerade auf einer relativ kleinen Insel. Ich bin glücklich, verdiene mein Geld, habe ein wunderschönes Haus, das heute für mich nicht mehr bezahlbar wäre, sowie Freunde wie David und einen Job, der mich ausfüllt. Dazu noch diese herrliche Landschaft. Ich liebe die Nordsee und insbesondere Föhr.«

»Hallo, David, nur ganz kurz. Hast du gerade Zeit?« Jella hatte Davids Handynummer gewählt, sobald sie im Auto vor Westphals Haus saß.

»Ja, natürlich. Gibt's Neuigkeiten?«

»Dazu kann und darf ich dir nichts sagen. Ich war gerade bei Christoph Westphal. Er hat mir von einer Begegnung erzählt, die er bei deinem Haus hatte. Das soll ungefähr sieben Jahre her sein. Er wollte dich besuchen und hatte die Wochen verwechselt. Aus deinem Haus ist ihm dann ein ihm fremder Mann entgegengekommen, der auf Nachfrage behauptete, ein Handwerker zu sein und den

Schlüssel von Frau Nissen bekommen zu haben. Kannst du dich daran erinnern?«

»Handwerker? Was für einer?«, fragte David.

»Das wusste Herr Westphal leider nicht.«

»Es kommt schon vor, dass Frau Nissen Handwerker ins Haus lässt. Sie sieht ja, wenn es notwendig ist. Gas und Strom müssen auch jedes Jahr abgelesen werden. Die Heizung wird durchgecheckt, und wenn etwas defekt ist, muss es gemacht werden. Ich bin ja häufig nur am Wochenende da, also macht das meistens Frau Nissen.«

»An diesen konkreten Fall kannst du dich also nicht erinnern?«

»Nein, natürlich nicht. Das ist ein altes Haus, Jella. Da muss hin und wieder ein Handwerker das eine oder andere richten.«

»Gut, ich frage auch Frau Nissen danach. Es wird aber wohl keine große Bedeutung haben.«

Johannes Brühn wohnte in einem Stadthaus in Wyk. Das Gebäude wirkte renovierungsbedürftig, selbst am Firmenschild blätterte die Farbe ab. Eine Frau um die siebzig öffnete Jella die Tür und bat sie herein. Der Flur und das Büro, in das Jella von ihr geführt wurde, wirkten genauso heruntergekommen wie die Hausfront.

Johannes Brühn saß hinter einem Schreibtisch, klappte bei Jellas Eintreten den Laptop vor sich zu und stand auf, um sie zu begrüßen. Sie setzten sich an einen kleinen Besuchertisch mit zwei unbequemen Stühlen. Jella stellte ihre Fragen, zeigte ihm die Fotos von Svenja Behrendt und Evelina Munteanu und fragte nach Besuchen im Ferienhaus von David Jasper. Brühn antwortete, ohne viele Rückfragen zu stellen. Jellas Besuch schien ihn nicht zu beunruhigen und er widersprach sich auch nicht während der Befragung.

»Sie leben allein?«, fragt Jella, nachdem alles Wichtige abgehakt war.

»Meine Mutter wohnt im Haus, aber das war sicher nicht ihre Frage.« Johannes Brühn hielt kurz inne. »Ich bin nicht verheiratet, und zu einer richtigen Beziehung mit allem Drum und Dran hat es bisher auch nicht gereicht. Vielleicht hätte ich mich mehr anstrengen müssen …« Er schmunzelte. »… oder eine Gesichtsoperation machen sollen. Aber im Ernst, es hat nicht sollen sein, und inzwischen habe ich mit dem Kapitel abgeschlossen.« Er sah Jella direkt an. »Sie wissen natürlich von meiner Vorstrafe.« Als Jella nickte, fuhr er fort: »Eine dumme Sache, die ich zutiefst bereue. Ich habe zu der Zeit mehr getrunken, als mir gutgetan hat. Damit will ich auf keinen Fall meinen dummen Angriff auf Lisa entschuldigen. Ich war derjenige, der zugeschlagen hat, und ich allein bin dafür verantwortlich. Aber rückgängig machen lässt sich das nicht. Ich muss damit leben.« Er schluckte schwer und senkte den Kopf.

Jella ließ ihm etwas Zeit, bevor sie die nächste Frage stellte. »Wie kam es zu der Freundschaft zwischen Ihnen und Herrn Jasper?«

Brühn lächelte. »Wir haben uns schon als Halbwüchsige unten am Wyker Strand getroffen. David wirkte genauso verloren wie ich. Vielleicht war es das, was uns zu Freunden hat werden lassen. Wir kommen immer noch prima miteinander aus. Ja, ich bin nur Handwerker und David ist ein studierter Mann, aber ich glaube, wenn wir zusammen ein Bier trinken, sind wir einfach nur David und Johannes, die Jungs, die etwas zusammen unternehmen.«

»Klingt nach einer langen Jugendfreundschaft, die bis heute überdauert hat.«

»Ja, so könnte man es ausdrücken. Wir waren damals so etwas wie Blutsbrüder. Ich glaube, wir haben sogar einmal ein Ritual durchgeführt: die Haut eingeritzt und dann die Arme aufeinandergedrückt, als ein paar Tropfen Blut flossen. Verrückte Zeiten. Manchmal denke ich, sie waren die besten meines Lebens.«

Jella lief über die Strandpromenade zurück zur Polizeistation, als sich ihr Handy bemerkbar machte. Klaas Mathiesen. Sie nahm das Gespräch an und begrüßte ihren Kollegen. »Deinen Anruf hätte ich jetzt gar nicht erwartet. Wir haben Samstag und du bist am Arbeiten?«

»Da siehst du mal: Ich bin immer für eine Überraschung gut.«

»Erzähl!«

»Punkt eins: Wir konnten jetzt mit fast hundertprozentiger Wahrscheinlichkeit nachweisen, dass wir als Letztes Svenja Behrendt gefunden haben. Der offizielle Abgleich beim Zahnarzt ist bestätigt worden.«

»Gut zu wissen, danke.« Jella ahnte, dass Klaas Mathiesen sich die wichtigere Nachricht aufgespart hatte, und wartete daher gespannt auf den nächsten Punkt.

»Aber deshalb habe ich dich nicht angerufen. Es ist eine Art Wunder passiert. Normalerweise ist es bei der Liegezeit und der fortgeschrittenen Skelettierung ausgeschlossen, dass wir DNA finden. Sechs, neun oder gar zwölf Jahre in dieser Erde reichen hundertmal, um sämtliche Spuren zu eliminieren.«

»So weit, so bekannt.«

»Aber ...« Klaas Mathiesen legte eine längere Kunstpause ein und schien die aufgebaute Spannung zu genießen. »… ich habe keine Kosten und Mühen gescheut und mir die Nächte um die Ohren geschlagen, bis ich etwas gefunden habe.«

»Fremd-DNA?« Jella war wie elektrisiert. »Sag sofort, dass du mich gerade nicht veräppelst!«

»Jella, das würde ich mir nie erlauben. Ich habe unter einigen Stoffresten ein Haar gefunden. Es war auf diese Weise gut geschützt, was unser Glück ist. Kurz und gut: Die DNA konnte bestimmt werden und ist nicht die des Opfers.«

»Von welcher der drei Frauen sprichst du?«

»Von Evelina Munteanu. Na, was sagst du jetzt?«

»Ich bin sprachlos. Respekt, Klaas! Wie auch immer du es angestellt hast, das könnte der Durchbruch sein. Ich gehe einmal davon aus, dass es ein Mann ist?«

»Ja. Weitere Details: Er ist ein Weißer, dunkelblonde bis brünette Haare, blaue Augen.«

»Danke, Klaus, das wird uns weiterhelfen.«

31

Jella wartete vor der Polizeistation auf Bala. Klaas Mathiesen hatte ihr zugesagt, dass die gefundene DNA noch heute mit der Datenbank abgeglichen werden und er sie sofort informieren würde, sollte es einen Treffer geben.

»Hallo, Bala«, begrüßte sie ihre Kollegin. »Gute Überfahrt gehabt? Hast du schon was gegessen?«

»Ja und nein.« Bala schaute auf die Uhr. »Zum Essen bin ich nicht gekommen.«

»Fischbrötchen am Strand oder im Restaurant?«

»Ersteres, wenn ich zwei bekomme.«

Zehn Minuten später saßen sie auf einer Bank mit Blick auf die auflaufende Nordsee. Bala hatte sich mit zwei verschiedenen Fischbrötchen eingedeckt und biss jetzt beherzt in eines davon.

»Guten Appetit«, sagte Jella und nahm ihr eigenes Mahl aus der Papiertüte. Das Matjesbrötchen mit Zwiebelringen duftete verführerisch.

»Schmeckt's?«, fragte Bala, nachdem sie den ersten Bissen heruntergeschluckt hatte. Jella hob den Daumen und kaute weiter. Sie aßen schweigend und ließen sich die Nachmittagssonne auf das Gesicht scheinen. Nachdem Bala ihren Mund mit einer Serviette abgewischt hatte, hielt sie Jella die Hand hin. »Soll ich deine Tüte mit entsorgen? Und vielleicht noch einen Kaffee organisieren?«

Jella lehnte sich auf der Bank zurück. »Klingt gut.«

Mit zwei Porzellanbechern in der Hand kam Bala zurück. »Du machst die ganze Zeit schon so einen zufriedenen Eindruck«, sagte sie. »Oder täusche ich mich?«

»Absolut nicht. Klaas Mathiesen hat mich angerufen. Sie haben doch tatsächlich ein Haar gefunden, das nicht Evelina zuzuordnen ist. Die DNA wird gerade mit der Datenbank abgeglichen.«

»Täter-DNA?«

»Evelina war mehr als drei Wochen auf Föhr. Sie wird währenddessen sicher ihre Kleidung gewaschen haben. Das Haar wurde an den Stoffresten des Slips gefunden. Also keine Stelle, an der man Haare von Fremden vermuten würde.«

»Das wäre eine Sensation«, sagte Bala. »Nach so langer Zeit! Falls der Abgleich nichts ergibt, brauchen wir DNA-Abstriche von den Männern, die wir befragt haben.« Sie stutzte. »Bekommen wir dafür einen Beschluss?«

»Gute Frage. Ich habe noch nicht mit dem Staatsanwalt gesprochen. Wir versuchen es erst mal auf freiwilliger Basis. Dann sehen wir weiter.«

Eine halbe Stunde später saßen die beiden in ihrem Büro der Polizeistation. Bala hatte Jella bereits von Sven Erkens Befragung berichtet und sprach jetzt über Julius Teudis.

»Teudis war ausgesprochen kooperativ. Er hat bereitwillig alle Fragen beantwortet und uns nicht gedrängt, schneller fertig zu werden. Evelina, Svenja und Wiebke kennt er angeblich nicht. Einen Schlüssel zum Ferienhaus hat er laut eigener Aussage nie besessen, und zumindest für eine mutmaßliche Tatzeit konnte er ein Alibi vorweisen: Er war auf Bali, als Wiebke Ingwersen verschwunden ist. Wir haben mit der Frau gesprochen, die ihn damals begleitet hat, und haben mehrere digitale Fotos, auf denen er zu sehen ist. Die

Kriminaltechnik wird sicher nachweisen können, ob die Metadaten den Zeitpunkt des Entstehens bestätigen.«

»Wird er einem DNA-Abstrich zustimmen?«, fragte Jella.

»Würde mich wundern, wenn nicht.«

»Und Sven Erken?«

»Der ist mit allen Wassern gewaschen. Entweder lehnt er aus Prinzip ab oder weil er etwas mit dem Tod der drei Frauen zu tun hat. Er wird nur zustimmen, wenn er sich persönlich etwas davon verspricht und sein Ego ihm nicht im Weg steht.«

»Dann telefoniere ich später doch mit dem Staatsanwalt.«

»Am Samstag?«

»Ich denke, er geht ran, wenn er meine Nummer sieht.«

»Du kennst ihn schon länger, oder?«

Jella fuhr der Schreck in die Glieder. Hatte Bala etwas bemerkt? Hatte sie sich nicht weit genug entfernt, als sie mit Niklas gesprochen hatte? So ruhig und gelassen wie möglich antwortete sie: »Ja, wir sind uns auf einer Tagung begegnet. Da haben wir abends ein Glas Wein zusammen getrunken. Er ist eigentlich sehr umgänglich. Ich denke, wir kommen gut mit ihm klar.«

Jella ärgerte sich, dass Niklas es schon wieder geschafft hatte, sie zur Heimlichtuerei zu verleiten. Genau daraus wollte sie sich doch befreien. Das Klingeln ihres Handys rettete sie aus der Situation. Auf dem Display erschien der Name von Klaas Mathiesen. »Das ging aber schnell«, begrüßte sie ihn.

»Leider habe ich keine guten Nachrichten. Der Abgleich mit der Datenbank hat keinen Treffer erbracht. Jetzt seid ihr mit der guten alten Polizeiarbeit dran.«

»Da kann man nichts machen. Aber wir haben eine Reihe von Kandidaten, die für einen DNA-Abgleich infrage kommen. Erst mal danke für deinen Einsatz. Ich melde mich bei dir.«

»Kein Treffer?«, fragte Bala, als Jella das Handy zur Seite legte.

»Nein, aber ich habe es auch nicht erwartet. Zumindest können wir Johannes Brühn ausschließen.«

»Den Elektriker?«

»Ja, seine DNA muss ja aufgrund der Vorstrafe in der Datenbank hinterlegt sein.«

Bala schmunzelte. »Da waren es nur noch sechs.«

»Darf ich dich noch stören?« Jella hatte Niklas per Telefon erreicht. »Es ist wichtig.«

»Ich habe Zeit«, sagte er. »Was gibt es Neues?«

Jella berichtete ihm von dem DNA-Fund und dem erfolglosen Datenbankabgleich. »Wir haben sechs Männer im Fokus, bei denen wir einen Abstrich machen möchten.«

»Sechs? Woher …?«

Jella hatte geahnt, dass Niklas diese Frage stellen würde. Ohne bis zu einem gewissen Punkt eingeweiht zu sein, würde er keinen Beschluss beantragen. »Alle drei Frauen hatten eine Verbindung zur Rehaklinik. Im Mittelpunkt unserer Ermittlung steht ein Psychotherapeut aus Flensburg, der dort vor zwölf Jahren freiberuflich gearbeitet hat. Er ist verdächtig, aber wir haben auch Freunde von ihm befragt, die ihn regelmäßig auf Föhr besucht haben beziehungsweise hier leben.«

»Ein Psychotherapeut aus Flensburg?«

Jella weihte Niklas so weit in die Geschichte ein, wie sie es für notwendig hielt. Davids intime Beziehung zu Svenja

Behrendt behielt sie vorerst für sich. Niklas würde ihre Beweggründe schnell missverstehen und darauf drängen, dass David Jasper stärker in den Ermittlungsfokus kam. Jella schloss keinesfalls aus, dass David als Täter infrage kam, aber je weiter sie mit ihren Ermittlungen vorankamen, desto mehr zeigte sich, dass David sie nicht angelogen hatte.

»Herr Jasper wird sicher freiwillig einen Test machen. Bei den anderen Männern sind wir uns da nicht so sicher.«

»Sofern die DNA-Probe des Psychotherapeuten negativ ist, können wir über Beschlüsse für die anderen nachdenken. Vorher sehe ich da kaum Chancen.«

»Das wird aber die Ermittlungen in die Länge ziehen«, warf Jella ein.

»Ich kann nicht zaubern, Jella. Du weißt selbst, wie schwierig es ist, einen solchen Beschluss zu bekommen. Da muss ich schon eine stichhaltige Begründung liefern. Einfach so für fünf nicht vorbestrafte Männer einen Beschluss zu bekommen, nur weil sie mit einem Verdächtigen bekannt sind, ist quasi aussichtslos.«

Jella stöhnte leise. Auch wenn sie geahnt hatte, wie Niklas reagieren würde, war sie enttäuscht. »Okay. Fangen wir also erst mal mit David Jasper an und sehen dann weiter.« Sie verabschiedete sich von Niklas, ohne seine Frage zu beantworten, wie es ihr gehe. Als sie das Handy in die Tasche gleiten ließ, bereute sie diese schroffe Reaktion und ärgerte sich über sich selbst. Sie würde eine professionellere Einstellung zu Niklas finden müssen, wollte sie sich ihr Leben nicht unnötig schwer machen.

»Wir brauchen einen DNA-Abstrich von dir.« Jella hatte David bereits erklärt, dass bei Evelina Munteanu ein fremdes Haar gefunden worden war.

»Und wenn es meins ist? Ich hatte immerhin Kontakt mit ihr.«

Übers Handy war es schwer zu beurteilen, aber Jella hatte den Eindruck, dass er nervös klang. »Das Haar ist an einer Stelle gefunden worden, mit der du wohl kaum in Berührung gekommen bist, solltest du darüber die Wahrheit gesagt haben. Mehr kann ich dir dazu nicht sagen. Du wirst mir vertrauen müssen.«

»Wann und wo?«

»Am besten wäre es, wenn du gleich in die Polizeistation kämst. Wir sind noch am Arbeiten.«

»In Ordnung. Ich bin in zwanzig Minuten da.«

Jella öffnete David die Tür, als er wenig später vor dem Gebäude stand. Bala nahm ihm den Abstrich ab. Anschließend begleitete Jella ihn zum Ausgang.

David verharrte auf der Türschwelle und räusperte sich. »Ich habe alle Termine für nächste Woche abgesagt, aber länger kann ich das nicht verantworten.«

»Wenn dir noch etwas einfällt zu Freunden oder Bekannten, die häufig in deinem Haus verkehrt haben, sag Bescheid. Und sprich nur das Nötigste mit den Personen, die wir befragt haben. Sie werden sich sicher bei dir melden.«

»Ja, haben einige schon. Bisher bin ich nicht ans Telefon gegangen. Noch viel länger kann ich mich aber wohl nicht davor drücken. Ich werde mich zurückhalten bei dem, was ich sage.«

Gegen neunzehn Uhr verließen Jella und Bala die Polizeistation. Jella begleitete ihre Kollegin bis zum Hotel, wo sie sich von ihr verabschiedete, um noch einen Spaziergang zu machen. »Ich brauche frische Luft, um einen klaren Kopf zu bekommen.«

In den zwei Stunden zuvor hatten sie die Ermittlungsakten auf den neuesten Stand gebracht und Bala hatte mit Julius Teudis telefoniert. Er war, wie sie vermutet hatte, zu einem DNA-Abstrich bereit. Sven Erken hingegen reagierte ungehalten und lehnte es rundweg ab, einen Abstrich machen zu lassen.

Die kühle Abendluft wirkte beruhigend auf Jella. Die Ereignisse hatten sich in den letzten Tagen überschlagen. Entweder würden sie in der kommenden Woche den Täter ermitteln oder eine SoKo würde die drei Fälle neu aufrollen müssen. Zwar hasste Jella es, einen Fall nicht lösen zu können, aber dieses Mal könnte sie der Niederlage auch etwas Positives abgewinnen.

Jella lief eine ganze Weile gedankenversunken über die Promenade, ohne ihre Umgebung wirklich wahrzunehmen. Erst als ihr zwei Personen entgegenkamen, mit denen sie beinahe kollidiert wäre, kehrte sie ins Hier und Jetzt zurück. Sie entschuldigte sich bei den Passanten, einer älteren Frau und einem jüngeren Mann, und blieb dann wie angewurzelt stehen. Ein Erinnerungsfetzen schoss ihr durch den Kopf. Etwas Ähnliches hatte sie vor Kurzem auf einem Foto gesehen.

Jella schloss die Augen und konzentrierte sich. Der Flur von Doris Nissen tauchte vor ihrem inneren Auge auf, samt der vielen Fotos, auf denen fast immer Frau Nissen und mehrere Frauen zu sehen waren. Nur auf einem Bild hatte sie neben einem Mann um die dreißig gestanden.

Jella holte ihr Handy hervor und suchte damit nach dem kürzesten Weg zum Haus von Doris Nissen. Eine Viertelstunde später stand sie vor deren Tür. Auf ihr Klingeln hin wurde ihr nach kurzem Warten geöffnet. »Entschuldigen Sie die Störung, Frau Nissen. Darf ich noch einmal kurz reinkommen?«

Doris Nissen nickte, aber an ihrer Miene war deutlich abzulesen, was sie von dem späten Besuch hielt. Jella folgte ihr den Flur entlang und suchte dabei nach dem Foto, an das sie sich erinnert hatte.

»Wer ist das da neben Ihnen?«, fragte sie und zeigte auf das Bild, als sich Frau Nissen zu ihr umdrehte.

»Marcel. Warum wollen Sie das wissen?«

»Wer ist Marcel?«, fragte Jella, ohne auf die Gegenfrage einzugehen.

»Er ist … also, Marcel war unser Pflegekind.«

»Wie lange hat er bei Ihnen gelebt?«

Doris Nissen wich einen Schritt zurück und schaute Jella verärgert an. »Ich weiß nicht, was Sie das angeht.«

»Bitte, Frau Nissen. Ich bekomme es auch ohne Ihre Hilfe raus, aber einen guten Eindruck macht das sicher nicht, wenn Sie mir jetzt die Auskunft verweigern.«

Doris Nissen zögerte. »Marcel war zehn, als er zu uns gekommen ist. Er ist dann geblieben, hat eine Ausbildung gemacht und hier gearbeitet. Jetzt ist er aber schon viele Jahre auf dem Festland.«

»Wie lautet sein Nachname?«

»Nissen. Er heißt jetzt Nissen. Ich habe ihn adoptiert, nachdem mein Mann gestorben ist.«

»Und vorher?«

»Jochum.« Frau Nissen sah Jella misstrauisch an. »Warum wollen Sie das alles wissen?«

»Besucht Marcel Sie häufig?«

»Ja, natürlich. Er ist wie ein leiblicher Sohn für mich.«

»Sie sagten vorhin, dass Marcel auf dem Festland lebt?«

»Ja, er wohnt seit fünf Jahren in Kiel. Aber ich war noch nicht bei ihm. Ich habe kein Auto, und mit der Bahn ist es doch sehr mühsam. Marcel besucht mich regelmäßig, und wenn es mir schlecht geht, kommt er auch mal für ein paar Tage, um sich um mich zu kümmern.«

»Welchen Beruf hat Marcel denn gelernt?«

»Er ist Einzelhandelskaufmann. Die werden doch immer gesucht. Er hat hier im Supermarkt gelernt und dann später auch da gearbeitet, aber irgendwann war ihm die Insel wohl zu klein. In seinem Alter, er war damals neununddreißig, will man auch mal etwas mehr von der Welt sehen.« Doris Nissen hielt inne. »Warum fragen Sie das alles?«

»Das ist reine Routine, Frau Nissen. Wenn Sie mir noch die Telefonnummer ihre Ziehsohnes geben könnten? Wir suchen doch nach Zeugen. Vielleicht hat er etwas gesehen oder gehört. Er kennt ja sicher auch Herrn Jasper.«

»Nein, ich glaube nicht, dass die beiden sich jemals begegnet sind.« Doris Nissen ging Jella voraus zum Küchenschrank, holte ein kleines Heft heraus und las daraus die Handynummer vor. »Da können Sie ihn erreichen. Soll ich Marcel vorher anrufen?«

Jella notierte sich die Nummer. »Nein, das ist nicht nötig. Ich rufe ihn Anfang der Woche an. Wer weiß, vielleicht ist es auch gar nicht notwendig.« Jella zog ihr Handy aus der Tasche und ging Frau Nissen voraus in den Flur zurück. »Darf ich ein Foto davon machen?« Ohne Doris Nissens Antwort abzuwarten, fotografierte sie das Bild. Anschließend drehte sie sich zu der überrumpelten Frau um und sagte: »Danke! Und entschuldigen Sie noch einmal die späte Störung.« Sie verabschiedete sich und verließ das Haus.

»Frau Jensen. So spät noch?« Christoph Westphal lächelte und trat zur Seite. »Kommen Sie herein.«

»Ich will nicht lange stören.« Jella trat vor und Westphal schloss die Haustür hinter ihr.

»Gehen wir doch in die Küche. Ich habe mir gerade einen schönen japanischen Tee gemacht. Sie trinken doch eine Tasse mit mir?« Jella folgte ihm in die Küche. Er holte eine zweite, filigran bemalte japanische Teetasse aus dem Schrank und schenkte Jella ein. »Sie können ihn gleich trinken. Er ist nicht sehr heiß.«

Jella nahm einen Schluck. »Interessant. Ist das grüner Tee mit …?«

Westphal wedelte sich mit der Hand den Duft des Tees zu. »Das ist *Sakura*, die japanische Kirschblüte. Sie steht für Schönheit, Aufbruch und Vergänglichkeit.« Er lächelte. »Aber deshalb sind Sie sicher nicht hier.«

Jella zog ihr Handy aus der Tasche, öffnete die Foto-App und vergrößerte die Aufnahme mit Marcel Nissen, bis nur noch er zu sehen war. Sie zeigte Westphal das Bild und fragte: »Ist das der Mann, den Sie im Ferienhaus von David Jasper gesehen haben?«

Westphal musterte das Foto eine Weile und nickte schließlich. »Verrückt. Wo haben Sie das her? Ich bin mir fast sicher, dass es dieser Mann war. Ist er Handwerker?«

»Das darf ich Ihnen leider nicht sagen.« Jella steckte das Handy wieder in die Tasche. »Erinnern Sie sich, wie er von Frau Nissen gesprochen hat? Hat er sie ›Frau Nissen‹ genannt oder anders?«

»Ja, sonst wäre es mir sicher aufgefallen. ›Frau Nissen‹ wird er gesagt haben.«

»Danke. Ich habe noch ein weiteres Anliegen. Wir haben vermutlich die Täter-DNA gefunden und bitten im

Moment alle, die wir in dieser Sache befragt haben, um einen freiwilligen DNA-Abstrich. Wären Sie dazu bereit?«

»Selbstverständlich, Frau Jensen. Jetzt gleich?«

32

Jella erwachte abrupt, richtete sich langsam im Bett auf und versuchte, sich an den Traum zu erinnern, aus dem sie hochgeschreckt war. Sie war am Strand einer kleinen Insel entlanggelaufen. Schemenhafte Gestalten waren ihr begegnet, hatten ihr eine Geschichte erzählt und waren dann weitergezogen. Nach gefühlt vierundzwanzig Stunden hatte Jella die Insel einmal umrundet, ohne einen Hafen, eine Stadt oder eine andere Bebauung zu finden. Sie war sich nicht einmal mehr sicher, ob die Gestalten, denen sie begegnet war, der brennend heißen Sonne geschuldet waren oder sich tatsächlich auf der Insel befanden.

Jella sah auf die Uhr neben dem Bett und quälte sich ins Bad. Erst die abwechselnd kalte und heiße Dusche weckte ihre Lebensgeister. *Marcel Nissen oder Marcel Jochum.* Er war nur ein paar Jahre älter als David, lebte und wohnte bis vor fünf Jahren bei seiner Mutter, hatte leichten Zugriff auf den Hausschlüssel und wusste durch seine Adoptivmutter, wann David Jasper auf Föhr sein würde.

Jella stellte die Dusche aus. Vor ihrem geistigen Auge tauchte Marcel Nissen auf, der auf David einredete, wild mit den Händen fuchtelte und versuchte, ihn von etwas zu überzeugen. Konnte es sein, dass er der ominöse Halbbruder war? Jella trocknete sich ab, zog sich an und föhnte ihre Haare. Zurück im Schlafzimmer griff sie nach ihrem Handy und wählte Davids Nummer. »Ich muss kurz vorbeikommen und dir ein Foto zeigen«, sagte sie ohne Begrüßung.

»Jella?«

»Ja. Du bist zu Hause?«

»Ja. Wann kommst du?«

»In zehn Minuten.«

David öffnete die Haustür, bevor Jella den Vorgarten durchquert hatte.

»Kaffee?«, fragte er sie nach dem Eintreten.

»Nein, ich frühstücke im Hotel.« Sie zeigte ihm das Foto von Marcel Nissen. »Kennst du diesen Mann? Lass dir Zeit.«

»Woher …?« David schien es die Sprache verschlagen zu haben. »Das ist der Typ, der behauptete, mein Halbbruder zu sein!«

»Ganz sicher?«

»Hundertprozentig. Dieses Gesicht würde ich unter Tausenden wiedererkennen. Wo … ich meine … wie hast du ihn so schnell gefunden? Hat er etwas mit den Morden zu tun?«

Jella seufzte. »Ich darf dir nichts dazu sagen. Vertrau mir.« Sie wandte sich ab und ging den gepflasterten Weg zurück zu ihrem Auto. Auf halber Strecke drehte sie sich noch einmal zu David um, der ihr hinterhersah.

Als Jella und Bala nach dem Frühstück im Hotel in der Polizeistation eintrafen, saß Kim bereits an ihrem Schreibtisch.

»Alles gut?«, fragte Bala sie.

»Muss ja«, murmelte Kim. »Und bei euch? Gibt es Neuigkeiten?«

Eine halbe Stunde später hatten sie sich gegenseitig auf den neuesten Stand gebracht. Jellas Bericht über den Adoptivsohn von Doris Nissen löste allgemeines Erstaunen aus.

»Der Wahnsinn!«, entfuhr es Kim. »Wenn das keine heiße Spur ist, mache ich freiwillig einen Salsakurs.«

Bala grinste. »Habe ich notiert.«

Jella schmunzelte, wurde aber gleich wieder ernst. »Wir sollten mehrgleisig vorgehen und keine der Spuren außer Acht lassen.« Sie stellte sich an das Flipchart und wollte gerade das Blatt umdrehen, als ihr Blick auf Balas Notizen zu ihrem Brainstorming fiel. »Vielleicht sollten wir noch einmal diese Punkte abklopfen.«

Als ihre Kolleginnen zustimmten, las Jella die ersten Punkte vor: »Doppelgänger, Stalker, die erste Tat.«

»Das würde gut zu jemandem passen, der im Geheimen agiert«, sagte Bala. »Der David Jasper wegen seines Erfolgs im Beruf und bei Frauen bewundert und gleichzeitig hasst.«

Jella zeigte auf die nächsten drei Begriffe: *Rache, Neid, Eifersucht*. »Entweder kennt David Jasper seinen Schatten nicht, was auf den Adoptivsohn von Frau Nissen hindeuten könnte, oder einer seiner Freunde spielt ihm etwas vor.«

»Sven Erken wäre für Letzteres ein guter Kandidat«, warf Kim ein. »In der Therapie musste Jasper Distanz wahren. Erken könnte ihm in dieser Zeit heimlich gefolgt sein, online wie offline. Nach Ende der Therapie hat er dann offensiv seine Freundschaft gesucht. Vielleicht hat er die Frauen getötet, weil er sie als Rivalinnen ansah. Gibt es unter Umständen auch Tote in Flensburg?«

»Interessanter Gedanke«, sagte Jella. »Wer geht dem nach?«

Bala und Kim hoben gleichzeitig ihre Arme. »Mach du es ruhig«, bot Bala sogleich an. »Ist ja dein Ansatz.«

Jella nickte. »Dr. Westphal kann ich in keine Kategorie einordnen, eher noch Johannes Brühn, den Elektriker. Er hätte sich die Zeit nehmen können, um David Jasper zu beobachten. Eventuell hat er ihn auch geschickt ausgefragt.«

»Wie wäre es mit versteckten Mikros oder gar Kameras in dem Ferienhaus?«, warf Bala ein. »Für Brühn wäre das technisch sicher kein Problem. Sein Haus ist nicht sehr weit entfernt; vermutlich könnte er solche Signale sogar direkt empfangen, ohne den Weg übers Internet zu gehen.«

»Sollten wir durch die Kriminaltechnik überprüfen lassen«, befand Jella. »Ich frage David, ob er damit einverstanden ist.« Sie las die nächsten drei Begriffe vor: »Drei vollkommen unterschiedliche Frauen, alle drei Jahre, Föhr.«

»Ja, es scheint nicht um die Frauen als Individuen zu gehen«, sagte Bala. »Dafür sind sie zu unterschiedlich. Es muss sich, wenn wir mit David Jasper richtigliegen, um ihn drehen.«

»Auf die eine oder andere Weise«, warf Kim ein.

»Ja, ich habe David Jasper als Täter noch nicht abgehakt.« Jella zeigte auf die nächsten drei Begriffe: *Grabstätte, Rehaklinik, David Jasper.*

»Die Grabstätten, also die sorgfältig ausgesuchten Stellen auf den Lichtungen, und die immer gleiche Stellung der Toten haben wir bisher noch nicht wirklich berücksichtigt«, meinte Bala. »Was wäre das für ein Mensch, der so handelt?«

Jella wiegte den Kopf hin und her. »Es kann eine Nähe zu den Frauen ausdrücken, aber auch das Gegenteil. Nähe trifft bisher nur auf David Jasper zu. Er kannte alle Frauen gut bis sehr gut und war ihnen verbunden. Wenn dem Täter die Frauen nicht nahestanden, hat es ihm nach der Tat leidgetan, dass er sie getötet hat, und das Einzige, was er noch machen konnte, war, einen schönen letzten Ruheplatz für sie zu finden. Oder?«

»Was wiederum auf den Stalker hinweist«, sagte Bala. »Der Adoptivsohn oder Sven Erken?«

»Nachbarn, Abhören, Kameras.«

»Johannes Brühn ist Elektriker«, warf Bala ein. »Für ihn wäre es sicher kein Problem gewesen, David Jasper elektronisch zu überwachen.«

»Einbruch, Schlüssel, Trojaner«, las Jella weiter vor.

»Trojaner wäre für Sven Erken wohl ein Kinderspiel«, sagte Kim. »Er ist Informatiker.«

»Die nächsten Punkte: Freunde, Verwandte, Feinde«, sagte Jella. »Das könnte zu Marcel Nissen passen, der sich eingebildet hat, der Halbbruder von David Jasper zu sein. Bleibt noch: Kindheitstrauma, Familie, Kollegen.«

»So klischeehaft es ist: *Kindheitstrauma* könnte unter Umständen zu Marcel Nissen und Johannes Brühn passen«, sagte Kim. »Und Sven Erken war in Therapie. Weshalb wissen wir nicht, aber es wird sich um mehr oder weniger schwerwiegende psychische Probleme gehandelt haben.«

»Ja, das scheinen bisher neben David Jasper die drei Personen zu sein, auf die die meisten Kriterien zutreffen«, sagte Jella. »Auch die DNA-Analyse mit den dunkelblonden bis brünetten Haaren würde auf alle zutreffen.« Sie setzte sich wieder an den Tisch zu ihren Kolleginnen. »Wie gehen wir vor? Lasst uns die Arbeit aufteilen.«

Während Kim sich um den Onkel von David Jasper sowie um René Laasen kümmerte, organisierte Bala den Transport der beiden DNA-Proben nach Kiel und recherchierte den Aufenthaltsort von Martin Holm, dem Fotografen und Maler.

Jella nahm sich Marcel Nissen vor. Er hatte keine eingetragenen Vorstrafen und war auch nicht anderweitig bei Er-

278

mittlungen aufgefallen. Nach der Mittleren Reife hatte er eine Ausbildung in einem örtlichen Supermarkt begonnen und dort bis vor knapp neun Jahren gearbeitet. Anschließend war er längere Zeit arbeitslos gemeldet gewesen und hatte schließlich ein Gewerbe für Hausmeisterdienste angemeldet, das er vor fünf Jahren abmeldete. Gleichzeitig hatte er seinen Wohnsitz nach Kiel verlegt.

Jella telefonierte mit einem befreundeten Oberkommissar in Kiel und bat ihn, an der ihr vorliegenden Adresse vorbeizuschauen und diskret zu recherchieren, ob Marcel Nissen in der Wohnung anzutreffen war. Nachdem sie ihre noch ausstehenden Protokolle geschrieben hatte, verließ sie die Polizeistation und machte einen kurzen Gang entlang der Promenade. Auf dem Rückweg rief der Kollege aus Kiel an.

»Ich bin gleich mal vorbeigefahren und habe dort geklingelt. Ein Mann Anfang dreißig hat mir geöffnet.«

»Hast du dich als Polizist zu erkennen gegeben?«

»Jella, wie lange bin ich bei dem Verein? Natürlich nicht. Ich habe nach Marcel Nissen gefragt, und der Typ – übrigens wohnen die in einer ziemlich heruntergekommenen Gegend in einem genauso heruntergekommenen Mietshaus – also, der Typ meinte, er sei nicht da. Da habe ich mich als Mitarbeiter des Ordnungsamts geoutet und ihm deutlich gemacht, dass ich Nissen schleunigst finden muss, da er sonst reichlich Ärger bekommt und es teuer für ihn werden könnte.«

»Und? Ist er eingeknickt?«

»Klar. Ich kann sehr überzeugend sein, Jella. Nissen hat gestern einen Anruf bekommen und ist – so interpretiere ich mal das Gequatsche von dem Typen – ziemlich nervös geworden. Heute Morgen lag ein Zettel auf dem Küchentisch, auf dem stand, dass Nissen für ein paar Tage verschwinden würde. Mehr war aus dem Typen nicht rauszu-kriegen. Ich habe ihn ordentlich unter Druck gesetzt, aber wie gesagt, tote Hose.«

»Danke, Markus. Da habe ich wohl die Mutter unter-schätzt. Sie muss ihn gleich angerufen haben, nachdem ich gestern bei ihr war.«

»Sieht so aus. Ich denke, der ist erst mal abgetaucht. Kannst du ihn zur Fahndung ausschreiben?«

»Nein, die Indizien reichen bei Weitem nicht aus.«

»Na ja, nervös scheint er zumindest geworden zu sein. Aber manche Typen drehen ja schon am Rad, wenn sie nur *Polizei* hören.« Er hielt kurz inne. »Kann ich noch was für dich tun?«

»Erst mal nicht. Ich muss sehen, wie ich damit umgehe.«

»Alles klar. Bis demnächst dann mal.«

Jella stieß verärgert mit dem Fuß ein Steinchen weg. Hätte sie gestern vorsichtiger vorgehen müssen? Wenn Marcel Nissen untergetaucht war, würde er schwer bis gar nicht zu finden sein. Es lag nichts gegen ihn vor. Jella konnte ihn allenfalls als Zeugen befragen, aber dafür musste sie ihn zunächst mal finden. Verzagt lief sie zur Polizeistation zu-rück, holte sich eine frische Tasse Kaffee und setzte sich auf ihren Platz.

»Ist was passiert?«, fragte Bala.

»Marcel Nissen hat gestern Abend einen Anruf bekom-men, wahrscheinlich von seiner Mutter. Heute Morgen ist er ganz früh abgereist.«

»Was für ein Schlamassel. Und jetzt?«

»Keine Ahnung.« Jella holte die Aufnahme seines Fotos auf ihren Laptop, um ein Porträt auszuschneiden. In dem Augenblick kam Kim ins Büro und blieb abrupt hinter ihr stehen.

»Wer ist das?«, fragte sie erstaunt.

»Marcel Nissen, vermutlich so vor zehn Jahren.«

»Der war auf der Fähre, mit der ich zurückgekommen bin. Ich saß an einem Nachbartisch und hatte ihn die ganze Zeit im Blick.«

Jella stand auf, damit Kim das Bild besser sehen konnte. »Bist du ganz sicher?«

»Klar, wenn er keinen Zwilling hat.«

Jella fuhr sich mehrfach mit der flachen Hand über die Stirn und überlegte fieberhaft, warum Nissen nach Föhr gekommen war. Lag sie falsch mit ihren Annahmen oder gab es einen für sie nicht erkennbaren Grund? »Habt ihr eure Schutzwesten dabei?«, fragte sie ihre Kolleginnen.

Eine Viertelstunde später parkten sie in der Nähe von Doris Nissens Haus. »Wie gehen wir vor?«, fragte Bala. »Gehst du davon aus, dass Nissen gefährlich ist?«

»Das lässt sich noch nicht abschätzen. Wer von euch kommt mit?« Als keine von beiden reagierte, wohl um sich nicht vorzudrängen, sah Jella Kim an. »Bala ist eine hervorragende Schützin. Macht es dir etwas aus?«

»Nein, natürlich nicht. Ihr beide geht. Ich gehe ums Haus herum – falls er hinten rauskommt oder durchs Fenster verschwinden will.«

»Gut, dann los.«

Sekunden später drückte Jella auf die Klingel. Bala stand knapp zwei Meter hinter ihr. Nichts rührte sich. Jella klingelte zum zweiten Mal. Nach einer Weile öffnete sich die Tür einen Spaltbreit. Doris Nissen sah Jella misstrauisch an. »Was wollen Sie denn noch?« Ihre Stimme klang ängstlich.

»Dürfen wir einen Augenblick reinkommen, Frau Nissen? Es ist sehr wichtig.«

»Ich habe keine Zeit. Gehen Sie.«

»Frau Nissen, ist Ihr Sohn zu Hause?«

»Nein, er ist nicht hier. Gehen Sie doch bitte.«

»Ihr Sohn ist heute auf der ersten Fähre nach Föhr gesehen worden. Hat er nicht bei Ihnen vorbeigeschaut?«

»Gehen Sie bitte«, wiederholte Doris Nissen in flehentlichem Ton. »Marcel ist nicht hier.«

»Aber er war kurz bei Ihnen?«

Doris Nissen schwieg.

»Frau Nissen, Ihr Sohn könnte in Gefahr sein. Sagen Sie mir bitte, wo er hingegangen ist.« Als Jella keine Antwort bekam, fuhr sie fort: »Sie helfen ihm nicht, wenn Sie schweigen. Wo ist er? Frau Nissen, sehen Sie mich an. Wo ist Ihr Sohn hingegangen?«

Doris Nissen fing an zu schluchzen. Inzwischen hatte sie die Tür zur Hälfte geöffnet. Jella trat einen Schritt vor, gefolgt von Bala.

»Frau Nissen, Sie wollen Ihrem Sohn doch helfen, oder?«

Sie nickte und trocknete sich mit einem Taschentuch das Gesicht.

»Wo ist Ihr Sohn hingegangen? Zurück zur Fähre?«

Sie schüttelte den Kopf.

»Er ist also noch auf der Insel?«

Sie nickte erneut.

»Zu wem wollte er, Frau Nissen? Es ist wirklich wichtig. Sie können Ihr …«

»Zu Herrn Jasper«, flüsterte sie. »Er ist zu Herrn Jasper gegangen.«

»Hat er den Schlüssel vom Haus mitgenommen?«

»Ja.« Die Tränen liefen ihr jetzt ungehemmt über die Wangen.

Jella reichte ihr ein trockenes Taschentuch und wartete, bis sie sich etwas beruhigt hatte. »Wann ist Ihr Sohn von hier weg?«

»Vor einer halben Stunde«, flüsterte Doris Nissen. »Er war so aufgebracht … So wütend habe ich ihn noch nie gesehen.«

»Können Sie für ein paar Stunden zu einer Freundin gehen?«

Doris Nissen nickte und nannte Jella nach Rückfrage deren Namen und Adresse. »Unsere Kollegin wird Sie dort hinbringen.«

33

Jella parkte abseits des Ferienhauses. Bala blieb zwanzig Meter vor dem Gebäude stehen, während Jella an der Tür klingelte. Als sich nichts rührte, wählte sie Davids Handynummer.

»Hallo.« Seine Stimme klang brüchig. »Mit wem spreche ich?«

»Bist du nicht allein, David? Ist der Mann bei dir, der sich damals als dein Halbbruder ausgegeben hat?«

»Ich habe jetzt keine Zeit. Können Sie später noch einmal anrufen?«

»Bedroht er dich?«

»Ja, das würde mir passen. Lassen Sie dann von sich hören.« David legte auf.

Jella gab Bala ein Zeichen, dass sie sich zurückziehen würden. Außer Sichtweite des Hauses wählte sie die Nummer von Marcel Nissen. Nach dem achten Klingeln nahm er das Gespräch an.

»Ja?«

»Guten Tag, Herr Nissen. Ihre Mutter hat mir Ihre Telefonnummer gegeben und mir gesagt, wo ich Sie finde. Ich stehe hier vor dem Haus und habe gerade an der Tür geklingelt. Würden Sie mich bitte reinlassen? Ich möchte mit Ihnen sprechen.«

»Hauen Sie ab!«, fuhr Nissen sie an. »Und lassen Sie meine Mutter in Ruhe. Die hat nichts damit zu tun!«

»Das weiß ich, Herr Nissen. Ihrer Mutter geht es gut. Sie ist jetzt bei einer Freundin.«

Er schwieg.

»Ich würde gerne zu Ihnen ins Haus kommen, Herr Nissen. Wir sollten reden. Ich weiß, dass Sie nur das Beste für Herrn Jasper wollen. Lassen Sie mich bitte ins Haus. Dann können wir alles klären.«

»Sind Sie allein?«

»Ja, ich bin allein und unbewaffnet. Kann ich reinkommen?«

Marcel Nissen schwieg eine Weile. »Ich muss überlegen«, sagte er schließlich und beendete das Gespräch.

»Du willst da rein? Unbewaffnet?«

»Bis das SEK hier wäre, verginge mindestens eine Stunde. Wenn es schlecht läuft, auch zwei. Nissens Stimme klang nicht gut. Ich glaube nicht, dass er einen Plan hat. In Davids Haus einzudringen, war eine Kurzschlussreaktion. Ich habe Angst, dass sich das jetzt hochspielt und die Stimmung vollends kippt. Außerdem ist nicht klar, ob Nissen eine Waffe hat.«

»Das wird gefährlich, Jella. Wir sollten das SEK rufen und abwarten.«

In diesem Moment kam Kim auf sie zu, die Frau Nissen bei deren Freundin abgesetzt hatte. »Was ist passiert?«

Bala berichtete es ihr in wenigen Worten.

»Wenn mich Nissen reinlässt, gehe ich«, entschied Jella. »Und ich rufe das SEK.« Sie entfernte sich ein paar Meter von Bala und Kim, telefonierte zunächst kurz mit Niklas Oehler und berichtete ihm vom Stand der Dinge.

»Bist du sicher, dass es eine Bedrohungslage gibt, die den SEK-Einsatz rechtfertigt?«

»Wie kann ich sicher sein? Bisher sind es nur Indizien, die auf Marcel Nissen als Täter hinweisen. Er scheint ins Profil zu passen und war David Jasper nahe, ohne dass der etwas davon bemerkt hat. Er hatte oder hat einen Schlüssel, den er auch schon benutzt hat, um heimlich ins Haus zu kommen, und er ist durch den Anruf seiner Mutter aufgescheucht worden. Jetzt ist er bei David Jasper im Haus, und nach dem Gespräch mit Jasper gehe ich davon aus, dass dieser dort festgehalten wird.«

»Ein SEK-Einsatz ist teuer, aber das weißt du ja.«

»Ich nehme es auf meine Kappe. Sörensen informiere ich gleich.«

»Jella, pass gut auf dich auf, ja?«

»Wie immer.«

Jella erreichte Kriminaloberrat Sörensen auf einem Spaziergang. Er fragte ungehalten, was es so Wichtiges gebe. Jella gab ihm einen Kurzbericht. Auch er zweifelte an, ob der Einsatz des SEK gerechtfertigt sei, überließ die Entscheidung aber ihr. Beim LKA in Kiel wurde sie gleich durchgestellt, schilderte die Situation und bat um Unterstützung. Fünf Minuten später erhielt sie einen Rückruf mit der Auskunft, dass die Einheit in etwa einer Stunde auf Föhr landen würde. Ihr nächster Anruf galt Günther Simon, der die Koordination mit dem SEK übernehmen würde und den Flugplatz in Wyk informierte.

Jella ging zurück zu ihren Kolleginnen. »So. In einer Stunde sollte das SEK auf Föhr sein. Vom Flugplatz bis hierher ist es nicht weit. Ich versuche jetzt noch mal mein Glück bei Marcel Nissen.« Ohne auf die Reaktion von Bala und Kim zu warten, wählte sie die Nummer.

Nissen nahm das Gespräch nach dem zweiten Klingeln an. »Ja?«

»Herr Nissen, ich komme jetzt rein. Ist die Haustür offen?«

Er schwieg.

»Ist das in Ordnung, Herr Nissen?«

Nach einer gefühlten Ewigkeit antwortete er: »Ja.«

Jella gab ihren Kolleginnen einen Wink, näherte sich betont langsam dem Haus und öffnete vorsichtig die Tür. Als sie in den Flur trat, rief Nissen »Abschließen!« aus der Küche. Jella folgte der Anweisung und ging dann auf die geöffnete Küchentür zu. »Ich komme jetzt zu Ihnen rein, Herr Nissen. Ist das in Ordnung?«

»Arme ausstrecken und dann einmal umdrehen.«

Jella trat mit erhobenen Händen in die Tür und drehte sich langsam um sich selbst. »Ich habe keine Waffe dabei.«

Nissen kam mit erhobener Pistole auf sie zu. Jella erkannte, dass es eine Makarov war, die Waffe der NVA der DDR. Er tastete sie schnell ab und trat gleich wieder zurück. »Setzen Sie sich da hin.« Er zeigte auf den Küchentisch, an dem David saß, dessen Hände auf dem Rücken zusammengebunden waren.

Jella vermutete, dass Nissen ihn auch am Stuhl fixiert hatte. Davids Gesicht war bleich vor Angst. »Darf ich die Arme runternehmen?«, fragte sie, sobald sie saß, und ließ, als Nissen nickte, ihre Arme auf den Tisch sinken. »Können wir reden?«

»Geht es meiner Mutter gut?«, fragte Nissen.

»Sie war enttäuscht, dass Sie nicht länger bei ihr geblieben sind, aber sonst geht es ihr gut. Sie brauchen sich keine Sorgen zu machen.«

»Haben Sie ihr Lügen über mich erzählt?«

Jella schüttelte den Kopf. »Ich bin Polizistin und würde bestraft werden, wenn ich Menschen anlügen würde. Ich habe Ihrer Mutter nur ein paar Fragen gestellt, so wie vielen anderen Zeugen in den letzten Tagen.«

»Zeugen?«

»Drei Frauen sind tot: Svenja Behrendt, Evelina Munteanu und Wiebke Ingwersen. Wir suchen nach Personen, die sie kannten.«

»Meine Mutter kannte sie nicht«, zischte Marcel Nissen.

»Ich weiß. Aber kannten Sie sie?« Jella wusste, dass ihre Strategie gefährlich sein könnte, aber sie sah keine Alternative, als ihn direkt zu konfrontieren.

»Sie sind geschickt worden! Gezwungen wurden sie, David zu vernichten.«

»Woher wissen Sie das?«

»Ich habe sie beobachtet … alle drei. Sie wollten meinen Bruder zerstören.«

»Ihren Bruder?«

»Ja, wir haben dieselbe Mutter. Ich habe Unterlagen, die das beweisen. Wir sind Brüder, Familie. Ich habe David beschützt. Jemand hat diese Frauen dafür benutzt. Ich musste etwas unternehmen.«

»Sie beschützen Ihren Bruder also schon lange?«

»Erst seit ich alt genug war. Da wurde mir klar, dass wir Brüder sind. Der Ältere passt auf den Jüngeren auf, so ist das schon immer gewesen.«

»Was haben Sie mit den drei Frauen gemacht?« Jella ließ die Frage so nebensächlich wie möglich klingen.

»Sie sind gestorben. Ich habe sie an einem schönen Platz beerdigt – das gehört sich so. Sie waren nicht schlecht. Die drei haben sich nur benutzen lassen.«

Jella schaute zu David, der ihrem Gespräch zu folgen schien. »Was haben Sie jetzt vor? Warum haben Sie Ihren Bruder gefesselt?«

Nissen sah ebenfalls zu David und schien erst jetzt zu begreifen, was er gemacht hatte. »Das wollte ich nicht. David war durcheinander. Ich musste das machen.«

»Sie bedrohen Ihren eigenen Bruder mit einer Waffe?«

»Er hat mich beschuldigt, dass ich die Frauen ermordet habe – und wollte die Polizei rufen! Was sollte ich denn machen.«

Jella streckte ihren Arm aus. »Geben Sie mir die Waffe. Wir lösen die Fesseln Ihres Bruders und klären die ganzen Missverständnisse. Sie wollen doch in Frieden mit Ihrer Familie leben. Oder hatte ich Sie da falsch verstanden?«

»Natürlich will ich das.« Marcel Nissen schaute auf die Waffe in seiner Hand und schüttelte sich leicht. Er wirkte, als verstünde er nicht, warum er sie auf Jella richtete.

»Bitte geben Sie mir die Pistole. Wir brauchen keine Waffen, um das Problem zu lösen. In der Familie regelt man so etwas friedlich. Oder was meinst du, David?«

David räusperte sich leise. »Ja, das sehe ich auch so. Es tut mir leid, was ich vorhin gesagt habe. Ich war so erstaunt, dich plötzlich hier zu sehen.«

Nissen warf ihm einen misstrauischen Blick zu. »Ist das wahr?«

»Ja. Ich war damals, als du zu mir gekommen bist, sehr grob zu dir«, fuhr David fort. »Das hat mir schnell leidgetan, aber ich wusste nicht, wo ich dich finden konnte.«

Marcel Nissen ließ die Waffe sinken. Jella richtete sich leicht auf dem Stuhl auf, um eine bessere Position für einen Sprung nach vorn zu haben. Als Nissen den Kopf senkte und für einen Moment die Augen schloss, sprang sie auf und warf sich gegen ihn. Nissen wollte die Waffe hochreißen, aber Jella war schneller und schlug sie ihm mit einem gezielten Schlag aus der Hand. Im nächsten Augenblick traf ihre Faust Nissen seitlich am Kinn und er sackte in sich zusammen.

34

Nachdem Marcel Nissen aus seiner Ohnmacht erwacht war, nahm Jella ihn ordnungsgemäß fest. Ein Richter in Flensburg ordnete später U-Haft und eine psychiatrische Untersuchung an. Drei Tage danach wurde er in die forensische Psychiatrie überführt. Jella und ihr Team vernahmen Nissen in den kommenden Wochen mehrere Male, jeweils mit Unterstützung eines Psychiaters. Von Termin zu Termin schälte sich ein immer klareres Bild der Ereignisse heraus.

Schon während seiner ersten Jahre auf Föhr hatte Marcel durch die Erzählungen seiner Mutter von David Jasper gehört. Doris Nissen schwärmte von dem jungen Mann, erzählte von seinen kleinen und großen Erfolgen, den ausgezeichneten Schulnoten, dem tadellosen Benehmen. Als Teenager ließ sich Marcel einen Schlüssel vom Ferienhaus nachmachen und hielt sich regelmäßig dort auf, wenn die Eigentümer nicht auf Föhr waren. Dank seiner Mutter wusste er über das Kommen und Gehen der Familie Jasper im Detail Bescheid.

In der Psychiatrie diagnostizierten die Ärzte bei Marcel Nissen eine dissoziative Identitätsstörung, ausgelöst durch extreme Verlustängste in seiner Kindheit. Er wechselte schon in frühen Jahren zwischen zwei Persönlichkeiten hin und her, um sich vor einer als unerträglich empfundenen Realität zu schützen. Bei der Familie Nissen besserte sich sein Zustand, aber ohne therapeutische Hilfe fiel Marcel selbst in mittelschweren Stresssituationen in alte Muster zu-

rück. Mit den Jahren wurde er in seiner Fantasie zum Halbbruder von David Jasper, den er obsessiv beobachtete.

Svenja Behrend sah Marcel Nissen zum ersten Mal, als
er David Jaspers Haus beobachtete und mitbekam, dass sie
es betrat. Anschließend sah er, wie beide im Wohnzimmer
des Hauses Sex hatten. Nissen folgte Svenja Behrend und
erfuhr, dass sie in der Rehaklinik untergebracht war. Zwei
Tage später, David Jasper hatte inzwischen Föhr verlassen,
hielt er sich im Haus auf, als Svenja Behrend klingelte. Er
ließ sie herein, sagte ihr, dass David bald kommen würde
und bot ihr eine Tasse Tee an. Im Gespräch bat er sie, sich
von seinem Bruder fernzuhalten. Svenja lachte ihn aus.
Marcel Nissen reagierte aggressiv und drohte ihr, was
Svenja Behrend nicht davon abhielt, ihn weiter zu verhöh-
nen. Nissen stieß sie vom Stuhl, sie fiel auf den Boden und
schrie. Er griff nach einem Kissen und erstickte sie, bevor
er aus dem Haus flüchtete. In der Nacht fuhr er seinem
Wagen in die Garage des Hauses, lud die Leiche in den
Kofferraum und fuhr eine Stunde wahllos über die Insel,
bis er sich entschloss, die Tote im Wäldchen nahe der Rehaklinik zu begraben.

Zehn Tage nach dem Mord an Svenja Behrendt schrieb
er die Mail an die Klinik, die zur Einstellung der Vermiss-
tensache führte. In den Folgemonaten fiel er in eine tiefe De-
pression und brauchte zwei Jahre, um wieder Fuß zu fassen.
Als Evelina Munteanu in Davids Ferienhaus einzog, stellten
sich die für Marcel lebensbedrohlich wirkenden Verlustängste wieder ein. Er beobachtete sie über viele Tage und
beschloss, sie zur Rede zu stellen. Die Situation eskalierte,
als Evelina damit drohte, David anzurufen. Marcel würgte
sie so lange, bis sie bewusstlos war und tötete sie anschließend, indem er ihr ein Handtuch aufs Gesicht presste. In

der Nacht vergrub er sie im gleichen Wäldchen wie Svenja Behrendt. Er schrieb einen Abschiedsbrief an David und sagte ihre Stelle in der Rehaklinik ab, von der er durch den im Haus liegenden Zusagebrief der Klinik erfahren hatte.

In den folgenden Monaten verschlimmerte sich sein Zustand und er begann mit einer Psychotherapie, die er aber nach einem halben Jahr abbrach.

Wiebke Ingwersen hatte Marcel überrascht, als er das Ferienhaus von David Jasper verließ. Er behauptete, der Bruder von David zu sein und ihn für ein paar Tage zu besuchen. Warum und wie er Wiebke tötete, konnte in den Vernehmungen der ersten Wochen nicht geklärt werden. Nissen wechselte in dieser Phase der Gespräche mehrmals seine Persönlichkeit, stritt ab, Wiebke Ingwersen zu kennen, und betätigte am nächsten Tag wieder, dass er sie ebenfalls im Wäldchen begraben hatte.

Der die Vernehmung begleitende Psychiater riet davon ab, Nissen weiter zu befragen. Jella befolgte nach Absprache mit Niklas Oehler den Rat und beendete die Vernehmungen.

Warum Nissen alle drei Frauen bis auf die Unterwäsche entkleidet hatte, beantwortete Nissen nicht. Jella vermutete, dass er in einem der zahlreichen Kriminalromane, die in seinem Kieler Zimmer gefunden worden waren, eine entsprechende Vorgehensweise als Methode geschildert wurde, mit der der Täter keine DNA-Spuren hinterließ.

Im Laufe der weiteren Ermittlungen stellte sich heraus, dass die Adoption von Marcel Nissen nicht ordnungsgemäß in die entsprechende Datenbank eingepflegt worden war. Aus diesem Grund konnten Jella und ihre Kolleginnen bei der Recherche zu Doris Nissen nicht auf den Adoptionssohn stoßen.

35

»Wie geht es dir?«, fragte Niklas.

Jella lag an ihrem ersten freien Tag nach all den anstrengenden Wochen mit einem Roman auf dem Sofa, als er anrief. Sie stand auf und ging mit dem Handy am Ohr zum Fenster. »Ich versuche gerade, etwas abzuschalten. Die letzten Wochen waren nervenaufreibend.«

»Ich habe die Protokolle gelesen und kann mir vorstellen, wie nah dir die Befragungen gegangen sind.«

»Ist das ein dienstlicher Anruf?«

»Nein, dann würde ich dich nicht an deinem freien Tag stören. Ich wollte dich fragen, ob du heute Abend etwas mit mir unternehmen möchtest. Ich habe ein wunderbares indisches Restaurant entdeckt, das erst vor drei Wochen eröffnet hat. Wir könnten …«

»Niklas«, unterbrach Jella ihn, »was wird das? Ein Neuanfang? Weitermachen, wo wir aufgehört haben? Oder ein Essen unter Freunden?«

»Sind wir Freunde?«

»Ich weiß nicht, was wir sind. Ich weiß nicht einmal, ob ich es überhaupt wissen will oder ob ich unsere gemeinsame Zeit lieber ein für alle Mal hinter mir lassen würde.«

Niklas schwieg eine Weile. »Ich habe die Scheidung eingereicht.«

»Du oder sie?« Jella hasste es, diese Frage zu stellen, aber sie hatte ihr auf der Zunge gelegen.

»Wir beide. Wir haben einen gemeinsamen Anwalt und werden alles Notwendige vor der Scheidung regeln.«

So genau will ich es gar nicht wissen, dachte Jella.

»Und bevor du fragst: Ich habe es nicht für uns getan, sondern für mich. Und für Moritz. Ich brauche einen Schlussstrich und einen Neuanfang.«

»Ich bin aber kein Neuanfang, Niklas.«

»Das hängt einzig und allein von dir ab.« Er hielt inne. Jella dachte bereits, dass er auflegen würde, als er leise hinzufügte: »Ich liebe dich und will dich nicht verlieren.«

Sie schluckte. Niklas hatte sich in den zwei Jahren ihrer Beziehung stets mit Liebesbekundungen zurückgehalten. Selbst als Jella sich die Auszeit nahm, war seine Reaktion eher distanziert gewesen. »Ich brauche Zeit, Niklas.«

»Nimm dir alle Zeit der Welt. Ich warte auf dich.«

»Ich melde mich bei dir. Versprochen.«

Eine halbe Stunde später klingelte es an der Tür. *Niklas?* Sie hatte doch deutlich zu verstehen gegeben, dass sie ihn heute nicht sehen wollte. Sie stampfte zur Tür und riss sie auf. Vor ihr stand David Jasper.

»Komme ich ungelegen?«

Jella zögerte einen Moment, schüttelte aber schließlich den Kopf. »Komm rein.« Sie hatte nicht damit gerechnet, dass David vor der Tür stehen würde und spontan entschlossen, ihn reinzubitten.

David sah sich in ihrer Küche um. »Gemütlich. Ich war noch nie in einem dieser Hinterhäuser.«

»Tee, Kaffee, Wein?«

»Kaffee, wenn es keine Umstände macht.«

»Ich wollte mir sowieso gerade einen Latte machen. Du auch?«

David nickte.

»Setzt dich doch. Es dauert einen Moment.« Jella hantierte eine Weile an der Kaffeemaschine herum und war froh, beschäftigt zu sein. »Bitte!« Sie stellte die Becher auf den Tisch und setzte sich zu ihm. »Wie geht es Frau Nissen?«, fragte sie um ein unverfängliches Thema bemüht.

»Nicht so gut. Sie hat schriftlich gekündigt. Ich war bei ihr und habe versucht, die Kündigung rückgängig zu machen.«

»Aber sie wollte nicht?«

»Nein. Wir haben nur das Nötigste miteinander gesprochen. Die Abfindung, die ich ihr überwiesen habe, hat sie zurückgeschickt. Das muss ich wohl akzeptieren.«

»Ich kann sie ein wenig verstehen. Es muss verdammt schwer für sie sein. Lass ihr Zeit und frag nach einer Weile noch einmal.«

»Ja, das ist eine gute Idee.« Er trank einen Schluck aus dem Becher. »Und bei dir?«

»Die letzten Wochen waren anstrengend. Aber viel mehr darf ich dir auch nicht sagen.«

»Ich meinte auch nicht deine Arbeit. Wie geht es dir?«

»Mir geht es gut. Zumindest, den Umständen entsprechend.« Sie hielt inne und hob ihren Blick. »Und dir? Warum bist du hier?«

»Ich war in der Nähe und dachte …« Er brach ab.

»In der Nähe?« David hatte zuerst herausbekommen müssen, wo sie wohnte. Jella hatte es ihm nie gesagt. So ganz zufällig konnte sein Besuch nicht sein. Sie runzelte die Stirn. »Sind es nicht die Psychologen, die einem immer raten, offen und ehrlich zu sein?«

David seufzte leise. »Eins zu null für dich. Dann bin ich mal ehrlich.« Er schloss kurz die Augen und sah Jella dann direkt an. »Ich kann dich nicht vergessen. Ich will dich auch gar nicht vergessen. Ich würde gerne da weitermachen, wo wir aufhören mussten.«

»In der Strandbar auf Föhr?«

»Egal wo auf der Welt.« Er hatte leise gesprochen.

»Hast du Hunger?« Jella sah auf die Uhr. »Ich könnte uns etwas vom Sushi-Restaurant liefern lassen. Weißwein habe ich da, sogar kalt gestellt.«

»Wenn du mich so lange erträgst?«

Sie wiegte mit dem Kopf hin und her. »Käme auf einen Versuch an.«

David beugte sich vor und strich ihr zärtlich über den Arm.

Jella ließ es geschehen und lächelte zum ersten Mal an diesem Tag.